AF345898

Page couverture, conception et dessin de
Luz Angela Toro Lara.

Dépôt légal Bibliothèque nationale du Canada
Dépôt légal Bibliothèque nationale du Québec
Automne 2020

ISBN : 978-2-9818499-2-2

Deux cultures, une rencontre

Pour l'amour d'une Colombienne

Roman épique

Jean-Yves Francoeur

 Sommaire

Zacharie vit une enfance calme et ordinaire dans un confort relatif teinté de don-quichottisme qui se reflète dans ses jeux de petit garçon solitaire. Angela, *mi Dulcinea*, contrairement à Zacharie, a passé une enfance de pauvreté généralisée dans tout son quartier. Ce n'est que plus tard, dans sa vie d'adulte, qu'Angela connaîtra une vie assez confortable considérant que son pays est exposé constamment, depuis les années cinquante, à des attentats violents, une forme de terrorisme camouflé sous une recherche de justice sociale.

Enfants, ils ont en commun le besoin d'inventer leur univers et de jouer en solitaire; elle, la seule fille de la maison avec trois frères, et lui, en petit-fils unique chez ses grands-parents d'adoption. Cependant, le statut d'enfant unique de Zacharie n'est que temporaire, puisque sa famille existe et qu'il y retournera vers l'âge de treize ans au moment de la mort de sa grand-mère. C'est à une époque où le concept de famille élargie en prend un dur coup pour agoniser moins d'une génération plus tard et faire place à ce que l'on appellera la famille nucléaire.

Quant à Angela, elle sortira de son enfance de seule fille d'une famille de quatre enfants par le mariage vers l'âge de dix-sept ans. Dans le fond, ce mariage ne la sort de rien du tout puisqu'elle vit dans un monde où les familles sont élargies et tricotées serré.

Zacharie prendra des allures de Don Quichotte à la conquête d'une société égalitaire en terre nord-américaine, le Canada. Angela, la *Dulcinée,* est ancrée dans un monde hiérarchique de l'Amérique du Sud, celui de la Colombie. Le garçon vit dans un espace géographique grand et presque vide, qui façonnera sa communauté de futurs individualistes alors que la fille sait s'entasser au coude-à-coude avec sa communauté latino dans un pays de moins d'un million de kilomètres carrés pour trente-huit millions d'habitants.

Comblé dans la plupart des sphères de sa vie, Zacharie est en manque d'amour, contrairement à ce qu'il a connu dans son enfance : une abondance affective de sa grand-mère, qui le cajolera jusqu'à l'âge de treize ans, et de sa mère, qui l'admirera tout au long de sa vie.

Pour l'amour d'une Colombienne, Zacharie, adulte, chambardera son quotidien, jouant le tout pour le tout. Il veut vivre pour elle, l'accompagner dans sa quête de bonheur et, si possible, y contribuer.

PREMIÈRE PARTIE

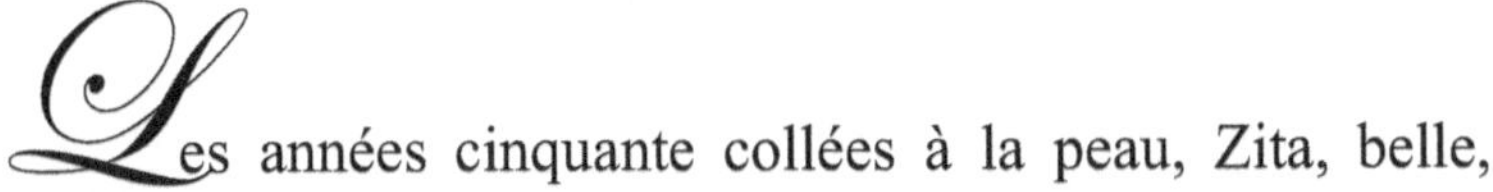

Les années cinquante collées à la peau, Zita, belle, gracieuse et grande dans le corps et dans l'âme, a conquis le cœur du fier Manuel, éditeur du seul journal national colombien de l'époque. Ils marchent fièrement dans la rue, bras dessus, bras dessous, laissant derrière eux une empreinte volatile sous leurs pas tant l'être de chacun transpire d'un grand amour. Même amoureuse, Zita ne se fait pas d'illusion quant au rôle que prendra son mari pour pourvoir aux besoins de leur famille. Elle s'occupera du nécessaire et ce que Manuel apportera de plus à la maison sera comme un cadeau du ciel. Les sœurs de Zita veulent lui faire comprendre que les cadeaux du ciel se feront probablement rares. Zita les entend mais elle s'en moque.

_______ C'est un bon à rien, un inconnu, ce Manuel. Que sais-tu à son sujet? D'où vient-il?

Tant de questions sans réponses, mais Zita s'en balance. Elle veut aimer cette merveilleuse jeunesse et le changer si nécessaire. Zita, la dernière d'une famille de dix enfants, est entourée de deux sœurs, Lidia et Maria-Elena, et de trois frères, Jesus (prononcer *héssous*), Isidro et Benito. Les plus vieux sont déjà partis vers d'autres horizons. Leur père est souvent absent alors que leur mère, forte de caractère elle aussi, fait tout ce qu'elle peut pour nourrir sa marmaille. Zita est le pouls de la famille. Elle a des pressentiments pour tout, ce qui fait d'elle une femme prévenante. Mais pour les membres de sa famille, elle est plutôt du genre « pou achalant », à la limite différente du reste du monde. Elle a toujours raison et sa raison, boussole de son cœur, jure sur toutes les personnes de son entourage, chaudes, de culture latine, qui agissent plutôt sur des coups de cœur, sur les émotions.

Zita a dix-huit ans au moment où la guerre éclate. Libéraux et conservateurs s'entre-tuent. C'est le début de ce qu'on appellera la *violencia* dans tout le pays. Les gens vivent dans la peur, alors qu'ils apprennent par la radio quotidiennement l'extermination de villages entiers, hommes, femmes et enfants. La tension agit sur tout le monde et plus particulièrement sur les familles d'ambition politique mixte, comme la famille de Zita. Les femmes ont des penchants libéraux alors que les hommes sont farouchement conservateurs. Maria-Elena est la plus informée, car elle lit tout ce qui lui tombe sous la main. Elle apprend à ses sœurs que la violence foncièrement barbare nuit énormément à la cause des libéraux, qui sont majoritaires dans leur région, à la frontière de Caqueta. Les femmes s'inquiètent pour le sort de leur famille, affichée « conservateur » par l'implication des hommes. Chaque soir, autour de la table, la famille de Zita soupe à l'éclairage d'une lampe à l'huile installée stratégiquement entre la cuisine et la salle à manger. Les temps sont durs depuis plus de dix ans et économiser tout, même l'électricité, est la règle tant chez Zita que chez la majorité des Colombiens. Cette jeune démocratie sud-américaine de moins de dix millions d'habitants a de grandes ambitions. Plusieurs veulent faire de cette vieille colonie espagnole un exemple de modernité. D'autres travaillent, corps et âme, à protéger leurs acquis. Cependant, les conditions de guerre ne sont pas favorables au changement social. Comment se lancer dans le vide d'un avenir incertain tout en conservant les acquis d'une fière tradition colonialiste? Chez Zita, les idées sont évidemment partagées et pas question d'en débattre librement autour de la table ou lors des soirées en famille. C'est devenu très dangereux de s'afficher partisan d'un camp comme de l'autre.

∞∞∞∞∞

Zita s'entête. Elle veut marier Manuel pour toutes ses qualités. Il est beau, fier et intelligent. De plus, il a un bon emploi comme journaliste, une situation rare pour la majorité des hommes de son entourage. Lidia suggère à Maria-Elena de faire une enquête sur ce dénommé Manuel. Pas question d'en souffler un mot à leur sœur. Maria-Elena propose de scruter chaque exemplaire des journaux que leur père conservait précieusement dans le coin de la chambre des maîtres. Les éditoriaux de Manuel peuvent les renseigner sur l'écrivain qu'il prétend être. Tout en feuilletant les douzaines de journaux jaunis, elles notent les titres à la une :

« Élections de 1946 : Deux candidats libéraux, Gabriel Turbay et Jorge Eliécer Gaitán, se présentent aux élections et divisent ainsi le vote libéral. »

« Les conservateurs ont été aigris par la mise à l'écart politique. »

« Depuis 1930, les conservateurs ont subi de violentes attaques de la part de partisans libéraux. »

« Avec la victoire électorale de 1946, les conservateurs ont institué une série de représailles grossières contre les libéraux. »

« Le 9 avril 1948, Jorge Gaitán, chef de l'aile gauche du Parti libéral, fut assassiné en plein jour au centre-ville de Bogotá. »

Maria-Elena ne peut retenir sa langue et encore moins ses larmes.

Elle sort de la chambre de ses parents en courant vers la cuisine.

_____ Maman, maman! Ils ont tué Jorge! Il va y avoir des émeutes à Bogotá.

Certains accusent les libéraux modérés, mais la plupart des gens tiennent les conservateurs responsables du meurtre disgracieux du chef libéral. Elles apprendront plus tard que dans tout le pays, les dégâts matériels résultant de l'émeute ont été estimés à cinq cent quarante millions de dollars américains. Zita s'inquiète pour les siens et surtout pour son cher Manuel. Les hommes, qui doivent se déplacer pour du travail sur tout le territoire et souvent dans d'autres départements, prennent de grands risques. Ils n'ont pas reçu de nouvelles de l'aîné de la famille de Zita depuis des semaines. À l'extérieur, des rassemblements sont improvisés. Malgré l'odeur de la mort dans les villages et les fermes tout autour, la foule est en liesse, la bière coule à flot et les gens dansent la mort de Jorge Eliécer Gaitán. Lidia, qui tente de s'informer auprès de son grand réseau d'amis, cherche à débusquer les origines et les relations entretenues par Manuel. Elle profite de la distraction pour se déplacer dans le village. Elle fait mine d'être heureuse, malgré son soutien pour les libéraux modérés et sa tristesse pour la mort du chef gauchiste. Un groupe de femmes parmi les fêtards reconnaît Lidia et la pointe du doigt en l'accusant d'être une partisane de Gaitán. Lidia nie tout. Elle a peur des représailles et retourne sur ses pas. Une des accusatrices la suit de près en scandant des injures. Elle la traite de traître.

_______ Prends garde à tes déplacements, ma petite, car tu finiras comme ton frère aîné!

Lidia se retourne, furieuse, pour faire face à l'harceleuse.

_______Que veux-tu dire, finir comme mon frère?

_______Quoi, vous ne le savez pas? Ton frère a eu ce qu'il méritait. Il a couru après, avec ses idées et sa grande gueule. Que Dieu lui pardonne.

Les talons aux fesses, Lidia rentre à la maison pour retrouver son père, sa mère et les cinq enfants écrasés dans les fauteuils du salon, les yeux rouge albinos, les bouches cadenassées par l'émotion. Les acteurs des festivités de la rue continuent à frapper à coups de poing la devanture de la maison chez Zita jusqu'aux petites heures du matin.

∞∞∞∞∞

Alejandro est mort mutilé, démembré et coupé en mille morceaux. C'est connu que les libéraux d'extrême gauche exécutent leurs ennemis de cette façon. Mais qui peut savoir, car le corps n'a jamais été retrouvé? Les membres de la famille sont dévastés. Leur première victime d'un régime politique meurtrier. Pire encore, la mère est complètement démolie. Son aîné, son espoir d'un monde meilleur n'est plus. Qu'adviendra-t-il des autres hommes de sa maison? Sont-ils tous en danger? Les femmes veulent partir, fuir cette région maudite engraissée du sang d'Alejandro et de celui des fils ou des frères de nombreuses autres femmes. Elles ont honte d'adhérer aux idéologies libérales; pourtant, elles ne renieront pas leur adhésion. Les hommes sont conservateurs et soutiennent des leaders accusés de corruption alors que l'on dit des libéraux qu'ils sont communistes. Une idéologie maudite qui attire les représailles de toutes les nations occidentales, névrosées par le Première Guerre mondiale et maintenant en pleine guerre froide. Maria-Elena se gave d'informations sur cette guerre atroce, celle qui tue son monde à n'en plus finir, alors que Zita ne se lasse de répéter que le pire est à venir. Comme sa mère, elle veut faire ses valises et déménager à Pitalito. Apparemment, Pitalito est neutre et laissée pour contre. Ni les conservateurs, ni les libéraux n'osent s'attaquer à cette région productrice de café, car la valeur de ce dernier détermine la santé économique du pays tout entier. Or, la santé économique, c'est ce dont la Colombie a le plus besoin. D'ailleurs, Zita n'a plus de nouvelles de son beau Manuel. Elle croit que Lidia et Maria-Elena ont quelque chose à voir dans sa disparition. Elle préfère y croire que penser au pire qui pourrait arriver à son amoureux en ces temps d'incertitude et de cahot meurtrier. Les parents se sont consultés et c'est décidé : la famille fera ses valises, videra la maison patriarcale et quittera sa terre. Un jour, peut-être reviendront-ils tous pour la faire sortir de sa torpeur et la faire revivre. Jesus prépare les trois meilleures juments de son père. Il partira en éclaireur pour organiser l'installation de sa famille à Pitalito. Il est accompagné de deux amis rentrés de Florencia depuis une semaine. Le jeune trio a soif d'aventures. Ils savent que s'aventurer sur les routes est très dangereux, alors il n'est pas question de laisser Jesus voyager seul. La reconnaissance déborde de la part de toute la famille pour ces deux samaritains. Ils remercient Dieu et demandent de les protéger. Le soir même de la grande décision, ils sont tous autour d'une chaudronnée de chocolat chaud et d'un panier rempli de pains. Le père de Zita trace la route et indique les villages où les garçons pourront dormir tranquilles. Même si la route proposée est plus longue, il faut à tout prix éviter de longer la frontière entre les départements de Huila et Caqueta, bien surveillée par des groupes d'extrême-gauche. En revanche, de l'autre côté de la Magdalena, il est plus sécuritaire de s'y déplacer. Jesus connaît plusieurs prêtres, dans ces paroisses, avec qui il a fait des études au séminaire de Neiva. Il pourra donc compter sur eux pour l'hébergement. Cette conversation ramène leur mère dans l'état d'espoir qu'elle a de faire de son fils un prêtre, une prédestination avec un nom comme Jesus. Le fils nourrit cependant d'autres ambitions, dont devenir ingénieur. Un plan qu'il a dû remettre à plus tard. De l'autre côté de la table, les femmes font leur liste de critères pour le déménagement : vivre en ville pour se perdre dans la masse; une maison bien emmurée, loin des regards indiscrets; un grand patio avec possibilité de faire un petit jardin; près d'une église pour que *mamita* puisse reprendre ses habitudes d'aller à la messe chaque matin; dans un quartier tranquille et sur une rue sans trop d'achalandage.

Les trois aventuriers quitteront donc El Carmen avant le lever du jour pour ne pas attirer l'attention. Ils contourneront la ville de Neiva pour dormir du côté nord de la rivière, à Yo Eskalo et à San Juanito. Jesus connaît bien les curés de ces villages, qui n'hésiteront pas à leur offrir un refuge pour la nuit. Si Dieu le veut, ils pourront rentrer à Pitalito dans moins de trois jours. Une fois la liste d'emplettes des femmes terminée, ils reviendront à la maison pour donner leur rapport et préparer le déménagement. Zita, Maria-Elena et Lidia font leurs propres plans. Elles savent si bien que Benito, plus réservé et amoureux, ne se séparera pas de sa douce à El Carmen. Il n'en parle pas de peur de causer davantage de chagrin à sa mère, qui vient tout juste d'apprendre la mort récente d'Alejandro. Ce déménagement serait aussi une bonne occasion pour Jesus de reprendre ses études en ingénierie à Florencia. Même au cœur du territoire gauchiste, en forêt amazonienne, Jesus ne court pas grand risque, car il est le moins politisé de la famille, donc le moins susceptible d'être ciblé par les belligérants. Quant à Isidro, encore sous la jupe de sa mère, il sera là pour elle, cette maman qui prie quotidiennement pour les trois plus vieux, installés depuis quelques années quelque part dans le département d'Antioquia. Et les filles? Maria-Elena hésite, mais elle aimerait bien s'inscrire à l'*Universidad del Sur-Colombia* à Neiva. Elle rêve d'être institutrice depuis qu'elle est toute jeune. Son père lui a déjà promis de payer pour ses études. Les parents vieillissent bien, mais le père marche de plus en plus courbé sous le poids des préoccupations quant à l'avenir de ses enfants, de son pays. La mère s'isole dans sa douleur et prie tout le temps. Les filles se sentent responsables de l'avenir de leurs parents et Lidia jure qu'elle ne les laissera jamais tomber. Elle tente de rassurer ses sœurs afin qu'elles ne mettent pas de limites à leurs ambitions. Pour ce qui est de Zita, elle attendra à Pitalito pour les retrouvailles de son beau Manuel.

Au retour des trois aventuriers, la famille apprend la mort d'une cousine, qui laisse dans le deuil son mari invalide et une fille sourde et muette. Le père de la fille fait parvenir une demande aux parents de Zita, les priant d'adopter Purita, qui serait pour eux une bonne servante. Zita la clairvoyante a donc vu juste et la voie du futur est tracée pour les parents, Isodro et elle-même à Pitalito. Jesus rentre à Florencia, Benito se marie en cachette et Maria-Elena s'installe à Neiva

∞∞∞∞∞

C'était avant le 9 avril 1948. Avant l'assassinat de Jorge Gaitán, Manuel venait à El Carmen régulièrement pour faire des reportages ou écrire son éditorial. Jeune homme, Manuel est réservé; son petit entourage dirait même qu'il est plutôt mystérieux. Certains amis le savent aussi bon charmeur et en quête d'une belle femme. Un bon jour, il aperçoit Zita dans son uniforme de jeune collégienne à la sortie de l'école. Bras dessus, bras dessous, Zita et deux de ses amies sont insouciantes et bloquent la circulation des carrioles dans la rue de l'école. Elles font comme la centaine de collégiens qui quittent la fin des classes par la porte centrale du collège chaque jour de la semaine à midi pile.

Manuel retourne à la sortie du collège plusieurs fois pour revoir la belle collégienne nonchalante. Lors de cette chaude journée de juillet, dans la rue bornant la sortie principale du collège, il n'entend pas l'impatience des cavaliers avec leurs montures, retenus par la masse de collégiens indisciplinés. Le hennissement des chevaux et le martèlement des sabots passent souvent inaperçus pour les collégiens. Mais ce jour-là, ces mêmes bruits accompagnés des injures des cavaliers et des appels à l'aide des passants attirent l'attention de Zita. Elle revient sur les lieux voir la cause du branle-bas et y trouve un jeune homme dans un beau complet bleu gris étendu sur le sol après avoir été happé par une carriole.

Zita est alarmée, comme s'il s'agissait d'un membre de sa famille. Elle se fraie un chemin parmi les curieux pour s'agenouiller près du blessé. Un filet de sang émerge de la chevelure noire du pauvre homme, apparemment inconscient. La masse d'étudiants autour du blessé est silencieuse et attentive. Manuel entrouvre un œil pour apercevoir des centaines de chaussures poussiéreuses l'encercler. Un goût de sang frais lui frôle les lèvres alors qu'une personne d'autorité du collège fend le groupe de curieux pour s'agenouiller près du blessé, encore sonné de sa chute. Zita et cette personne soignante relèvent la tête de Manuel pour l'aider à reprendre conscience. Manuel pense rêver alors que Zita sort de sa jupe carreautée un pan de sa chemise pour lui essuyer le visage d'une main alors qu'elle soutient sa tête de l'autre. Un ange le soigne. Serait-il mort? Pourtant, de petites pierres pointues lui transpercent le dos. Son cœur résonne dans sa cage thoracique et il a un énorme mal de tête.

Les parents de Zita ont des réserves quant à ce nouveau venu, qui insiste pour les rencontrer et leur montrer sa reconnaissance. Leur fille Zita l'a sorti de la poussière à l'entrée principale du collège deux semaines plus tôt. Mais les intentions de Manuel ne sont pas complètement chevaleresques. Il veut revoir Zita, baiser la main qui a relevé sa tête avec autant de tendresse. Le père de Zita a déjà en tête un prétendant pour sa fille. Le riche maire d'El Carmen, récemment veuf, a favorisé le père de Zita pour un emploi à la municipalité. Ce père désabusé et sans travail se montre très reconnaissant du geste de son maire et souhaite le remercier en lui proposant la main de sa fille. Le temps venu, elle doit s'unir à ce vieil homme, amour ou pas.

Cependant, plus Zita prend de la forme, plus elle gagne du caractère. Il fallait bien douter que cette fille se laisse imposer cette ancienne pratique coloniale. Malgré la reconnaissance que la mère de Zita porte, elle aussi, à ce prétendant, elle ne souhaite pas ce genre de sort pour aucune de ses trois filles. Elle le désire encore moins pour Zita, qu'elle préférerait voir devenir religieuse. Contre vents et marées, Manuel fait vite oublier les plans de mariage avec le maire ou avec Jésus et se taille une place dans le cœur de cette belle collégienne. Beaucoup plus tard, on apprendra que le maire, un riche terrien, s'est remarié, qu'il a construit une belle hacienda couleur pêche à la sortie du village et a deux enfants, Carlos et Victoria. « À chaque fou sa propre histoire », que dira Lidia. Qu'il s'agisse d'amour, de religion ou de politique, Lidia écoute, réfléchit et donne son opinion seulement si on la lui demande. Maria-Elena continue ses recherches sur Manuel et trouve des articles dans lesquels le journaliste tente de faire la lumière sur *La Violencia*, née d'une intense querelle politique entre libéraux et conservateurs.

Zita vient d'une grande famille dont les membres sont, soit proches, soit méprisés contrairement à la famille de son futur mari, sur laquelle planera un grand mystère.

D'entrée de jeu, le passage à Pitalito était censé être temporaire. Pourtant, les parents mourront en exil alors qu'Isidro rejoindra Jesus à Florencia plusieurs années plus tard. Puis, Lidia et Purita rentreront à Neiva pour aider Maria-Elena, qui deviendra institutrice et aura plusieurs enfants.

Ils apprendront que *La Violencia* a causé de grands dommages humains, estimés à plus de deux cent mille morts, alors que d'autres évalueront le nombre de personnes assassinées à plus du tiers de la population du pays.

Angela marche dans des nuages de ouate imbibés de manne argentée par une pleine lune grande comme la Terre. Elle est éblouie par une lumière qui l'aveugle complètement. Dans un état de sommeil léger, elle se sait pourtant dans son lit et sur le point d'être extirpée de sa plénitude. Cette lumière envoûtante n'est rien de plus que le faisceau lumineux de la lampe de poche de sa mère. Chaque matin de la semaine, Zita pointe la lumière de cette lampe dans les yeux de sa fille pour la sortir de son sommeil sans faire de bruit afin de laisser dormir les garçons.

_______ Angela, Angela, lève-toi! Il est quatre heures et nous avons beaucoup de travail à faire aujourd'hui. Une bonne personne doit se lever tôt, se préparer et se mettre au travail pour être capable de se suffire.

Zita, la mère d'Angela, est comme ça, cousue de dictons. Pourtant, Angela est si bien. Son corps ne peut pas bouger dans le creux de son lit façonné par l'intensité de ses rêves. Le matin, à quatre heures, il fait froid à Pitalito, petite ville de la province de Huila, au sud-ouest de la Colombie. Sans rien dire, encore somnambule, Angela s'arrache de son grabat chaud et moelleux pour suivre sa mère jusque dans la cuisine. Dans le noir, elles sont guidées par un faisceau de lumière jaune pâle, la lampe de poche de Zita : une lune déformée et minable sur le plancher. Angela se dit qu'il n'y a pas de presse pour prendre sa douche alors que l'eau est à peine plus chaude que la température ambiante, qui frôle les quinze degrés. Plus tard, le soleil réchauffera le patio adjacent à la douche et finira ainsi par rendre l'exercice plus tolérable.

_____ Maman, je peux vous raconter mon rêve? Nous étions à la rivière avec toute la famille. Même grand-maman y était. Nous avions préparé le *sancocho* comme on le fait toujours et les enfants jouaient bruyamment dans l'eau.

_____ Allez, allez ma petite, on a beaucoup de travail devant nous ce matin.

_____ J'arrive maman, permettez-moi... Vous étiez grosse d'un autre bébé et vous vous êtes avancée dans l'eau alors que vous aviez beaucoup de douleur. Papa nous a tous fait monter sur la route et grand-maman est restée seule avec vous dans la rivière et nous vous entendions crier de douleur. Vous y comprenez quelque chose, à ce rêve, maman?

∞∞∞

Une fois dans la salle à manger, l'odeur du café frais moulu ravigote tous les sens de notre petite apprentie couturière alors que Zita, la mère d'Angela, est déjà affairée, non pas à cuisiner le petit déjeuner, mais à préparer des patrons pour les vêtements commandés la journée précédente. Attachée à sa machine à coudre depuis plus de vingt ans, Zita pourrait confectionner les chasubles du curé s'il lui demandait de le faire. D'ailleurs, ces chasubles seraient les plus belles du département.

_____Viens ma fille, j'ai du travail pour toi. Regarde comment je fais et apprends vite pour que tu puisses à ton tour confectionner de belles robes comme celle-ci. Nous la préparons pour qu'elle soit livrée à madame Luna dès ce midi.

Angela peut à peine bouger son corps qui refuse de l'écouter, et pourtant, elle sait bien que sa mère ne lui donne pas le choix. Des verges de tissus jonchent le sol. Angela s'y fraie un chemin pour coller sa chaise près de celle de sa mère, qui ne perd pas une seconde pour la mettre au travail. Le ronflement de la machine à coudre n'a rien de favorable pour Angela, qui aimerait réussir à garder les yeux ouverts. Pourtant, ses frères Alejandro et Libardo sont encore calés dans leurs matelas sans aucun souci.

_____ Pourquoi faut-il travailler fort comme vous le faites, mamie ? réplique Angela, frustrée de ne pas être un garçon.

_____ Pour apprendre!, rétorque-t-elle.

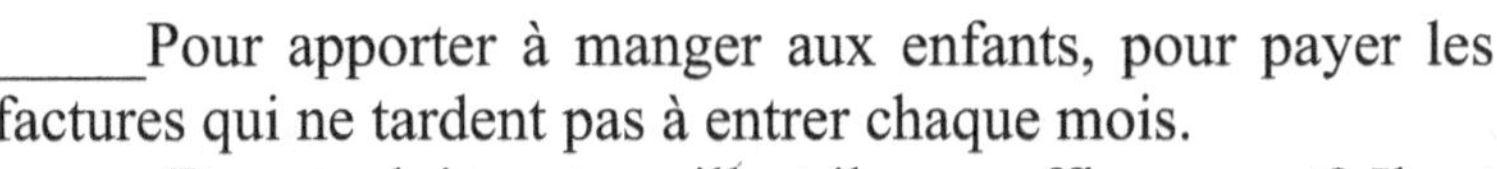

_____Pour apporter à manger aux enfants, pour payer les factures qui ne tardent pas à entrer chaque mois.

_____ Et papa, lui, ne travaille-t-il pas suffisamment? Il est toujours parti.

Une bonne claque derrière la tête suffit pour sortir Angela complètement de son coma nocturne.

_____ Ne manque pas de respect pour ton père, tu sais qu'il travaille très fort. Allons, ma belle Angela, sèche tes larmes. Papa sera là cet après-midi lorsque tu reviendras de l'école.

Angela saute de joie. Elle se frotte ensuite les yeux avec le dos de ses deux mains en promettant de mettre sa plus belle robe juste pour lui. Elle retourne aussitôt à sa tâche avec l'énergie d'une employée bien payée.

Cinq mètres de tissu plus tard, il n'est pourtant que sept heures et le soleil perce à peine les rideaux de la fenêtre comme pour dire à Zita de sortir la pâte de maïs pour les *harepas* du petit déjeuner. Angela ne quitte pas son travail, pour ne pas perdre le rythme, alors que les frères se bousculent vers la salle familiale au premier *reniflement* de la senteur d'huile chaude sur la cuisinière. Alejandro et Libardo mangent les premiers même si Angela proteste, étant debout et au travail depuis quatre heures. La mère ignore les contestations. Elle est occupée à caresser les cheveux d'Alejandro, son aîné qu'elle aime plus que tout au monde.

Alejandro, c'était aussi le nom du frère aîné de Zita, décédé il y a près de vingt ans. La famille a appris son décès dans des circonstances nébuleuses. Comme pour des milliers de victimes de la période de la *violencia,* aucune explication, aucun effort pour débusquer les bourreaux leur ont été accordés.

Zita a une pensée pour son frère. Elle remet le passé entre les mains de Dieu et regarde vers l'avenir, alors qu'après s'être gavés de trois ou quatre *harepas,* les garçons filent jouer à l'extérieur en se chamaillant. La mère et la fille retournent au moulin pour au moins une autre heure. Les enfants étant à l'école, Zita travail sans relâche. Elle pense à son mari qui va sans doute les décevoir, elle et Angela, encore une fois. Il n'a pas donné signe de vie depuis deux semaines, ce qui n'est pas rare, alors Zita ne s'en fait pas pour autant. Elle est plutôt déçue pour sa fille, qui adore avoir son père à la maison.

On sonne à la barrière. Ce ne peut être Manuel, puisqu'il a les clés et qu'il entre souvent en criant :

______ Où sont ma femme et mes enfants?

Zita se lève pour aller ouvrir et découvre une belle visite en provenance de Neiva.

______ Ma sœur Lidia, entre que je t'embrasse.

______ Et bonjour à toi aussi, ma petite Olga!

Après la mort de leur mère, Lidia a rejoint sa sœur Maria-Elena à Neiva pour prendre soins de ses enfants. Devenue institutrice, Maria-Elena passe beaucoup de temps dans ses livres et délaisse quelque peu ses responsabilités maternelles.

______ Dites-moi, comment se porte tout le monde? Et toi, ma petite Olga, comme tu as grandi! Tu n'es pas à l'école aujourd'hui? Angela devrait être de retour bientôt. Elle ira vous chercher de l'eau gazeuse et des *galletas*.

______ Lidia, vous êtes ici pour quelques jours, j'espère, afin que nous ayons le temps de prendre des nouvelles de tout le monde.

______ Oui, ma sœur, quelques jours comme à l'habitude, et tant que je ne prendrai pas froid. Comme tu sais, Pitalito est au réfrigérateur ce que Neiva est au fourneau.

Une fois la famille de Zita installée à Pitalito durant la guerre, le père a pris un coup de vieux pour en mourir quelques mois plus tard. Ayant le mal du pays, Isidro n'a donc pas mis beaucoup de temps avant de rejoindre son frère Jesus à Florencia. Lidia et Purita sont donc restées avec leur mère près de cinq ans après la mort de leur pauvre père. Zita s'est mariée avec le bon à rien de Manuel, qui vient à la maison juste assez souvent pour la mettre enceinte. Du moins, c'est ainsi que Lidia parle de cet homme mal connu.

_____ Il est où, ton bon à rien de mari? Ah, laisse faire... Parle-moi de tes enfants. Ils grandissent bien, j'imagine. J'ai bien hâte de les revoir.

Personne ne parle de Purita, la servante qui est traitée comme une esclave, moins qu'une indigène, et qui est restée à Neiva comme toujours. Zita reprend le travail alors que Lidia file sans retenue à la cuisine pour faire du café. La petite Olga, la plus jeune des enfants de Maria-Elena, joue avec les poupées d'Angela, qui n'est toujours pas revenue de l'école.

_____ Tia, regarde, la poupée bouge ses bras.

Les femmes ne portent pas attention aux fabulations d'Olga. Elle invente des histoires comme ça constamment.

_____ Zita, ma sœur, j'ai une bonne nouvelle. Benito, sa femme et leurs trois petits viennent s'installer à Pitalito.

Zita retient ses larmes de joie. Elle aime bien son frère mais n'avait presque pas de nouvelles de lui. Elle pourra donc le voir régulièrement.

_____ Et les trois autres, tu as des nouvelles d'eux?

Lorsque Zita parle de ses plus vieux frères, elle ne les nomme pas par leur nom. Ils sont partis pour le nord du pays avant le début de la guerre et ne sont jamais revenus. Ces hommes ont renié leur appartenance, leur famille. Antioquia les a changés et c'est comme s'ils étaient trop importants, peut-être même trop riches pour les gens du sud.

_____ Roberto est le seul qui a pointé son nez aux funérailles de maman, tu te souviens, Zita?

_____ Oui, et il ne nous a même pas adressé la parole. Il est reparti dans sa belle décapotable pour ne plus jamais revenir.

Lidia s'étend sur le divan pour s'endormir au ronronnement de la machine à coudre. Zita a une robe à terminer et elle ne lâchera pas l'os avant de l'avoir complétée. Le souper devra attendre, puisqu'elle prend le temps de changer les draps de son lit pour Lidia. Olga couchera avec Angela.

À l'extérieur de la maison, sous le canapé, un coin du jardin fait office de cuisine. Parmi les provisions de la semaine, de grosses grappes de plantains mûrissent lentement là, suspendues à la vue de tous. La cour arrière est entourée d'un mur de blocs de béton recouvert de chaux blanche. En plus de sécuriser les lieux, le mur sert d'écran pour mieux admirer la variété de plantes vertes et de fleurs tropicales que Zita caresse autant que ses enfants. Angela s'y cache régulièrement les après-midis pour fuir la chaleur et ses frères fatigants. Elle invite sa cousine Olga à se mettre à genoux sur le sol humide pour que leurs têtes soient recouvertes de larges feuilles de fougère. Ensemble, elles construisent un univers entouré d'un impressionnant échantillon des quelque cinquante mille espèces végétales présentes dans cette région du monde. La palette de couleurs que Zita a réussi à créer ferait l'envie de Pablo Picasso : les mille visages de broméliacées, les orchidées et les roses, des variétés de roses rares que Zita croise elle-même. Angela se prête souvent à l'un de ses jeux solitaires préférés, faire à manger avec, comme ustensiles, des feuilles de palmiers et des branches de broméliacées.

Angela adorait voir sa mère prendre une petite branche de rosier armée de dards qu'elle manipulait aussi adroitement que des aiguilles à coudre. Munie d'un petit couteau de poche, elle tranchait délicatement la branche pour y introduire une tige qu'elle avait choisie sur un autre plant. Elle liait les deux corps greffés à l'aide d'une petite bande de tissu pour leur permettre de se souder ensemble. La saison suivante y croissaient des roses différentes de celles produites par l'arbuste donneur et l'arbuste d'accueil. Un étranger parfaitement intégré comme lorsque la famille de Zita s'est installée à Pitalito quelques années auparavant.

Angela pense encore à son rêve, qui lui paraît comme très important. Assise sous le rosier greffé, elle reprend les moindres détails du rêve qu'elle a raconté tant bien que mal à sa mère le jour d'avant. Elle savait bizarrement qu'il s'agissait d'une prémonition. Ce n'était pas un rêve de tous les jours. Elle tentait d'imaginer ce qui avait pu se passer dans la rivière. Pourquoi sa mère criait-elle d'une douleur qui semblait être voulue? Et la grand-mère qui ne cessait de répéter à sa fille « Pousse, pousse, il va venir comme Moïse, sauvé des eaux ».

Zita invite Lidia à se joindre à son groupe de danse qui se rencontre hebdomadairement. Alejandro gardera les enfants, ce qui veut dire « faites ce que vous voulez mais ne me dérangez pas ».

La faim sort Angela de sa réflexion labyrinthique. Elle cherche quelque chose à se mettre sous la dent, ou plutôt dans son petit ventre. Olga lui montre du doigt la grosse grappe de plantains accrochée sous le canapé

______ Mamie, le plantain très mûr qui pend sous le canapé, je peux l'avoir?

Angela a déjà oublié que sa mère n'est pas à la maison.

______ Mamie, s'il vous plaît, j'aimerais tellement manger ce plantain mûr. Il est trop mûr pour votre recette de *frijoles*, s'il vous plaît!

La réponse est normalement non, alors Angela croit entendre « non, c'est non! » de la mère insensible quant au caprice de sa fille.

Sous le regard étonné d'Olga, Angela se faufile, saute sous la grappe pour en retirer deux plantains mûrs et court se cacher sous son lit pour s'en gaver. Sans hésiter, et sans crainte des conséquences parfois douloureuses, elle croque de ses belles dents blanches le légume jaunâtre et avale sa proie sans merci.

Des images de son enfance, si courte soit-elle, défilent comme un film dans sa tête. Sa belle robe neuve glisse entre les grandes feuilles vertes du jardin soigné de sa mère. Sur le cadre de la porte du patio, son père lui tend les bras et, talons aux fesses, Angela court vers lui en riant aux éclats.

Olga crie à se défoncer qu'Angela est toute bleue, qu'elle ne respire plus. Les garçons l'ignorent; c'est encore l'une des fabulations de la cousine, comme les grands disent. Pourtant, ils entendent un drôle de gargouillement et se précipitent quand même pour voir d'où cela vient. Les sons, étouffés par les bruits de la rue, se font de plus en plus espacés et sourds. Libardo, qui a vu souvent des amis frôler la noyade, connaît bien ce genre d'alarme et comprend qu'il doit intervenir rapidement. Alejandro, insouciant, ne réagit pas mais tente d'empêcher son frère de faire quoi ce soit. Le cœur de Libardo défonce sa cage thoracique et son souffle court l'empêche de crier à l'aide pendant qu'il fonce dans chaque pièce de la maison pour trouver sa petite sœur en difficulté. Rien sur le patio, à travers les bouquets. Il revient dans la maison, cette fois du côté des chambres. Il trouve Angela suffoquant, sur le point de mourir. Elle affiche un visage bleu porcelaine et des lèvres violettes autour d'une bouche pleine de plantains.

Libardo retire sa sœur de son terroir, de son rêve et extrait sa collation meurtrière. Comme le jeune homme passe beaucoup de temps à la rivière, il a déjà sauvé un ami de la noyade. Il pince le nez d'Angela, lui ouvre la bouche et pousse de l'air à répétition dans ses poumons. Une fois qu'Angela retrouve ses couleurs, Libardo lui donne une de ces raclées pour avoir désobéi et peut-être aussi par peur de perdre sa sœur unique qu'il aime par-dessus tout. Il en veut surtout à son frère, qui prend tout à la légère.
Les femmes revenues à la maison, Olga les accueille tout énervée et raconte dans un fouillis de détails la mésaventure d'Angela. Les garçons font les surpris comme s'ils entendaient l'histoire pour la première fois, alors qu'Angela présente un visage de poupée muette couleur porcelaine.

*M*álgré la pauvreté de sa famille, Angela jouit d'une

très bonne éducation dans un lycée privé. Sa mère a fait les sacrifices qu'il fallait pour offrir la meilleure éducation possible à ses enfants. L'école publique colombienne de l'époque est loin de rencontrer les exigences de Zita. Les enfants fréquentent plutôt un lycée catholique privé.

L'uniforme, les tresses trop serrées qui étirent la peau du visage, l'inspection habituelle des religieuses, les prières et les leçons ne peuvent arracher Angela de son plaisir. Elle rêvasse toute la journée de son retour à la maison pour enfiler sa belle robe blanche et accueillir à bras ouverts son père. Eh oui, elle rêve, éveillée comme endormie, de ce père grand et beau, mais trop absent.

Angela lui pardonne déjà le fait de ne pas être rentré à la maison comme prévu le jour de la visite de *tia* Lidia et de cousine Olga. Pour la consoler, sa mère lui explique un petit brin d'histoire familiale. Zita la croit suffisamment grande pour connaître les vraies affaires au sujet de sa famille.

_____ Mon amour, il faut que tu comprennes pourquoi ton père n'a pas pu venir à la maison cette journée-là. Tia Lidia et lui ne sont pas en bons termes depuis toujours. Quand j'ai rencontré ton père, mes sœurs étaient complètement jalouses de moi, de mon bonheur et de l'amour que je ressentais pour cet homme.

Zita se retient. Elle ne veut pas parler en mal de Maria-Elena, qui a déjà trois enfants de pères différents et absents. Elle est bien chanceuse d'avoir Lidia pour aimer et bien élever Olga et ses deux frères. Elle est bien consciente de sa chance aussi d'avoir Purita qui fait tout dans la maison.

_____ Pourquoi c'est comme ça entre papa et tia Lidia, hein maman?

_____ Lorsque nous étions jeunes, durant la guerre, tes tantes ont fait leur propre enquête sur ton père et sur son travail de journaliste. Ça nous a attiré bien des ennuis, car un groupe de libéraux dans notre village a cru être espionné. À cette époque, tout le monde se méfiait de tout le monde.

_____ C'est pour cette raison que vous avez déménagé ici?

_____ Pas seulement pour cette raison, ma fille. Rien n'est aussi simple dans la vie. Allez, mon ange, va-t'en, les classes vont bientôt commencer.

_____ Oui, maman, mais dites-moi, c'est aujourd'hui que papa va rentrer?

Angela partage un petit banc en bois noirci par le temps avec une fillette de son quartier et, les coudes sur le pupitre verni clair, elles font rapidement leurs exercices d'espagnol pour avoir plus de temps à rêvasser. C'est comme si Angela était seule sur ce petit banc, ignorant complètement les tortillages de sa compagne, qui a de la difficulté à retenir ses envies de pipi. Cette fillette endure difficilement rester en place plus de trente minutes, contrairement à Angela, qui en a pris l'habitude auprès de sa mère pour ses leçons de couture.

Les journées scolaires se répètent et se ressemblent. Angela les subit avec une certaine sagesse, comme immunisée contre les contrôles stricts des enseignantes. La sagesse d'Angela a été mise à l'épreuve lors d'une journée fastidieuse avec sa compagne, qui s'était vu refuser le droit d'aller à la toilette. La pauvre petite n'avait pu retenir ses envies, urinant sur le banc partagé avec Angela. Le comble de l'affaire, c'est que la petite voisine avait tenté de faire passer l'incident du pipi sur le dos d'Angela.
Angela fréquente une école privée avec une grande majorité d'enfants de parents riches. Elle et sa voisine sont les seules récipiendaires de bourses leurs permettant d'y étudier. Ces deux filles sont donc souvent mises à part et occultées à cause de leur provenance. Cette journée-là, elles ont donc été ridiculisées à outrance et malgré cela, Angela n'a pas pris sa propre défense. Elle est sortie de l'école la tête haute et fière de son appartenance, de son quartier. La fierté d'Angela, et plus encore, fait de cette fillette une personne attirante et aimée de tous ceux qui osent s'en approcher.

Une étudiante de sa classe, Victoria, est l'une des rares personnes de son collège qui ont osé se frotter aux bonnes énergies d'Angela. De famille riche, Victoria ne laisse pas ses origines l'aveugler et la rendre hautaine envers ses camarades.

Angela et Victoria deviennent de grandes amies et passent les fins d'après-midi à jouer ensemble. Que ce soit chez Angela, qui vit dans un quartier de maisons avec des toits de tôle rouillée et de planchers en béton blanchi, ou à la grande hacienda de la famille de Victoria, les filles n'y voient aucun inconvénient. Cependant, Angela est enchantée par la beauté du château de la famille de Victoria. Elle rêve souvent d'y vivre, si ce n'est que pour un court instant, pour faire des pieds de nez aux autres collégiennes qui la boudent.

Toujours dans sa belle robe blanche, Angela court entre les grandes feuilles vertes du jardin de sa mère, parfois à la rencontre de son père, parfois vers la maison de Victoria comme si c'était chez elle, son château, sa vie de princesse. Elle y entre par la rue principale sans sonner et, avant de traverser le jardin devant la maison, elle s'arrête un instant pour admirer la façade de l'hacienda. Les murs en crépi de couleur pêche donnent à cette belle maison l'allure d'une plante rare parmi la variété de fleurs et d'arbustes qui composent sa façade. Les grands arbres centenaires qui bornent la rue en face de la propriété font honte à ceux que l'on retrouve dans le parc du centre-ville et même à ceux encerclés par l'église, la mairie et le poste de police au centre de tous les villages qu'Angela connaît. Dans l'entrée du grand salon, Angela entend la mère de Victoria donner ses instructions aux employés pour leur journée de travail. Ils s'affairent quotidiennement à l'entretien du domaine. Elle admire le ton autoritaire mais respectueux de cette femme, et espère un jour pouvoir travailler avec des gens qui possèdent ce genre d'importance et de pouvoir dans un lieu aussi admirable. Avant d'annoncer respectueusement sa présence, plantée sur le seuil de l'entrée centrale, Angela veut passer inaperçue encore un instant. Elle caresse des mains la grande colonne qui supporte les deux arches de style colonial comme s'il s'agissait d'un arbre.

À l'intérieur, quelque part dans le labyrinthe de pièces, de jardins ouverts sur de petites cours et des patios, Victoria attend avec impatience son amie qui rêve toujours à l'entrée du grand salon.

∞∞∞∞

À la sortie de la cour de l'école, les talons aux fesses, Angela rentre à la maison comme c'est le cas la plupart des jours. Pas question de traîner de la patte avec des amies, pas question d'arrêter au dépanneur pour un petit fromage : elle doit rentrer directement à la maison, car son père sera là bientôt. Zita accueille sa fille et l'aide à enlever son uniforme pour qu'elle enfile sa belle robe blanche, celle qu'elles ont confectionnée ensemble pour Noël.

À l'extérieur, la nuit est déjà tombée alors qu'à l'intérieur, la chaleur de la journée a envahi toutes les pièces de la maison. Parfois, il peut faire chaud à Pitalito. Assise sur le bord du trottoir, Angela profite du bon air, ce qui rend l'attente de son père plus supportable. Il arrivera, elle l'attendra, il la prendra dans ses bras et, parfumé d'une odeur d'alcool et de cigarette, la couvrira de ses « Hola, mi Pascualita! » Il sera joyeux et remplira la maison de sa présence. Seul son père peut la surnommer *Pascualita* de son ton affectueux, comme pour se faire pardonner ses longues absences.

Angela ne quitte pas des yeux le coin de la rue pour ne pas manquer son père. Elle prend le risque de s'absenter une fois pour aller chercher une demi-tasse de sucre. Sa tisane habituelle, une poignée de terre fraîche et du sucre la consolent.

_____ Angela, rentre te coucher, il est déjà dix heures.

_____ Non, s'il vous plaît, mamie. Encore un peu, il va venir. Il a dit qu'il viendrait.

31

_____ Rentre immédiatement et ne me laisse pas aller te chercher, car tu ne toucheras pas le sol jusqu'à ton lit.

Toute la nuit, Angela mouille son oreiller de larmes chaudes et malgré sa déception, elle lui pardonnera, car demain il sera là. De son côté, Zita fait la forte. Elle a l'habitude d'être déçue de son homme, d'être désappointée des hommes en général, qui ne tiennent jamais leurs promesses.

Le lendemain matin, Zita laisse dormir sa fille jusqu'à sept heures, connaissant le poids de sa déception. Il n'est pas venu comme promis. Il sera pardonné malgré les absences prolongées, malgré ses rentrées en état d'ivresse, malgré les dépenses excessives, peut-être même malgré les maîtresses. Zita accepte tout, car elle est mariée pour la vie et la stabilité familiale est plus importante que son bonheur personnel. Combien de fois Lidia, la sœur de Zita, lui a-t-elle dit de quitter son vagabond de mari! « Il ne te mérite pas! », lui répète-t-elle sans cesse. Mais Zita a pour son dire que sa sœur n'a pas de remontrances à lui faire, elle, la vieille fille qui n'a jamais su se faire un petit ami depuis leur enfance. Pourtant, Lidia ne veut que du bien pour sa sœur. Zita fera de même pour sa fille unique lorsque viendra le temps pour elle de choisir un homme ou d'être choisie par l'un d'eux. Aucun de ces prétendants ne saura mériter sa belle Angela.

∞∞∞∞∞

Après la rentrée de tia Lidia et de cousine Olga à Neiva, la maison paraît pratiquement vide, tant pour les enfants que pour Zita. Les sœurs ne se voient pas souvent et Zita se sent un peu plus isolée de sa famille, surtout depuis la mort de sa mère. Heureusement que Benito, sa femme et leurs enfants se sont établis à Pitalito. Ils ont acheté une belle petite *finca* aux abords de la ville et y élèvent quelques vaches, des cochons et des poules, pondeuses bien sûr. Mais ce sont les nombreux arbres fruitiers et les grands arbres de plantains qui ont attiré l'attention de Benito lors de ses première visites exploratoires. Dès leur arrivée, ils ont amélioré la maison, construit un abattoir et un nouveau four à pain.

Contrairement à Zita, Benito paraît assez à l'aise. Personne ne sait comment il est arrivé à construire une petite fortune en période de grande crise économique, mais tous se doutent d'une magouille de sa part. Benito sait profiter des occasions qui se présentent à lui et en temps de guerre, des occasions, il y en a toujours. Une rumeur court qu'il aurait fui le *Caqueta* de peur de représailles envers sa famille pour des achats de terres expropriées par *Las Fuerzas Armadas Revolucionarias de Colombia*, la FARC. Benito tente de rassurer sa sœur au sujet de leurs frères, qui ont choisi de s'installer pour de bon dans le *Caqueta*, région infestée par la FARC. Jesus, diplômé, et Isidro, marié, font de bonnes affaires à Florencia sans s'attirer d'ennuis. Ni un ni l'autre ne craignent pour la sécurité de leur famille. Les frères ne songent donc aucunement à quitter la très belle région de *Caqueta,* avec ses nombreuses rivières d'eau cristalline et ses montagnes amazoniennes encore boisées.
Zita se souvient de la somptueuse verdure de cette région, de ces beaux grands arbres habités par différentes espèces de perroquets, de ces grandes vallées de pâturage pour les nombreux troupeaux de vaches grasses. Malheureusement pour cette région, comme pour bien d'autres dans le pays, la période de *La Violencia* est remplacée par une nouvelle forme de terrorisme : prises d'otages d'étrangers, voitures de politiciens piégées, bombardements d'édifices gouvernementaux. La plupart de ces escarmouches se passent surtout entre l'armée colombienne, les paramilitaires et les membres de la FARC.

Les citoyens s'acclimatent à cette nouvelle forme de violence, non pas parce qu'il y en a moins, mais parce qu'elle semble plus distante d'eux, ciblant moins les pauvres gens ordinaires. Pourtant, le sang humain continue toujours d'engraisser la terre colombienne, et ce, depuis plus de quarante ans. Pendant ce temps, Pitalito et ses environs sont calmement blottis dans la Cordillère. Ces montagnes dénudées de forêt sont recouvertes de cultures variées, mais surtout celle du meilleur café du pays et peut-être même de toutes les Amériques.

Les fins de semaine, les enfants de Zita et de Benito profitent des grands espaces, courant après les poules, agaçant les chiens et parfois même en montant à cheval. La générosité de Benito et de son épouse permet à Zita, pauvre, d'aller sur ces terres chaque samedi pour y cueillir des épis de maïs, des haricots, des patates sucrées et de lourdes grappes de plantains. Tous les membres de la famille sauf le père, Manuel, qui reste couché ces jours-là, rapportent péniblement sur leurs épaules la cargaison en ville. Les cinq ou six kilomètres à parcourir sous un soleil ardent rendent les enfants peu reconnaissants envers cet oncle, riche propriétaire.

Une fois à la maison, le patio regorge de fruits et de légumes, et malgré le manque de reconnaissance des enfants à l'égard de leur bienfaiteur, ils ont de quoi manger pour plusieurs repas.

Une routine apaisante s'installe dans la famille de Zita. Même Manuel, son amour de mari, est plus présent et passe plus de temps avec les enfants. Libardo ne laisse pas sa sœur d'un pouce depuis l'épisode du plantain sous le lit de leurs parents. Alejandro et Libardo ont reçu, plus tôt dans la journée, un ordre de leur mère : aller livrer une commande pour madame Luna. La robe décolletée mettra en évidence tous les beaux atouts de cette dame. Le tissu élastique et très coloré collera à son beau petit corps et laissera voir une silhouette plus fluide que celle de Barbie.

Avec une serviabilité plus grande qu'à l'ordinaire, les deux garçons profitent à leur façon de cette livraison. Bien sûr qu'il y a anguille sous roche. En plus de revoir Barbie en personne, ses beaux petits seins piqués dans sa chemise comme des invitations à la nudité, les garçons prennent l'argent de madame Luna sans le compter et sortent en courant pour cacher leur excitation. Ils joueront au billard toute la journée avec ces maigres revenus, pensant que leur mère ne s'en apercevra pas.

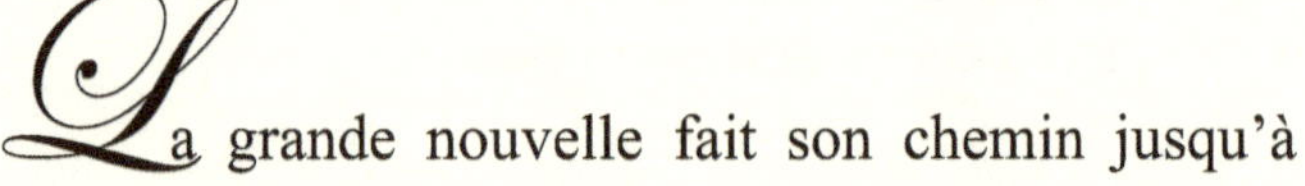

La grande nouvelle fait son chemin jusqu'à

Neiva, chez Maria-Elena et Lidia. Zita est sur le point d'accoucher. Cette fois, Maria-Elena se joint à Lidia et Olga pour donner un coup de main à sa pauvre sœur, qui aurait pu se passer d'une grossesse de plus, elle qui frôle la quarantaine. Purita s'occupera des garçons de Maria-Elena en plus de faire ses tâches ménagères habituelles. Lidia rafraîchit ses valises avec excitation et, puisque les collégiens sont en congé, Olga pourra venir elle aussi. Cette fois, les trois femmes seront parties pour plus de dix jours. Il n'est donc pas question pour Lidia d'aller crécher chez sa sœur Zita avec le beau Manuel dans ses pattes. Avec l'aide de Dieu, des arrangements sont donc faits. Maria-Elena accepte de s'installer chez Zita et de prendre soin d'Alejandro et Libardo. Elle préparera les repas et repassera les chemises de Manuel. Elle veut en profiter pour se rapprocher de son beau-frère mal-aimé, voulant mieux le connaître. L'épier, quoi...

Angela pourra passer du temps avec sa cousine Olga et sa tante Lidia chez oncle Benito. Lidia veut surtout accompagner sa sœur Zita à l'hôpital pour l'accouchement. Benito est heureux de les accommoder, surtout maintenant qu'il a fait construire un deuxième étage avec de belles grandes chambres et embauché un couple pour l'entretien de la maison. Zita et son mari arrivent à trouver quelques minutes d'intimité entre les absences et les ivresses impuissantes. Ce bel homme attentif et romantique sait se faire pardonner. Chaque fois qu'il revient de ses voyages d'enquête pour le journal, dont il est attaché de presse, Manuel retrouve sa femme amoureuse de lui comme depuis le premier jour de leur mariage. Exceptionnellement depuis quelques jours, Manuel passe plus de temps avec les enfants à la maison. Il ne quittera pas son coin de lecture des heures durant. Lorsqu'il prend Angela dans ses bras, il sent bon. Il ne dégage pas l'odeur de l'alcool comme d'habitude.

         Que lisez-vous, papi? Racontez-moi, s'il vous plaît.

         Un nouveau roman de García Márquez, ma Pascualita.

         Comment s'appelle ce livre?

         El otoño del patriarca.

         Il raconte quoi, señor Márquez?

Manuel est constamment tourmenté et la lecture de son auteur préféré le calme pendant quelques moments. Déchiré comme son pays entre l'abus de pouvoir des gouvernements qui se succèdent et se ressemblent et la révolte du peuple, Manuel a peur pour sa famille. Cette peur est quadruplée avec l'arrivée d'un enfant de plus à protéger des assauts de violence qui se manifestent sans préavis à travers le pays.

Manuel voudrait une fille. Une fille ne prend pas les armes, une fille serait un cœur sensible de plus, une fille mettrait au monde des enfants de la paix. Une fille, ça prie pour le pardon des péchés des hommes. Si Manuel est si souvent absent, c'est qu'il doit connaître les rouages de la révolte. Il doit s'informer de la naissance des foyers de violence. Il veut prévoir les pires tragédies et ainsi mettre sa famille à l'abri. Trop souvent, il a dû se rendre sur les lieux du massacre d'un village entier pour faire son enquête. Trop souvent, il a dû décrire en détail des bains de sang de femmes, d'enfants et de vieillards, ces pauvres gens massacrés par un groupe ou un autre qui les accuse d'avoir aidé l'ennemi. Pour chercher à comprendre le gouffre dans lequel son beau pays est emporté, Manuel se tourne vers des sectes spirituelles. Il prie, il participe à des rites mystérieux et secrets. Il consulte des écrits et des sages clandestinement. Il entreprend toute cette démarche spirituelle par lui-même sans y engager son épouse, encore moins sa famille.

La nuit, Manuel dort d'un sommeil léger. Il fait des cauchemars, se réveille en sursaut, trempé de sueur et en larmes. Il voit le corps de sa femme et ceux de ses enfants flotter à la surface d'un étang de sang noir et puant. Il est impuissant. Le seul geste qu'il pose, c'est tremper sa plume dans ce sang de martyr pour décrire la scène dépourvue d'émotion qui sera publiée en première page de son journal.

Angela, sur les genoux de son papa, est heureuse et charmée par ce père méconnu et préoccupé.

______ Papa, il raconte quoi, señor Márquez?

______ Il parle de nous, ma fille, de notre pays et des gens d'ici.

______ Que dit-il sur nous, ce señor comment... señor Márquez?

______ Señor Márquez dit que tu vas avoir une petite sœur demain et qu'elle sera belle et intelligente comme toi.

Angela n'a aucune idée que sa mère attend un quatrième enfant. Comme sa mère a plus de quarante ans, la fille pense qu'elle a passé l'âge de porter un bébé. Les garçons, eux, croient toujours que les nouveau-nés viennent des choux.

Au départ de Zita pour l'hôpital, celle-ci promet à sa fille de lui rapporter une belle poupée vivante juste pour elle.

_____Tu te souviens, Angela, de ton rêve ou j'étais avec ta grand-mère à la rivière? Eh bien, c'est mon accouchement que tu étais en train de prédire avant même que je ne sois enceinte. Une prémonition, je crois.

Libardo supporte difficilement l'absence de sa mère et passe ses journées entières dans les rues ou avec des amis à la rivière. Alejandro rentre seulement pour manger les délicieux repas de tia Maria-Elena et dort chez des amis. Manuel peut difficilement supporter voir sa femme en douleur et passe donc très peu de temps auprès d'elle. Lidia est visiblement contrariée par les présences de Manuel au chevet de son épouse, si courtes soient-elles, mais elle ne laisse voir que de l'indifférence. Lidia prend connaissance de nouveautés au sujet de Manuel et de la double vie qu'il mène, mais elle garde cette information secrète pour le moment. Pas question de perturber sa pauvre sœur, qui est sur le point de donner naissance à une bouche additionnelle à nourrir. Manuel et Maria-Elena s'entendent sur bien des sujets. Deux érudits et amoureux de la littérature, ils discutent d'auteurs, de sujets variés comme la religion, la philosophie et analysent différents articles de journaux. Manuel invite sa belle-sœur à bouquiner dans sa réserve de livres, ce qu'elle fait tous les jours une fois le ménage terminé. Elle aime finir sa journée avec un bon chocolat chaud et quelques heures de lecture.

Seule à la maison, Maria-Elena va au bout de sa curiosité. Elle n'a pas oublié le pacte existant entre elle et sa sœur Lidia, celui d'enquêter sur ce beau-frère mystérieux. Elle fouine donc dans ses valises, son carnet de notes, dans des fichiers et des manuscrits. Elle y trouve une mine de poèmes, de coupures de journaux américains, en anglais, et des photos de groupes, apparemment lors de cérémonies à caractère religieux. Que des hommes en toges et masqués qui semblent élaborer un genre de rite sacré.

Maria-Elena n'est pas tellement renversée par ce qu'elle découvre. Elle en prend note et se propose d'en parler indirectement à Manuel. Ces deux-là ont plus d'une chose en commun, et l'ésotérisme ou tout ce qui ressort du catholicisme romain habituel font partie de leurs intérêts. En visite à l'hôpital, Maria-Elena fait part de ses nouvelles découvertes à Lidia, sans la présence de Zita, bien sûr. Lidia veut que sa sœur aille plus loin et qu'elle confronte Manuel sur ses allées et venues à l'extérieur de la région. Maria-Elena s'objecte. Elle veut des preuves concrètes de ce que son beau-frère est et de ce qu'il n'est pas.

____Fais à ta tête, c'est à toi les oreilles!, lui lance sa sœur frustrée. Pourtant, Lidia aussi sait déjà des choses compromettantes mais n'ose pas les lui dévoiler.

Influençable, Maria-Elena retourne à la maison et plonge sans scrupules dans les documents personnels de Manuel. Elle découvre davantage de choses, de nombreuses lettres d'amour adressées à diverses personnes, parfois à des hommes et souvent à différentes femmes. Tous des gens dont Maria-Elena n'a jamais entendu parler. Après le souper et une fois les enfants au lit, Maria-Elena propose à son beau-frère de prendre quelques bières avec elle. La soirée est douce et la tranquillité de la rue les invite à s'installer sur le perron pour discuter.

Les discussions instructives sont reprises là où le duo les a arrêtées lors de sa dernière conversation. Plus la soirée avance, plus les bières font effet; les sujets sont chauds et engagés. Maria-Elena n'a toujours rien dit à propos des lettres, alors que Manuel suggère qu'il est tard et qu'il aimerait aller se coucher. Dans le cadre de la porte d'entrée, il pose sa main autour de la hanche de Maria-Elena en lui coupant le passage et l'embrasse sur la bouche. Ils continuent leurs caresses, ferment derrière eux la porte de la chambre de Maria-Elena et y passent la nuit.

Au petit matin, Maria-Elena, seule dans son lit, ne regrette rien. Elle a seulement une pensée pour sa sœur et le nouveau-né. Maintenant, elle sait son beau-frère capable de n'importe quoi. Elle veut le confronter au sujet des lettres intimes, mais elle se demande à quoi lui serviront des preuves d'infidélité alors qu'elle-même fait partie de la liste des conquêtes de Manuel.

∞∞∞∞

À son retour de l'hôpital, le couple Zita et Manuel est porteur de joie et paraît dix ans plus jeune. Le père se penche vers sa fille, les yeux gonflés de larmes, et lui présente le petit Manuelito. Il la fait s'asseoir solidement et lui tend cette grosse boule de couvertures chaudes fourrée d'un petit garçon immobile. Tout le monde autour de la chaise veut prendre le petit Manuelito à son tour. Angela est la reine, la seule y ayant droit. Elle le berce pendant presque une éternité. Il est beau. Ce n'est pas une poupée du tout : il est vivant, chaud et il dort tout le temps.

Angela devient maman du jour au lendemain. À l'arrivée du petit Manuelito, elle paraît plus grande. Elle déborde de sa robe; voilà qu'elle a des jambes et des seins. Sa dévotion est maintenant tournée vers ce petit frère qu'elle adore. Elle ne le quitte pas de la journée sauf pour aller à l'école. La jeune femme vient de découvrir sa mission : lorsqu'elle sera mariée, elle aura beaucoup d'enfants. Pour le moment, les amies sont délaissées, presque abandonnées. Sa mère n'insiste pas aussi souvent pour réclamer son aide à la couture. Lorsque Angela prend soin du petit dernier, elle permet à sa mère d'en faire plus au moulin à coudre. Après tout, il y a une bouche de plus à nourrir. Zita a aussi l'ambition d'agrandir la maison une troisième fois. Cette fois, elle y fera construire de vrais planchers de céramique facile à entretenir. Fini l'époque de terre battue et de béton délavé! De belles céramiques bleues orneront désormais la *casa*. Son mari n'est pas d'accord, mais elle le fera quand même. Elle a fait des économies en cachette de tout le monde. Zita achète quelques blocs de béton à la fois et les range dans le fond de la cour. Un jour, il y en aura suffisamment pour construire l'agrandissement dont elle rêve. Entre-temps, ces blocs servent de pattes de table ou de maison de poupée pour Angela. Fini cette époque de jeu imaginaire contre les blocs de béton et sous les feuilles du jardin. Angela ne joue plus, elle est vraie avec son petit frère, Manuelito. Elle berce son frangin dans une vraie chaise grandeur pour adulte, sur un véritable plancher de céramique dans une maison bien réelle. Elle change ses couches, qui contiennent de vrais « popos » qui sentent vraiment mauvais, et elle est heureuse.

Son père n'est presque plus là. Ni dans la maison, ni dans son cœur. Angela a dirigé son amour sur ce petit être, comme si elle l'avait mis au monde elle-même. Les deux grandissent trop vite, elle pour devenir femme, lui pour mettre les « talons aux fesses ».

Zita et Angela ont besoin de s'armer contre les quatre hommes de la maison. Le petit Manuelito n'est pas source de problèmes et Angela l'aime comme son propre fils. Mais les plus vieux croient avoir tous les droits sur Angela ainsi que sur leur mère. Ils s'imposent comme juge, jurés et bourreaux pour les moindres petits soupçons.

Un de ces soirs, Manuel est enragé et bout de jalousie. Il crie des injures et avance que son épouse et sa fille ont des amants, qu'en son absence elles vont danser dans les clubs de l'est de la ville. Zita a depuis longtemps cessé d'argumenter ou de tenter de se défendre au sujet de ces faussetés. Angela, au contraire, tente d'expliquer à son père qu'elles vont danser avec les amies de sa mère et leurs maris. Elles dansent, oui, mais en compagnie de connaissances, c'est tout. Manuel continue ses injures et prétend que des *muchachos* chez le barbier du coin avouent avoir des rapports sexuels avec les deux plus belles femmes de Pitalito.

_____Ces femmes faciles sont bien vous deux! leur crie-t-il à tue-tête.

Zita, Angela et Manuelito se réfugient dans la chambre principale, la seule munie d'une porte à verrou. Derrière celle-ci, elles tentent d'éviter les coups d'un père délirant. Seuls les coups verbaux, parfois les plus oppressants, réussissent à traverser leur forteresse pour atteindre les cœurs.

Zita se souvient du temps lorsque son mari, dans le même état, l'avait enfermée à double tour avec les deux plus vieux, Alejandro et Angela, et les avait laissés seuls pendant des jours.

Des voisins bienveillants leur passaient un peu de nourriture par-dessus la muraille de leur habitation en attendant que le preneur d'otages recouvre ses sens.

_____C'est la boisson qui le fait délirer, répète Zita à sa fille, en la serrant contre elle comme pour être plus forte.

À cet instant, Angela devient femme et solidaire. Elles résisteront pour toujours aux caprices machistes des hommes de leur vie. Les coups des frères pour faire d'Angela une petite fille soumise, pour tenter d'empêcher ses seins de pousser et pour salir son nom ne fonctionnent pas. Elle demeure forte. Elle reste debout et se promet de quitter le plus tôt possible ce paradoxe infernal, être aimée et asservie à la fois. Angela se console en se rappelant sa vieille tante sourde et muette. Tia Purita couche sur une paillasse directement sur le plancher. Tous les matins, elle est levée à quatre heures et travaille fort jusqu'à tard dans la

nuit, pour les grands-parents d'Angela au début, et
maintenant encore pour tia Maria-Elena et tia Lidia.

Purita vit l'enfer depuis que son père l'a donnée en élève au
temps de *La Violencia*. La famille de Zita l'a adoptée
probablement malgré la volonté de la petite. Lorsque
Angela et sa famille reviennent d'une visite chez les
grands-parents, la discussion porte sur la pauvre Purita,
abusée et négligée. Angela, qui dort dans la même chambre
que ses parents, a entendu des choses horribles au sujet de
la pauvre tia Purita. Faisant mine de dormir, elle entend les
parents chuchoter la détresse de l'orpheline. Elle est malade
et on ne la soigne pas. Elle est maigre et on ne la nourrit
pas. Pire encore, il paraît que Purita est régulièrement
abusée par ses cousins. Elle ne peut pas se défendre ni crier
sa douleur. Elle ne peut pas témoigner contre ses
agresseurs. Elle subit. Angela pleure en silence et sa mère
aussi.
Incapables de venir au secours de tante Purita, Angela et sa
mère s'arment davantage contre toute possibilité d'abus
dans leur propre maison. Mais armées tant qu'Angela le
voudrait, une petite fille naïve dépend toujours de ses
parents pour la protéger. La discussion de ses parents au
sujet des agressions subies par Purita attriste profondément
Angela. Pourtant, elle ignore de quel genre d'agression il
s'agit. Elle a seulement le pressentiment que Purita a été
déchirée dans le plus profond de ses tripes. Après, pendant
plusieurs nuits, Angela se creuse un trou dans son matelas
pour s'y recroqueviller mais elle dort mal. Oui, ses frères
sont tannants, mais comment les cousins, qui sont comme
des frères pour Purita, peuvent-ils faire des choses pareilles
à leur sœur adoptive? Pourquoi les tantes ne font-elles pas
quelque chose pour la protéger?
Seule dans ses nombreuses réflexions nocturnes, Angela
s'invente des réponses. En pensant à Purita, elle a mal au
ventre. Plus le temps avance, plus son mal de ventre devient
aigu. Elle ne peut pas parler à sa mère, ni à sa meilleure
amie Victoria. Angela comprend que Purita devient un
grand secret familial, un tabou. Si elle avoue quoi que ce

soit, Angela deviendra elle-même Purita. Aux yeux des autres, elle serait sale comme Purita. Alors motus! Pas un mot de tout cela à personne. Même pas un mot des douleurs qu'elle ressent depuis quelques mois. Surtout pas un mot des taches de sang qu'Angela camoufle à l'insu de sa mère, qui normalement nettoie son grabat.

Angela croit porter les plaies de Purita. Comme ces volontaires chiliens crucifiés chaque Vendredi saint et qui porteront les plaies du Christ, Angela a été choisie pour porter les souffrances de sa tante martyre. Elle les portera avec sérénité dans la prière. Elle a mal, mais elle est aussi fière d'avoir été l'élue. Donc, toutes les trois ou quatre semaines, elle sait que Dieu lui fera porter la douleur de Purita et elle s'y prépare. Le sang qu'elle verse pour sa tante est de plus en plus difficile à cacher. Or, un bon matin, sa mère lui propose de déplacer son lit dans la chambre de Manuelito.

____Tu es devenue grande, ma fille, et Manuelito a besoin de toi.

Angela accepte le déménagement avec soulagement. Elle pourra plus facilement cacher à ses parents sa nouvelle vocation, aider Purita à porter sa croix. Chaque mois, Angela sait que la douleur des tripes reviendra, qu'elle saignera en abondance. La jeune femme pense qu'elle pourrait en mourir, mais malgré tout, elle accueille cette mission dans la prière et avec sérénité. Ce qu'Angela ne sait pas, c'est que sa mère a une autre raison de déménager sa fille dans une chambre à part. Elle souhaite l'éloigner des garçons, surtout d'Alejandro, qu'elle a surpris un jour, caché dans un coin sombre de la grande chambre alors qu'Angela se déshabillait pour essayer de nouvelles robes.

∞∞∞∞∞

Entre-temps, Angela grandit. Son petit frère Manuelito a toujours besoin d'elle. Ils marchent vers l'école en faisant fi des étrangers. Pourtant, un de ces jours, un homme, un enseignant de l'école des grands les aborde avec sa nouvelle voiture décapotable. Il offre à Angela d'y monter pour lui éviter quelques pas vers chez elle.

Plantée sur le bord du trottoir avec Manuelito, qui lui pend à la main, Angela s'objecte tout en admirant les beaux sièges de cuir rouge. L'homme insiste en montant le volume de la radio pour qu'elle entende les airs de *cumbia* que tout le monde aime. Finalement, l'adolescente et son petit frère montent. Angela sur la grande banquette devant après avoir laissé passer Manuelito à l'arrière. Elle a peur, mais se montre confiante du haut de ses quinze ans. L'enseignant dit la trouver très belle et agit comme si son frère n'était pas avec eux. En roulant lentement vers la maison des enfants, il glisse sa main droite sur la cuisse d'Angela et la regarde du coin de l'œil comme un serpent guettant sa proie. Elle tremble devant cette invasion et, pire encore, à l'idée de ce que sa mère lui fera à leur arrivée à la maison. Les enfants gardent secrète cette première et dernière randonnée en décapotable blanche aux sièges de cuir rouge. Certes, Angela a eu peur, mais elle a aussi découvert sa capacité de plaire. Les invitations, qui ne cesseront de venir de toutes parts, seront aussi vite refusées. Angela en acceptera une, celle de participer à des défilés de mode. Parader devant des milliers de personnes ne l'effraie pas du tout. Au contraire, elle aime l'idée de faire face au public pour plaire, de participer à ce genre d'événement populaire. C'est la fête à chaque événement. La musique, les décors colorés, les fleurs partout et les spectateurs, surtout la gent féminine qui court les nouvelles modes. Les femmes sont fières et particulièrement coquettes. Elles aiment suivre la mode, sortir du traditionnel et surtout être très sensuelles.

La dame responsable des défilés de mode est une confidente de Zita. Les parents sont donc en confiance et laissent leur fille participer à des événements qui misent sur sa beauté de jeune femme. Plus grande que ses amies du même âge, Angela porte très bien tous les vêtements qu'on lui confectionne. Elle les met en valeur, des plus abordables jusqu'aux plus dispendieux. Elle les aime tous mais ne peut rêver de les garder, car certains s'avèrent beaucoup trop chers. Les maillots et les sous-vêtements sont hors de question pour sa mère, qui trouve sa petite encore trop jeune. Parfois, le père d'Angela assiste aux défilés de mode et à leur retour à la maison, la fête continue toute la nuit. Lors d'une ces occasions, Manuel rapporte un cochon entier et insiste pour que Zita le fasse cuire au complet.

_____Nous allons tout manger tout de suite. Invite les voisins, nous fêtons ma Pascualita devenue vedette.

Manuel n'est pas un homme des demi-mesures; c'est tout ou rien.

Zita surprendra sa fille un jour avec des reproductions des plus belles robes qu'elle a portées lors de ces événements. Zita peut reproduire tout ce qu'elle voit. Après un examen rapide du vêtement, elle retourne à la maison pour dessiner le patron et, en deux temps trois mouvements, elle crée une robe pour sa fille. D'un défilé de mode à l'autre, Angela finit par accumuler une belle garde-robe faisant l'envie de toutes ses amies.

∞∞∞

Zita a tout prévu, même le type de mari que sa fille devra accepter. Entêtée, Angela refuse toute suggestion, même les candidats les plus prometteurs. Elle sait que sa mère veut son bien-être, mais le tout lui laisse le goût amer d'un mariage arrangé, comme dans bien d'autres familles colombiennes de l'époque. Malgré l'appartenance de la famille d'Angela à la classe pauvre majoritaire dans la région de Pitalito, sa mère sait s'infiltrer dans la haute société. Elle le fait pour son plaisir, pour les amies qu'elle fréquente depuis longtemps, mais aussi pour trouver un beau jeune homme riche comme futur gendre.

Un jour vient cogner à leur porte un de ces beaux jeunes hommes de la haute société, muni d'une auto toute scintillante, l'arme de séduction par excellence. Derrière le rideau de sa chambre, Angela l'entend :

—Madame Zita, m'accordez-vous la permission de fréquenter votre fille Angela?

Il obtient la bénédiction de Zita beaucoup trop aisément et, malgré les menaces de sa mère, Angela refuse catégoriquement de se prêter à l'exercice. Pendant plusieurs semaines, le jeune chauffeur est au rendez-vous, longeant le trottoir à cinq kilomètres à l'heure pour inviter Angela à monter « seulement pour t'accompagner jusqu'à l'école, Angela, s'il vous plaît », lui promet-il. Elle se souvient bien de sa première randonnée en décapotable, ce mélange d'adrénaline et de peur, du plaisir d'être voulue et du foudroiement procuré par une main d'homme sur sa cuisse.

Angela et ses meilleures amies ont tant de plaisir à découvrir l'indépendance et la liberté. S'accrocher au cou du premier venu, comme le font plusieurs autres filles de leur école, leur paraît tellement pathétique.

∞∞∞∞

Plusieurs années plus tard, une amie d'Angela, de cinq ans son aînée, l'invite pour le café. Elle en profite pour la faufiler dans le bureau du premier prétendant d'Angela alors qu'il est absent du travail. Sa secrétaire, complice, leur donne la permission d'entrer et, à sa grande surprise, Angela trouve sur la table du bar une bonne dizaine de photos d'elle, encadrées individuellement et bien alignées, toutes prises lors de défilés. Le prétendant a assisté discrètement à tous les événements de mode auxquels Angela a participé et l'a prise en photo. Mais elle doute de la sincérité de ce geste et croit que cet admirateur a planifié cette visite avec son amie. Comme lors de la première tentative de ce prétendant à la belle voiture, Angela refuse l'appât. Toutefois, s'il est sincère, quel beau geste d'admiration pour cette jeune femme intouchable! Angela se montre prudente. Elle ne prise pas particulièrement le mode de vie d'une grande majorité de couples de sa région. Dans bien des cas, le premier mariage sert à impressionner la famille, mais il est souvent suivi d'une longue période d'infidélité. Ce genre de vie sexuelle intense entre différents partenaires n'est pas seulement présent chez les hommes mariés, mais chez les femmes mariées aussi. Beaucoup de gens semblent s'y faire tant et aussi longtemps que la personne mariée ne tombe pas en amour avec l'autre partenaire. C'est ce que l'amie d'Angela, Victoria, tente de lui faire avaler.

Un soir de chaleur intense, Victoria et Angela sont collées épaule contre épaule sur un banc du parc du centre-ville. Rares sont les occasions où Zita permet à sa fille de se rendre au centre-ville après dix-huit heures, heure de la tombée de la nuit. Comme Victoria a gagné le respect et la confiance de Zita, Angela profite d'une certaine liberté lorsqu'elle accompagne son amie. Ce soir de janvier particulièrement chaud et humide est l'une des rares occasions pour les deux amies de passer du temps en toute intimité. Seules sur un banc du parc, lieu un peu plus frais que le cœur du quartier où vit Angela, les filles se racontent. Angela parle des différentes avances qu'elle reçoit de jeunes hommes et des plans de sa mère pour trouver le mari parfait. Elle raconte les contrecoups qu'elle prend pour éviter d'être séquestrée. Victoria en profite pour lui faire toute une annonce. Elle est enceinte après une relation avec un cousin germain de dix ans son aîné. Ricardo vient d'une famille d'agriculteurs aisée et Victoria pense que son père approuvera leur désir de mariage. Victoria raconte à Angela comment elle compte s'y prendre pour profiter de ce jeune cousin riche, manigance dans laquelle elle trouve un certain réconfort malgré une grossesse prématurée. Elle suggère à Angela mille et une façons d'obtenir tout ce qu'elle veut d'un homme et même de ses parents. Toute aussi surprise de l'attitude que de la grossesse de son amie, Angela écoute sans rien dire en regardant le sol et en brassant le sable avec le bout de ses pieds, déjà assez poussiéreux.

Victoria raconte comment elle fait pitié, enceinte à quinze ans, avec un sourire en coin. Toute sa famille se mobilise pour lui venir en aide et elle a même réussi à mettre son cousin Ricardo à genoux pour qu'il la demande en mariage. La soirée progresse et Victoria ne manque pas d'exemples sur la façon de se rendre la vie facile. Quant à l'enfant qui mûrit dans son petit bedon, il sera son prince, son bonheur total. Elle le cajolera, l'aimera plus que tout au monde. Il sera là pour elle toute sa vie. Il sera le plus beau, le meilleur de tous. Elle ne le laissera jamais partir pour prendre l'air qu'elle n'aura pas déjà filtré de ses propres poumons. Angela a déjà peur pour ce petit être, qui n'est même pas né. Elle reconnaît ce même attachement, cette même dévotion que sa mère cultive pour son frère aîné, Alejandro. Angela a déjà été jalouse de son frère, de l'affection maternelle qu'il reçoit avec ingratitude. Mais depuis quelque temps, Angela n'envie plus son frère. Elle voit ce qu'il devient, le petit bandit, coureur de rues sans scrupules et sans intérêt pour demain.

*M*anuel, le père de moins en moins adoré, est de plus en plus absent. Angela lit ses articles de journaux et ses lettres. Elle les conserve précieusement et les relit mille fois. Il a tellement une belle plume que souvent, des gens l'approchent pour lui demander de composer des lettres d'amour en leur nom. Angela le reconnaît; son père est beau, il est fier et très intelligent. Son travail de fonctionnaire lui permet de parcourir toute la Colombie de Florencia à Barranquilla en passant par la capitale, Santafé de Bogotá. Mais le réel plaisir pour son père, c'est le métier de journaliste qu'il pratique maintenant en parallèle avec ses nouvelles fonctions. Dans ce pays de contradictions, tu pratiques deux ou trois métiers ou tu n'as pas de travail du tout. Manuel voit beaucoup de beauté et de richesses naturelles dans ce pays aux quatre saisons simultanées. Sur sa route, à dix mètres d'altitude, la chaleur tropicale l'envahit. Il dénoue sa cravate et passe son mouchoir dans son cou cinq fois par minute. Les grands champs de cactus sur fond de montagnes, que l'on dirait presque enneigées, le charment. Il y voit le symbole de la résilience d'un peuple pauvre et ingénieux.

Trente minutes de route plus tard, il roule à cent kilomètres heure dans des courbes abruptes, entouré de conducteurs de poids lourds qui considèrent la petite Lada de Manuel comme une bouchée de ferraille. La route en serpentin qu'il a entreprise est collée à une forêt mystique remplie de cinquante mille espèces d'arbres et de plantes. Notre voyageur infatigable aimerait bien rapporter quelques broméliacées pour agrémenter le jardin de sa bien-aimée Zita. Le temps de le dire, poussé par une circulation intense, le cordon continu de voitures atteint les deux mille mètres d'altitude. Manuel doit s'arrêter à la première sortie de route pour enfiler sa veste et renouer sa cravate, car la température a chuté de quinze degrés. Lors de ce voyage, il quitte l'autoroute 45 nord pour faire un petit détour vers la frontière vénézuélienne. Il a déjà entendu parler du canyon de Chicamocha dans le département de Santander. Époustouflant, ce canyon est rosi par les rayons du soleil de fin de journée. Comment conduire en évitant les grosses crevasses, pas encore colmatées, qui lézardent la route érodée par la pluie torrentielle de la semaine précédente tout en se laissant pénétrer par cette beauté divine? À perte de vue, les segments du canyon s'entrecroisent et font la garde sur les villages comme de petites oasis au fond de la vallée. Les routes en serpentin sont plus que dangereuses. Dans cette région, le danger ne relève pas des possibles attaques de groupes armés et d'autos piégées. D'un côté, la falaise cache complètement le ciel et de l'autre, elle disparaît dans l'abîme. Des plantations de maïs sur des pentes de soixante degrés font office de garde-fou. Manuel cherche un point d'observation. Il veut s'arrêter et prendre des photos mentales pour ne pas oublier la puissance du paysage. La senteur du monoxyde de carbone se mêle aux parfums des fleurs et de la verdure en abondance tout autour de lui.

∞∞∞∞

Une fois installé dans sa chambre d'hôtel, il prend des notes pour son prochain article. Chaque semaine l'*El Espectador*, quotidien national, publie ses chroniques. Ce soir, il n'écrira pas tout ce qu'il voudrait dire. De peur de devenir la prochaine cible militaire, il ne dira pas ce qu'il pense au sujet des gens qui arrivent à rester pauvres dans un pays aussi riche. Comment la guerre et la violence peuvent-elles toujours courir les routes, et ce, depuis vingt ans? Comment un gouvernement corrompu arrive-t-il à se faire réélire? À quel point la vie humaine n'a pas de valeur pour les gens armés, les révolutionnaires, les paramilitaires, les cartels de drogue? Son pays l'enchante, ses compatriotes l'écœurent. Il ne décrira pas tout ce qu'il a vu sur sa route : le sang humain qui arrose une forêt vierge; des paysans qui meurent, blâmés d'avoir aidé l'adversaire; des voisins fortunés se faire arracher leurs biens par des personnes qui n'ont rien à manger. Pire encore, comment des centaines de pères comme lui peuvent-ils se laisser emporter dans des rituels religieux où l'on tente, depuis plusieurs années, de trouver une réponse à tous les mystères de la vie? Pourtant, il ne peut résister, comme un alcoolique à chaque pleine lune, à se rendre dans un lieu secret pour participer aux cérémonies de purification.

Manuel a soudainement le cœur gros. Il songe à ces rencontres secrètes et à tous les détails des rites qui, pourtant, lui apportent un bien-être inexplicable. Il y trouve des réponses à ses questionnements, notamment : « Quelle est sa mission sur cette Terre? » La partie de ces soirées clandestines qui retient son attention, c'est le sublime moment où une dizaine d'élus masculins sont choisis dans l'assistance pour initier une jeune vierge au plaisir de la chair. On lui enseigne que la jeune fille de quinze ans qui fait son rite de passage à la vie adulte ne doit pas laisser au hasard sa sexualité et l'ouverture de son Saint Graal. L'initiée est volontaire et même heureuse d'avoir été choisie. Mais pourquoi par dix hommes de l'assistance? Selon Manuel, un suffirait. On lui explique que c'est pour garantir que la fille atteigne le plaisir suprême et que si un enfant résulte de ce rite sacré, le père serait anonyme.

Manuel, assis sur le lit de sa chambre d'hôtel, la tête lourde au creux de ses mains, pleure comme un bébé. Il est triste d'avoir participé à maintes reprises au fameux rite de passage des jeunes filles. Pire encore, il pleure parce qu'il a cru devoir s'occuper lui-même du rite de passage de sa belle Pascualita. La noirceur est tombée sans que Manuel ne s'en aperçoive. Les *serenatas* énergiquement présentées par un groupe de musiciens folkloriques en face de l'église le sortent de sa torpeur. Il doit descendre prendre un verre ou deux. Il veut arrêter de penser, il souhaite trouver une compagne pour la nuit. En route vers le bar de l'hôtel, il attrape le quotidien local, qui parle en première page de Gabriel García Márquez. L'auteur célèbre a dit un jour à son biographe que « tout le monde a trois vies : une vie publique, une vie privée et une vie secrète ». Manuel nourrit sa vie secrète.

Señor Márquez est l'auteur colombien préféré de Manuel. Il lui trouve même des points en commun avec sa réalité. Comme le fait que son père et celui de García Márquez ont été membres d'une armée vaincue, celle du Parti libéral battu par les conservateurs lors de la Guerre des mille jours, la guerre civile ayant ensanglanté la Colombie de 1899 à 1902.

Le jeune Manuel a eu une adolescence aussi turbulente que l'histoire de son pays. Un garçon profondément solitaire, errant entre Cartagena et Bogotá, où il renonce à ses études de droit pour se lancer dans le journalisme tout en sachant déjà qu'il serait écrivain. Il lit tout sur tout, et particulièrement tout sur son écrivain idolâtré qui sera un jour prix Nobel de littérature.

Malgré la douleur, Angela cherche encore des traces de son père, celles du genre qu'il laisse dans les journaux. Manuel écrit toujours. Il poétise les beautés et l'amour, les rapports humains et la nature. C'est différent, comme un baume, car à la une des journaux, tout ce que l'on voit ressemble à ceci : « Dix morts de la même famille dans un accident de la route »; « Un village attaqué par la guérilla ou peut-être les paramilitaires, quinze paysans exécutés pour avoir supposément aidé l'adversaire. » Manuel a fouiné partout au nord de la Colombie pour l'inspiration. Dans la colonne de droite, en page C9 de l'*El Espectador*, il a publié un poème :

> La *cocodrilo* mange tout sur son passage,
> Elle a des enfants à nourrir, elle aussi.
> Pourquoi lui en vouloir, c'est son voyage,
> Vous pourrirez, plutôt la laisser vivre ici...

Angela n'aime pas ce poème inhabituel, mais elle le conserve avec les autres portant sur la beauté des fleurs et des femmes colombiennes, sur l'amour et la famille. Elle ne comprend pas encore que son père soit en train de faire de la politique, seul sujet tabou dans cette société collectiviste.

Qui sont les crocodiles? Quel côté favorise-t-il? La guérilla ou le gouvernement? Manuel fait mieux que tout ça. Il donne à ses lecteurs un moment de douceur, d'humanisme, de paix dans cet abîme de violence et de mort. Et il boit. Il noie sa douleur sans savoir à quel point il la transmet à ceux qui l'aiment. Angela sait cependant que son père prône les valeurs de son temps comme le partage, la ténacité, l'entraide et la générosité. Contrairement à lui et à sa génération, elle sera attirée par l'égalité des sexes, la solidarité des femmes, le respect et la tolérance des différences.

Un bon jour de juin, Eduardo et l'une de ses sœurs décident d'accompagner leur mère au défilé de mode organisé par la municipalité de Pitalito chaque année lors des fêtes de la San Pedro. Cette femme de goût a l'habitude, chaque année, de participer à cet événement prisé par tous les gens à l'aise de la région. Comme s'il s'agissait d'une activité haute en couleur et animée par des groupes de musiciens populaires, même les jeunes personnes s'y intéressent et surtout les jeunes hommes, attirés par les ravissantes modèles du défilé. Mais, parmi toutes les mannequins du défilé, Eduardo est renversé de sa chaise par une seule. Il se penche vers sa sœur pour en apprendre davantage sur cette ravissante jeune femme.

_____C'est la fille de la couturière de maman. Oublie ça, mon frère, c'est un enfant sans intérêt et de famille pauvre, en plus!

Eduardo n'entend plus les commentaires de sa sœur. Il ne voit que beauté et grâce et souhaite la connaître. Une fois le défilé terminé, le jeune homme s'informe davantage auprès de sa mère, lui demandant de le présenter à sa couturière sans pour autant lui avouer ses intentions. Pourtant, la mère d'Eduardo n'est pas dupe. Elle sait que sa bonne amie Zita a une très jolie fille. Mère de onze enfants et moins prétentieuse que sa fille gâtée, la mère d'Eduardo ne voit aucun inconvénient dans ce stratagème. Cependant, cette femme investie d'une grande sagesse sait bien que son fils doit montrer patte blanche aux yeux de son amie la couturière. Elle lui suggère donc d'attendre, de ne pas se présenter le jour du défilé alors que Zita et sa fille sont très occupées avec les détails de l'événement. Eduardo doit donc prendre son mal en patience, retenir ses ardeurs, car il ne veut pas faire mauvaise impression. Il accepte donc les conseils de sa mère et remet à plus tard le plaisir de voir de plus près la perle rare qu'il vient de découvrir.

∞∞∞∞

Il est beau, convaincant et dit l'aimer. Fils d'agriculteur, Eduardo est de cinq ans l'aîné d'Angela, alors Zita désapprouve farouchement leurs fréquentations. Cet homme sans profession vivant aux dépens de sa famille n'a rien de prometteur. Il ne possède pas les qualités que Zita recherche chez un prétendant pour sa fille unique. Angela est encore une jeune adolescente et pourtant, elle aime ce qu'il représente : la liberté et une vie meilleure loin de ses frères. Elle fait donc fi des objections de sa mère et accepte les avances d'Eduardo. Angela confie son cœur à cet homme qui arrive au bon moment dans sa vie. Le jeune couple ne perd pas de temps avant de parler de mariage, mais personne ne veut l'entendre. À deux, ils supplient leur curé de faire comprendre aux parents qu'ils sont prêts à fonder une famille. Mais Zita y tient mordicus : cet Eduardo est un bon à rien. Il va faire beaucoup de peine à sa fille, qui mérite mieux.

Zita se rappelle sa propre histoire et avoue sur le bout des lèvres s'être trompée, elle qui a choisi son homme malgré tous les désaccords familiaux. Même son curé avait, initialement, refusé de les marier en disant qu'il ne connaissait rien de cet étranger de Manuel. La jeune Zita, prometteuse, était pourtant courtisée par d'autres bons prétendants. Or, Manuel, armé de sa verve, a finalement convaincu le curé de ses intentions chrétiennes. Lui et sa femme auraient plusieurs beaux enfants. Même si cet homme au passé mystérieux n'avait pas un « sou qui l'adorait », Zita le voulait à elle seule et pour la vie.
En cachette, seul avec quelques amis, le curé de la paroisse voisine accepte de lier Angela et Eduardo par le mariage. À la sortie de l'église, chacun retourne ses parents respectifs comme à l'habitude sans dévoiler son nouveau statut. Dans sa chambre, Angela contemple son jonc alors que son cœur danse à toute allure le merengue.

Pour elle, il a été plus facile de garder secrète la randonnée avec l'enseignant dans la belle décapotable que ce mariage. Toutefois, lorsque sa mère apprend qu'Angela lui a tenu tête, elle la jette littéralement à la porte avec une valise de vêtements, sans les copies des robes modelées et sans les coupures de journaux des écrits de son père. Zita ne reparle à sa fille que des mois plus tard. Entre-temps, Angela vit d'autres combats comme celui de s'installer avec son mari et sa belle-famille à trois heures de route de sa mère. Elle est jeune, vibrante d'amour et doit mordre dans la vie avec Eduardo.

Bien sûr, elle éprouve un énorme chagrin pour sa mère, qui ne lui parle plus, pour sa chambre et pour ses amies en ville. Angela s'arme de patience et profite de la sainte paix, loin de ses frères et des levers tôt pour travailler auprès de la couturière. La paix sera pourtant assez courte. Vivre chez les beaux-parents, ce n'est pas des vacances non plus. Avec Eduardo, Angela doit travailler à la cuisine et parfois aux champs sur la ferme de son beau-père. La culture du cacao rapporte bien et la belle-famille jouit d'un confort certain. Une maison en ville pour la mère et ses onze enfants et une maison à la ferme pour ceux qui doivent rejoindre les employés, surtout durant la saison forte des récoltes. Angela, la cuisinière et une de ses belles-sœurs doivent préparer les repas de tout le monde. Jour après jour, elles voient aux jardins, au marché, à la préparation des grandes chaudronnées et à la vaisselle. Les seuls moments de répit sont au coucher du soleil, alors qu'Angela et Eduardo peuvent s'asseoir sur le perron avec un bon grand verre d'*aguapanela* chaude. Les nouveaux mariés en profitent pour faire des plans. Ni l'un ni l'autre n'ont l'intention de pourrir au service d'un homme sévère et capricieux. Les longues heures de travail de nos deux jeunes suffisent à peine à payer la pension. Comme ils n'arrivent pas à faire des économies, ils ne voient pas la lumière au bout du tunnel. Les projets futurs sont plutôt l'affaire d'Angela, alors qu'Eduardo veut passer au lit plus souvent avec sa belle et jeune épouse. Soir et matin, toutes les occasions sont bonnes pour lui alors qu'elle ne voit pas d'inconvénient à se donner sans résister ni ressentir quoi que ce soit. Angela a vite réalisé que son mari part travailler aux champs plus joyeux si elle se laisse labourer que si elle refuse, ce qu'elle fait rarement.

Ces longs moments sans rien ressentir font pourtant remonter les douleurs de Purita alors qu'avant, ces douleurs étaient prévisibles chaque mois. Maintenant, elle sait qu'il s'agit de ses menstruations.

Le soir de son mariage, la douleur était vive, comme pas normale, pas naturelle. Une douleur enrobée d'un plaisir intense comme elle n'a jamais connu. Grâce à Dieu, Angela pensait qu'on la récompensait de bien vouloir porter la croix de Purita. Le lendemain, elle avait découvert des taches de sang sur ses draps, mais cette fois, du sang clair et peu abondant.

Parfois, elle regrette de ne pas avoir questionné davantage son amie Victoria sur le sujet et se sent totalement ignorante en matière de sexe. Mais la naïveté d'Angela la rattrape lorsqu'elle constate que ce que son mari lui a fait, c'est carrément un viol. Elle pleure en dedans lorsque ces images lui montent à la tête, mais pire encore lorsque le déchirement de sa virginité se transforme en rage d'avoir été prise contre sa volonté. Angela aura mal à l'âme longtemps après cette première nuptiale.

Le couple perd de sa ferveur assez rapidement et ni l'un ni l'autre ne savent comment faire pour que la lune de miel dure encore un peu, le temps de leur permettre de devenir des adultes combattants.

∞∞∞∞∞

En dépit de ou grâce à leur naïveté, un premier bébé est en route. Angela a des goûts de femme en « famille ». La future maman ne se comprend plus. Malgré une vie de couple partie du mauvais pied, elle est soudainement et profondément heureuse. Elle reprend une de ses habitudes étranges, qu'elle avait jeune enfant dans ses moments d'anxiété, celle de préparer et de manger un mélange de terre et de sucre. Ce comportement bizarre confirme l'opinion de sa belle-famille : Angela est assurément une petite paysanne sans culture. Vu sa grossesse, son médecin propose une solution équivalente à la tisane préférée d'Angela mais moins indigeste. Puisque Zita s'est attendrie un peu, sans doute en raison de la grossesse de sa fille, elle invite toute la famille à contribuer à la préparation du remède prescrit. Il s'agit de collecter le plus de coquilles d'œufs possible, de les rôtir au four quelques minutes, de les broyer et d'y ajouter du sucre pour en faire une tisane très comparable à l'autre.

Angela pense que vivre avec tout le monde n'est pas l'idéal pour eux. Le caractère distant de son beau-père, l'air hautain d'une de ses belles-sœurs et le travail acharné qu'elle accomplit sont les raisons de l'éloignement affectif du couple. Elle ne voit pas son bébé naître dans cette atmosphère non plus. Eduardo a besoin d'un coup de pied au derrière et Angela lui donnera ce qu'il faut pour qu'il se réveille. Sous l'emprise de son père, Eduardo agit comme s'il n'avait pas d'autre choix que celui de dépendre de ses parents.

    Tu as toujours rêvé d'avoir un bar, d'être ton propre patron. Pourquoi ne pas s'organiser pour réaliser ce rêve?

    Ça coûte très cher, un bar. Où veux-tu que je trouve l'argent pour ça?

    Demande à ton père. Il a toujours dit qu'il serait prêt à payer tes études comme il le fait pour tes sœurs.

Eduardo s'arme de courage et Angela l'aide à préparer sa rencontre avec le patriarche. Elle pense qu'ils devront, dans un premier temps, faire part de leur projet à la mère d'Eduardo. Mais avant, le couple doit s'informer sur la nature de ces commerces. Angela souhaite savoir combien de bars il y a en ville. Combien d'employés sont embauchés dans ce secteur? Quel est l'achalandage? Combien font les tenanciers en revenus et combien coûterait l'achat de ce genre de commerce?

Toute jeune, Angela découvre par cet exercice qu'elle a déjà la bosse des affaires. Comme sa mère, elle ne lâche pas le morceau. Puisqu'ils passent leur fin de semaine à Pitalito, ils en profitent pour faire le tour des bars, ce qu'ils n'ont jamais fait depuis qu'ils sont mariés. Eduardo, lui, connaît tout le monde. Il a évidemment la « jasette » facile avec tous ces gens, alors qu'Angela est plutôt du genre à rester tranquille dans son coin. Si son mari est si confortable dans ces lieux, c'est qu'il les fréquentait régulièrement jusqu'à tout récemment. Angela remarque que son mari est allumé, sociable et très à l'aise avec le public. Elle découvre chez lui des qualités qu'elle ne connaissait pas et elle en est très fière. Eduardo ne sera pas le bon à rien que Zita pense de son gendre, alors il faut absolument trouver comment se lancer en affaires.

Une après l'autre, les filles sont là : Marce (prononcer Marcé) et Licet (prononcer Licette). Eduardo aurait préféré un enfant seulement, mais voilà qu'il est père de deux filles. Il a bien tenté d'effacer l'existence de cette deuxième responsabilité en forçant sa femme à l'avortement par des moyens plutôt douteux, voire dangereux. Heureusement, la maman et le bébé en route survivent aux tentatives artisanales d'une *charlatane,* mais en garderont de profondes cicatrices qu'Angela cherchera à cacher tout au long de sa vie. Par la suite, Eduardo passe plus de temps à cajoler sa petite rescapée des efforts d'avortement, sans doute pour se faire pardonner. Licet se sent privilégiée et suit son père partout. Toute petite, elle passe des soirées au bar de son père, malgré les objections de sa mère.

La famille vit à Neiva depuis la naissance de Marce. Le père d'Eduardo a trouvé le projet du bar de son fils intéressant. Il lui a avancé les sommes nécessaires à condition d'investir dans un commerce en ville. Le père trouve que Pitalito a déjà son lot de bars pour sa petite population, alors que Neiva et ses cinq cent mille habitants a plus de potentiel. À la maison, Marce fait des fugues et mange. Elle mange et prend du poids. Sa mère s'inquiète à son sujet et quant à son père, il ne la voit toujours pas. N'ayant d'yeux que pour Licet et son bar, Eduardo n'a presque plus de temps pour son épouse.

Angela a beau tenter de gérer elle-même les comportements de sa fille aînée, mais au moment où elle pense avoir le contrôle, Marce prend cinq kilos de plus et fugue encore plus loin et plus longtemps. Il n'est pas encore évident pour personne que seul le père est en position de faire quelque chose pour sortir sa fille du gouffre dans lequel elle s'enfonce. Pire encore, comme pour garder Marce dans l'ombre et faire souffrir au maximum Angela, le père et sa protégée ont un accident de moto. Licet est hospitalisée. On

croit qu'elle perdra sa jambe gauche, violemment
sectionnée lors de la collision. Un camion a percuté de plein
fouet la moto et ses deux passagers. Le père s'en sort
indemne. Dans les couloirs de l'hôpital, Angela est
hystérique. Elle veut voir sa fille à tout prix. Craignant pour
la santé de Licet, elle demande que l'on prenne sa jambe à
la place de celle de sa fille. Le médecin prend Angela par
les épaules, la secoue et la menace de l'empêcher de voir sa
fille si elle ne change pas d'attitude.

_____Ta fille a besoin d'une mère forte et si tu n'arrives pas
à trouver cette force, Licet perdra définitivement l'usage de
sa jambe.
Une bonne dizaine d'opérations plus tard, le praticien
annonce que Licet conservera sa jambe. Entre-temps, sa
mère a pleuré en silence et s'est montrée forte, comme elle
l'avait fait toute jeune lors des longues absences de son
père.

∞∞∞

Eduardo rentre à la maison très tard comme à
l'habitude. Son nouveau club de nuit rapporte beaucoup
d'argent et permet à la famille de bien vivre.
Malheureusement, le couple se voit beaucoup moins
souvent. Les filles dorment et Angela s'est couchée tôt,
troisième grossesse oblige. Eduardo fait le tour de la
maison et remarque que la table est mise. Elle est montée à
l'avance pour huit adultes, comme en témoignent les verres
à vin bien alignés du côté des couteaux sur les plus beaux
napperons de la maison, ceux qu'ils ont reçus en cadeau de
Zita lors de leur dixième anniversaire de mariage. Sur la
cuisinière à gaz, une chaudronnée de *frijoles* refroidit
lentement et parfume toute la maison d'une senteur de
plantains bouillis à en donner l'eau à la bouche. Le mari fait
mine de rien, se déshabille et se glisse doucement sous les
couvertures du lit sans se laver. Angela grogne sans rien
dire et tourne le dos à son conjoint comme pour éviter la
discussion.

____Tu prépares une fête?

____Oui. Tu n'es jamais là, donc, je m'organise.

Eduardo n'ose pas pousser la discussion; il se retourne et essaie de dormir.

Le lendemain, le père de famille rentre tôt. Comme il n'a pas été invité à la fête, il cherche tout de même à en savoir plus long sur les décisions de femme libérée qu'Angela prend depuis un certain temps. Pendant qu'elle se douche, il fait le tour de la table mise toujours sans convives. Qui sont les invités? Angela a mentionné quelques couples, sans plus de précision. Il boude de jalousie.   Pourquoi Angela l'éloigne-t-il de sa vie? Recevoir des couples, ça se fait en couple, oui ou non?

Angela sort de la douche, s'empresse d'enrouler une grande serviette autour de son corps et prend soin d'éponger ses longs cheveux ébène. Elle sait qu'Eduardo la regarde, mais elle fait comme s'il n'y était pas. La table est, elle aussi, encerclée d'une grande couverture attachée au plafond comme pour créer une division temporaire entre la salle à manger et le reste de l'habitation. Eduardo s'approche par-derrière, prend sa très belle femme dans ses bras, la serre tendrement et lui fait part de ses sentiments. Il est jaloux, triste de ne pas faire partie de décision aussi importante que celle de recevoir des amis. Angela est surprise, sachant bien qu'Eduardo déteste recevoir de la visite. Elle se retourne sur elle-même, l'embrasse tendrement et lui dit qu'il est le bienvenu au souper. Ils seront les deux seuls convives. Sur le coin de la table, à la une du quotidien : BOGOTÁ, lundi 21 août 1989, la presse colombienne annonce l'arrestation du général Miguel Maza Márquez, parent du célèbre prix Nobel de littérature Gabriel García Márquez. Pablo Emilio Escobar a poursuivi activement ses attaques sur l'ensemble du territoire du département d'Antioquia, dans la région de Medellín, conduisant vers une cruauté croissante ce qu'Escobar appelle sa guerre contre l'État.

Eduardo ne comprend pas le lien entre ces malheureux événements et les raisons qui portent sa femme à célébrer.

Angela voit bien son mari perplexe et pointe l'article pertinent du journal.

> L'écrivain correspondant pour l'*El Espectador* a rendu l'âme ce matin dans son bureau. L'homme avait, depuis quelques mois, tenté de monter un nouveau journal hebdomadaire à Neiva, Huila. À l'âge de soixante-quatorze ans, cet érudit laisse dans le deuil son épouse Zita, quatre enfants et deux petits-enfants. L'alcool serait en cause dans ce décès.

Angela a appris la mort de son père la veille de la publication et n'a pas encore versé une larme. Elle ne comprend pas pourquoi, mais il faut savoir que Manuel ne faisait plus partie de sa vie depuis quelques années. Angela repasse les souvenirs pénibles qu'elle retient de son père, comme ces soirées de longue attente dans sa plus belle robe alors qu'il ne rentrait pas.
Il faut dire qu'après la naissance du petit Manuelito, la senteur d'alcool mêlée à celle de la cigarette de Manuel se faisait rare. Ses souffrances et les absences de son père l'ont inquiétée dans une période où elle avait le plus besoin de sa protection. Cependant, lorsqu'il était là, allongé sur son lit à lui lire une histoire, Angela était calme et rassurée. Elle s'endormait auprès de son père, qui la *coucounait* en cuillère comme il le faisait depuis qu'elle était toute petite.

Elle ne comprenait pas pourquoi son père avait soudainement refusé de venir l'endormir comme il faisait. Normalement, Angela aimait ces moments de tendresse, mais lors de cette dernière soirée, elle avait senti que son père était intensément mal à l'aise. Il n'est plus jamais revenu lui faire la lecture dans son lit. Elle a eu mal aux tripes? comme pour Purita, et sans comprendre pourquoi, elle ne verra plus jamais son père de la même façon.
Même Zita ne voyait plus son mari. Ses rares visites se terminaient toujours par de violentes disputes, puis Manuel claquait la porte en disant : « Je ne comprends pas pourquoi j'aime cette vieille, si méchante avec moi... »

∞∞∞∞∞

65

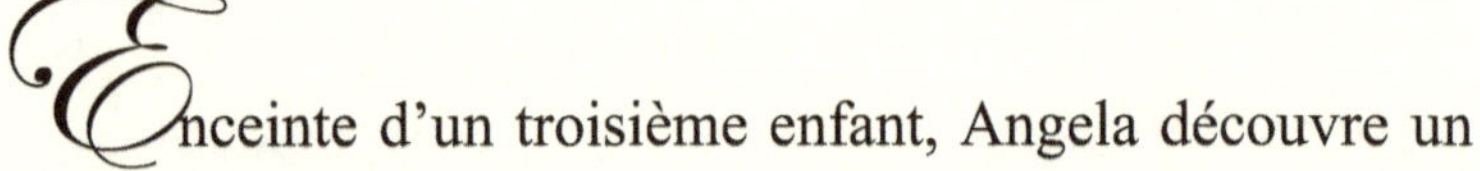

nceinte d'un troisième enfant, Angela découvre un
nouveau défi dans la conduite d'une automobile. Elle est
comme ça : dans l'adversité, elle se donne de nouvelles
gageures. Elle veut cet enfant plus que jamais et beaucoup
plus d'Eduardo. Si Dieu le veut, elle prie pour que ce soit
un garçon, celui qui lui donnera le courage de partir.

Eduardo gare sa voiture toute la journée puisqu'il n'en a
besoin que les fins de semaine. Dès le retour de l'école, les
filles et Angela profitent de l'absence du père pour sortir
l'auto du garage. La mère au volant, les filles doivent
pousser l'auto dans la rue, car notre élève conductrice n'ose
pas démarrer le moteur dans un espace confiné. Une fois
dans la rue, les filles montent dans l'automobile déjà en
marche à pas de coq. Les vacanciers clandestins quittent
rapidement les rues achalandées de Neiva pour filer vers la
campagne. Tout au long de la randonnée, c'est la fête. Les
trois crient et chantent à tue-tête comme pour enterrer la
peur de mourir au fond d'un fossé. À la radio, Joe Dassin
chante en espagnol au sujet d'un été tout à fait inconnu pour
eux. Connaissant toutes les paroles, Angela chante avec lui
L'été indien et pleure le décès de son père :

> Tu sais, je n'ai jamais été aussi heureux que ce
> matin-là.
> Nous marchions sur une plage, un peu comme celle-
> ci.
> C'était l'automne. Un automne où il faisait beau.
> Une saison qui n'existe que dans le nord de
> l'Amérique.
> Là-bas, on l'appelle l'été indien. Mais c'était tout
> simplement le nôtre.
>
> Avec ta robe longue, tu ressemblais à une aquarelle
> de Marie Laurencin.

Et je me souviens, je me souviens très bien de ce
que je t'ai dit ce matin-là, il y a un an, il y a un
siècle, il y a une éternité.

On ira où tu voudras quand tu voudras.
Et l'on s'aimera encore, lorsque l'amour sera mort.
Toute la vie sera pareille à ce matin, aux couleurs de
l'été indien.

Aujourd'hui, je suis très loin de ce matin d'automne,
mais c'est comme si j'y étais... j'y étais.
Je pense à toi. Où es-tu? Que fais-tu? Est-ce que
j'existe encore pour toi?

Je regarde cette vague, qui n'atteindra jamais la
dune. Tu vois, comme elle je reviens en arrière.
Comme elle, je me couche sur le sable et je me
souviens. Je me souviens des marées hautes, du
soleil et du bonheur qui passaient sur la mer, il y a
une éternité, un siècle, il y a un an.

On ira où tu voudras quand tu voudras.
Et l'on s'aimera encore, lorsque l'amour sera mort.
Toute la vie sera pareille à ce matin
Aux couleurs de l'été indien.

Angela en a assez de cette vie. Elle veut poursuivre ses
études. Même si Eduardo s'y oppose farouchement, elle
termine son secondaire. Après, elle entreprend des études
universitaires à l'aide d'économies accumulées en cachette.
Comme tout bon mari colombien qui cherche à sauver la
face, Eduardo décide finalement d'assumer les frais
d'études de son épouse. Les filles du couple, même toutes
petites, font leur part. Elles suivent leur mère en classe pour
certains cours du soir afin d'économiser sur les frais de
gardienne.

Angela sent une présence, une énergie invisible qui envahit
sa demeure. Le patio devient inaccessible. Cette présence

mystique s'y est bien installée et Angela la ressent comme maléfique. Depuis sa tendre enfance, elle peut capter la présence d'esprits qu'elle craint et préfère ignorer. Cette fois, Angela n'ose pas consulter sa mère, comme elle en a l'habitude. Cela ne ferait que justifier le point de vue de Zita au sujet d'Eduardo. Angela consulte un prêtre. C'est déception par-dessus déception. Ce prêtre n'aide en rien ce médium involontaire. Plutôt, il l'invite à la prière afin de chasser ces présences, qu'il dit être démoniaques. Angela doit se rapprocher de Dieu. Elle revient à la maison, seule et incomprise, puis décide de faire sa propre enquête. Pourquoi leur maison, auparavant libre de toute présence, est maintenant occupée? Sans faire d'effort, Angela sait que l'occupation de son patio est directement reliée aux infidélités de son mari. Qu'il aille se rincer la queue à gauche et à droite, ça va de soi pour la plupart des hommes colombiens, mais qu'Eduardo devienne amoureux d'une de ses maîtresses, cela est insupportable. Angela veut des preuves. Elle harcèle son mari, qui nie tout. Elle le suit au travail, mais il l'empêche d'entrer dans son club pour la protéger de ses clients mâles, prétend-il.

Plusieurs soirs de suite, Angela se faufile et observe à distance les allées et venues de son mari. À la fermeture du club, il sort toujours avec la même femme. Il est coupable; il l'aime. De retour à la maison, Angela le confronte avec ses observations. Eduardo admet l'aimer mais jure aimer son épouse aussi. C'est plus fort que lui, il ne peut pas quitter cette femme. Elle l'a ensorcelé. La maîtresse a littéralement embauché une sorcière pour l'ensorceler et faire occuper la maison par des esprits maléfiques. Angela se résigne et insiste pour qu'il aille vivre avec sa nouvelle femme, contre qui il ne peut rien. Dire qu'elle passe des moments très difficiles serait minimiser l'enfer qu'elle croit ne pas pouvoir surmonter. Malgré les hauts et les bas, les enfants ont tout le nécessaire de leur père même si, parfois, Angela doit se passer de manger. Un jour, Angela raconte à un ami : « Il m'a promis que je mangerais de la merde. J'ai refusé sa merde même si je n'avais rien d'autre à manger. »

Si elle réussit à se libérer de cette sorcellerie et de son mari, elle jure ne plus jamais vivre avec un autre homme.

Zita a longtemps réfuté ce mariage entre Eduardo et sa fille. Avec la venue prochaine d'un troisième petit, elle a enfin appris à tolérer Eduardo dans sa famille, mais Angela souhaite divorcer. C'en est trop pour Zita. Maintenant, elle n'accepte pas qu'Angela se sépare. La vieille couturière propose d'aller vivre avec sa fille, espérant pouvoir aider ce couple en sérieuse difficulté. Zita vit avec son fils aîné, Alejandro, depuis quelques années. Avec une vue faiblissante et une main qui tremble, elle n'arrive plus tellement à faire de la couture. Alors, comme de nombreuses personnes d'un certain âge, elle accepte que son fils vienne vivre avec elle dans sa maison. Aimante qu'elle était, Zita devient petit à petit une proie facile, beaucoup plus que bénéficiaire d'un fils qui doit apporter le soutien nécessaire à une mère dans le besoin. Zita décide donc de vendre sa maison et de quitter Pitalito pour aller vivre avec Angela à Neiva. Elle en a assez de voir son fils aimer changer de conjointe tous les six mois et faire des enfants à gauche et à droite sans leur donner son nom. De plus, elle sait qu'il lui vole de l'argent à tout bout de champ. Angela est surprise de constater que sa mère refuse finalement de se laisser avoir par Alejandro. Elle accepte donc avec grand plaisir que sa mère vienne s'installer avec elle le temps de l'accouchement. Après, les femmes verront ce qu'il y a de mieux à faire.

∞∞∞

Depuis un an, Angela mange de la merde et souhaite mourir. Elle a maintenant trois enfants sur les bras et une mère qui n'arrive toujours pas à la convaincre de reprendre son mari. Avant de prendre la décision de divorcer, elle s'est cachée dans le lit d'un autre homme pour quelques mois afin d'y trouver ce dont elle avait besoin : de la tendresse. Après tout, depuis les premiers instants de son mariage, son mari Eduardo n'arrivait qu'à labourer sa femme... et bien d'autres aussi. Pourtant, Angela ne voulait pas croire aux multiples infidélités de son mari. Elle a plutôt plongé dans des études universitaires dans le but d'y trouver une certaine autonomie. Une fois un diplôme en main et un amant qui la couvre de caresses, elle confronte sa mère, preuve à l'appui, qu'Eduardo est infidèle depuis longtemps et peut-être même depuis toujours.

Zita se résigne et voit bien qu'Angela ne recule devant rien. La vieille mère décide donc de faire ménage à part et de se tourner vers une vie active avec des amies, ce qui la rajeunit de dix ans. Avec une mère bien heureuse, deux frères au loin dont le plus jeune, Manuelito, impliqué dans des activités politiques et des études de médecine, Angela est toujours occupée à survivre. Les enfants mangent parce que leur père voit à ce qu'ils aient le strict minimum, mais Angela n'y a pas droit. Elle n'a toujours pas de travail malgré un bon diplôme en poche, et son aventure extraconjugale vient de mourir dans l'œuf alors que son prince charmant la laisse tomber brutalement. Angela pleure pour ses enfants. Elle pleure parce que sa mère cherche à lui faire comprendre que son devoir est auprès de son mari. Elle cherche à comprendre ce qui lui arrive. Seule au creux de son lit, elle réfléchit nuit après nuit. Comment pouvait-elle prévoir un avenir aussi dévastateur ?

- J'ai fait de la peine à des gens que je croyais indifférents à mon mariage.

- Alejandro, mon frère, me doit de l'argent.

- Je sais bien qu'il se fout de moi.

- Mais cet argent, les enfants en ont besoin.

- Je devrais parler à Victoria, ma meilleure amie. Elle a droit à des explications.

C'est toujours comme ça dans la tête d'Angela. Elle retourne toutes les pierres pour s'assurer de prendre les bonnes décisions, de faire les bons choix et d'accommoder tout le monde. Elle n'arrive pas facilement à des décisions, surtout celles qui serviraient à améliorer son propre sort. Angela déteste autant les jours que les nuits. Elle ne voit plus personne sauf son bébé de deux ans, qui la sollicite constamment. L'enfant sait que sa mère veut mourir. Ce qu'il ignore, c'est que devant une corde de pendaison, un couteau à trancher les veines ou une boîte de médicaments, Angela ne passe pas à l'acte à cause de lui et pour lui. Felipe (prononcer Félipé) lui sauve la vie soir après soir, pendant plusieurs mois.

Angela ne veut pas se présenter chez des employeurs avec pareille mine. Elle a faim et son frère Manuelito le sait. Il est sans doute le seul attristé par l'état de sa grande sœur, qui est depuis longtemps sa deuxième mère. La fiancée de Manuelito propose d'approcher son père, qui a des contacts en politique et qui peut certainement trouver un emploi à Angela. Il s'agit d'un travail temporaire qui cadre bien avec l'état chancelant d'Angela. Elle accepte avec gratitude le job, cette bouée de sauvetage que lui lance son petit frère adoré.

Angela reprend petit à petit des couleurs de vivante et ses filles Marce et Licet le remarquent. Leur mère ne se lève pas seulement pour préparer au *molinillo* le chocolat chaud du matin et pour embrasser les filles avant leur départ pour l'école comme elle le fait machinalement depuis six mois. Maintenant qu'un travail l'attend, elle se lève pour prendre soin de sa personne en se disant qu'elle le mérite bien aussi. Pourquoi être aussi triste après avoir décidé de quitter l'enfer que son mari lui servait tous les jours? C'était pourtant la chose à faire et elle croyait s'y être préparée. Angela pensait avoir bien préparé son cœur à la difficile tâche de dire non au bourreau, de refuser l'hypocrisie et de quitter la sécurité du mariage. Elle était loin d'avoir prévu le mal de vivre qui l'a prise par surprise au tournant de la rue. Elle n'avait pas du tout prévu les détails pécuniaires comme le manque de travail, payer les factures et gérer l'avenir de deux adolescentes déchirées par la tournure des événements. En plus de son travail, Angela s'implique dans la politique municipale. Elle fréquente de nouveaux amis et obtient de belles faveurs comme un meilleur emploi une fois le premier poste temporaire terminé. Angela s'attendrit elle aussi, comme sa mère, qui a repris quelque peu ses sens avant de revenir vers elle.

∞∞∞∞∞

Après six mois d'absence, elle décide de retourner jouer au basket. Hector, qui connaît bien l'état d'Angela, considère qu'elle n'est pas dans son assiette. Elle est plus souvent sur le banc que sur le terrain de jeu. Il remarque qu'elle porte un bandage au genou gauche.

____ Ce n'est rien. Une petite faiblesse au genou à force de sauter pour le panier.

____ Que fais-tu après la partie? Tu aimerais bien venir prendre une bière?

____ Felipe est seul à la maison ce soir. Peut-être demain. Je m'arrange pour que son cousin soit avec lui.

Hector flotte. Il a un peu de difficulté à croire que la belle Angela a accepté d'aller prendre une bière avec lui. Auparavant, les autres sorties de bière après la partie de basket se faisaient en groupe. Mais Hector arrive dans la vie d'Angela au bon moment, alors qu'elle sort à peine de l'enfer et qu'elle a besoin d'une oreille empathique, peut-être même d'une épaule douillette. Peu de mots sont échangés entre un Hector tranquille et une Angela fermée comme une huître. Ils se connaissent depuis un certain temps, mais sans vraiment savoir beaucoup de choses l'un de l'autre. La bière est bonne et la compagnie fait du bien. Hector n'a pas de famille, sauf un garçon illégitime, et il vit seul depuis plus de trois ans. Agronome, il se noie dans son travail, qui le porte à voyager beaucoup.

____ Tu aimerais venir avec moi visiter quelques fermes les jours où tu ne travailles pas?

72

___ Je veux bien, merci.

Les routes tortueuses de la province de Huila sont attaquées avec assurance, puisque Hector les a parcourues mille et une fois. Angela le sait et se sent entre de bonnes mains. Normalement, elle serait plutôt inquiète de ce qui pourrait les attendre au prochain tournant : un accident mortel, une descente guérilla ou un glissement de terrain. De ferme en ferme, ils sont accueillis avec générosité, ce à quoi Angela ne s'attendait pas. Parfois, ils sont même invités à partager le repas avec leurs hôtes, mais souvent, ils prennent la route du retour avec des provisions de fruits et légumes. Angela et ses enfants apprécient la générosité de ces étrangers. Angela aime surtout ces sorties avec Hector, car elles lui rappellent son enfance et les visites chez tio Benito, qu'elle faisait régulièrement les fins de semaine avec ses parents.

Hector pratique sa profession d'agronome avec dévotion. Ses clients l'aiment bien et lui sont visiblement reconnaissants. Angela, petite fille de ville, adore la tranquillité du milieu agricole. Elle passe beaucoup de temps avec les animaux de la ferme alors qu'Hector s'affaire à ses tâches. Elle fait aussi connaissance avec des cultivateurs de café, ce qui lui servira bien un jour. Semaine après semaine, Angela prend la route avec cet ami qui lui a tendu l'oreille et qui a su ne rien dire alors qu'elle mettait des baumes sur ses plaies. Cette journée de pluie battante, Hector propose d'arrêter manger dans un petit restaurant sympathique qu'il connaît bien. Alors qu'ils sont attablés, Angela le regarde en face pour la première fois et découvre qu'il est plutôt bel homme, du moins bien bâti. Mieux encore, elle entrevoit sa sensibilité à peine cachée, une qualité rare chez les Colombiens. Elle n'a jamais aimé casser les oreilles des autres avec ses problèmes. Hector le ressent et n'insiste pas.

Angela continue d'effleurer à peine l'enfer qu'elle vit depuis des mois. Elle se surprend à s'intéresser aux autres, à ce qui se passe autour d'elle, à cet homme avec qui elle parcourt les routes de Huila depuis des mois.

___ Ce soir, tu as le goût de danser?

___ Oui, bien sûr.

De la salsa au merengue, en passant par quelques *cumbias*, Angela se laisse aller. Elle chante, danse et aime le regard qu'Hector pose sur elle. Elle lui permet de l'envelopper de sa tendresse. Collée à son corps, elle sent son organe dur, ce qui l'excite. Elle l'invite à son appartement, où ils font l'amour sans trop de fanfare. Même que c'était meilleur sur le plancher de danse, mais Angela, qui n'a pas fait l'amour depuis plus d'un an, s'en contente. Toutefois, mieux que l'amour au lit, Angela parle et Hector l'écoute. Tout y passe : les viols de son maudit mari, sans compter ses infidélités ; les soirées où elle a voulu mourir, sauvée par la présence de Felipe; sa difficulté à trouver un emploi et sa mère prenant ses distances.

∞∞∞∞∞

Dernièrement, Licet ne se présente plus à l'école. Angela et Eduardo doivent se parler et ils le font du bout des lèvres. Leur fille de seize ans est amoureuse d'un homme de dix ans son aîné. Personne n'approuve, mais elle le voit quand même régulièrement durant les heures de classe comme durant la soirée. Angela se sent démunie malgré la bonne relation qu'elle nourrit avec sa fille. Licet fait des fugues. La nuit, elle sort par la fenêtre de sa chambre pour aller retrouver son amoureux et Angela fait mine de ne pas le savoir.

Victime d'une tentative d'avortement alors qu'elle est toute jeune, Licet est encore marquée au fer rouge lors d'un voyage avec son père entre Pitalito et Neiva. Angela entrevoit pourtant ce voyage comme dangereux. Elle insiste auprès de son ex et de sa fille pour qu'ils ne prennent pas la route ce soir-là. On se souvient que Licet a déjà failli y laisser sa jambe. Les cicatrices sur les cœurs ont mis beaucoup plus de temps à se refermer que les menaces d'amputation, les deux ans de convalescence et les multiples chirurgies que Licet a dû subir. Avec ces événements en tête, Angela comme Eduardo gardent toujours une main de velours pour Licet, quoi qu'elle fasse. Un des soirs de fugue de Licet, Angela se déguise en Sherlock Holmes et suit sa fille jusque dans les bras de César. Elle les voit mais ne veut pas y croire. Le lendemain, un coup de téléphone de l'école et Angela est convoquée pour une rencontre avec le directeur. Licet sèche ses cours et pourrait faillir à son année scolaire. Chaque jour, César passe la prendre à l'entrée de l'école avant le début des cours et la ramène juste avant la fin de la journée scolaire. Licet ne veut plus poursuivre ses études. Elle veut se marier, avoir des enfants et rester à la maison pour son mari.

Angela n'approuve pas la relation avec cet homme, pas plus que sa mère n'avait approuvé son premier amour, Eduardo. Mais que peut bien faire une mère dans ce genre de situation? Après les avoir vus ensemble, Angela devient furieuse, mais ça ne dure que le temps d'un soda au dépanneur du coin. De retour à la maison, la mère et la fille s'entendent sur une chose : Licet finit son secondaire et ensuite, elle pourra marier cet homme. Après à peine un mois au travail et enfin sortie de l'interminable enfer de sa séparation, Angela reçoit un téléphone de sa mère, hystérique :

____ Angela, ton frère se cache.

____ Qui maman? Alejandro? Libardo?

____ Non. Manuelito.

____ Pourquoi Manuelito se cacherait? Il se cache de qui?

____ Du maudit gouvernement de cul ! Ils ont menacé de le tuer à cause de ses manifestations avec les étudiants de l'université. Il court déguisé et on n'a pas de nouvelles de lui.

____ J'arrive maman, nous le trouverons.

À cette époque, le jeune frère d'Angela, Manuelito, parcourt les routes de son pays avec une cohue d'étudiants contestataires. En troisième année de médecine, il est l'organisateur principal de ces manifestations et conteste, entre autres, la hausse des frais de scolarité. C'est sous le régime d'Andrés Pastrana Aragon, président de l'époque,

que Manuelito espère faire de la démocratie. Alors que le nouveau président vient d'instaurer les zones démilitarisées en espérant gagner la faveur de la FARC, ce gouvernement n'apprécie pas les contestations. Depuis plus de cinquante ans, des villages entiers sont massacrés, tantôt pour leur allégeance aux cartels de la drogue du côté des paramilitaires, tantôt pour avoir donné à boire à des membres de la FARC ou pour avoir soutenu les manœuvres militaires du nouveau gouvernement en place.

Les efforts de réconciliation entre ces trois groupes sont constamment minés par la corruption. Les gens du peuple n'ont pas beaucoup d'espoir, sauf pour certains comme Manuelito, qui rêve d'un avenir meilleur pour ce beau et unique pays. Ce jeune rêveur, toujours aux études et fraîchement marié avec sa petite copine de classe, semble ne pas en avoir assez pour le tenir occupé. Il s'implique, veut participer aux changements, d'abord comme président du conseil étudiant de sa faculté et, finalement, à titre de président national des associations étudiantes. Lui et ses collègues, devenus de bons amis, s'inspirent de grands révolutionnaires comme Che Guevara, mais eux veulent exprimer leurs opinions pacifiquement par des moyens démocratiques. Fini le temps des massacres, à mort la corruption. Leurs armes : descendre dans la rue et crier leurs doléances. Mais, avec cette nouvelle ère de démocratisation de la Colombie, il faut encore crier en harmonie avec les gens au pouvoir.

Manuelito et ses amis ont leurs têtes à eux. Après tout, ils ne font que marcher dans la rue à coups de milliers. Ils s'organisent, couvrent beaucoup de territoire. Une semaine à Neiva, une autre à Bogotá ou de Medellin à Barranquilla. On les espionne, on identifie les leaders et on attend le bon moment pour paralyser ce mouvement étudiant trop bruyant. On ne les arrête pas, car ils ne font rien d'illégal, mais on les frappe dur. Une lettre officielle, signée par un haut placé militaire, offre à nos délinquants de choisir entre trois voies : joindre le parti et respecter sa ligne de conduite, quitter le pays ou mourir, car ils sont devenus des cibles militaires. Manuelito tremble dans ses culottes. Cet universitaire sans malice ne comprend pas pourquoi lui et ses copains méritent un tel traitement de leur nouveau gouvernement. Ils sont désabusés et renversés par cette menace totalitaire. Manuelito décide de fuir à l'étranger. Pour ses derniers déplacements sur la terre de son enfance, sur ce sol qu'il adore, il se déguise et court seul pour sauver sa peau.

Angela cherche son frère, qu'elle aime comme son enfant. Depuis la naissance de son cadet, elle le catine comme pour préparer son rôle de mère. Elle aime ce frère devenu un homme fier et beau comme leur père. Mieux encore, elle croit en lui, en tout ce qu'il dit. La Colombie a besoin d'hommes comme lui. Angela comprend mal pourquoi on lui voudrait du tort, même si rien ne la surprend de ce pays de contradictions. Des semaines passent sans signes de Manuelito. Il court toujours et partage peu de nouvelles avec ses proches. Lui et son épouse Pamela, qui l'accompagne, préparent leur fuite ultime, se rendre aux États-Unis en attendant que la tempête se calme.

Manuelito et sa jeune épouse se fondent dans la population urbaine de Bogotá. Avec peu de valises, ils se dirigent vers la Carrera siete, à la hauteur du Bosques de Bellavista. À presque un quart de kilomètre de l'Ambassade américaine, ils aperçoivent une file d'attente longeant la muraille du jardin de l'établissement. Les bâtiments étant tous sous terre pour des raisons de sécurité, deux grandes barrières flanquées de belles tours en pierres blanches font office d'entrée principale. Manuelito s'arrête un instant et doute de leur sécurité, plantés là en plein soleil pour attendre des heures avant d'entrer dans la zone sécuritaire de l'ambassade américaine. En jetant un coup d'œil de l'autre côté de la rue, il montre à son épouse l'Ambassade du Canada pratiquement déserte. Ils traversent alors la Carrera siete et entrent facilement dans l'édifice canadien, où ils demandent refuge.

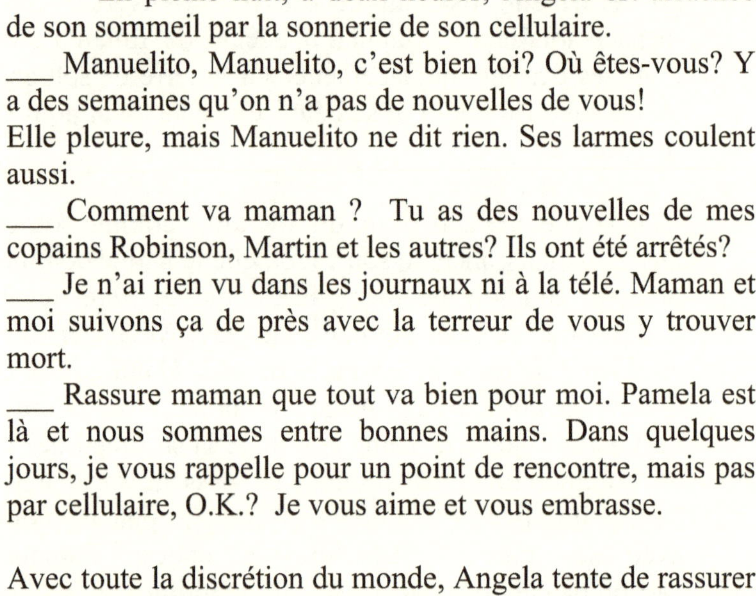

En pleine nuit, à deux heures, Angela est arrachée de son sommeil par la sonnerie de son cellulaire.

___ Manuelito, Manuelito, c'est bien toi? Où êtes-vous? Y a des semaines qu'on n'a pas de nouvelles de vous!
Elle pleure, mais Manuelito ne dit rien. Ses larmes coulent aussi.

___ Comment va maman ? Tu as des nouvelles de mes copains Robinson, Martin et les autres? Ils ont été arrêtés?

___ Je n'ai rien vu dans les journaux ni à la télé. Maman et moi suivons ça de près avec la terreur de vous y trouver mort.

___ Rassure maman que tout va bien pour moi. Pamela est là et nous sommes entre bonnes mains. Dans quelques jours, je vous rappelle pour un point de rencontre, mais pas par cellulaire, O.K.? Je vous aime et vous embrasse.

Avec toute la discrétion du monde, Angela tente de rassurer sa mère et ses filles, Licet et Marce. Elles doivent rester muettes en attendant impatiemment les directives de Manuelito. Alejandro et Libardo sont, eux aussi, avisés que leur frère est toujours vivant mais pas plus. Alejandro, l'aîné, a déjà suffisamment d'ennuis avec la police et se préoccupe peu de son petit frère. Il l'a toujours trouvé de trop dans la famille, et ces deux-là sont comme le feu et l'eau lorsqu'ils sont dans la même pièce. Libardo, cependant, est disposé à faire ce qu'il peut pour sortir son petit frère de cette situation risquée. La famille se mobilise en secret et prépare plusieurs scénarios pour sauver Manuelito. Angela consulte ses contacts de la politique et Zita se console auprès de ses sœurs qui, elles aussi, en ont vu de toutes les couleurs. Elles sont toutes assez vieilles pour avoir vu les différents régimes que leur beau pays a subis au cours des cinquante dernières années.

Ces femmes se demandent comment les gens arrivent à garder leur santé mentale tout en vivant dans un pays presque schizophrène ou souffrant de double personnalité. Sur le champ de bataille, Manuelito et ses amis sont peut-être victimes d'un « dommage collatéral », comme on dit en langage militaire. Eux n'y croient pas. Leur pays est encore trop corrompu et ces étudiants sont bien avant leur temps avec leurs causes et leurs méthodes de revendication.

Manuelito et Pamela sont à l'Ambassade du Canada. Lui et son épouse sont accompagnés sous escorte dans un endroit secret pour préparer leur demande de refuge au Canada. Ils auront le temps de faire venir quelques membres de la famille pour panser les plaies et préparer leurs valises étiquetées *Ir solamente*.

Les parents de Pamela se joignent à la famille de Zita pour se rendre en secret à Bogotá afin de voir leurs enfants prisonniers de leurs convictions. Zita et Angela se donnent mutuellement les forces qu'il faut pour cette énième épreuve.

____ Maman, c'est seulement pour quelques mois, tout au plus un an et je te promets d'être de retour à la maison.

____ Mais tes études en médecine, Manuelito?

____ Je les reprendrai à mon retour.

____ Et au Canada, il fait très froid là-bas? On parle espagnol au Canada? Tu pourras bien manger? Comment vivras-tu pendant un an?

____ Le Canada va prendre soin de nous. Nous irons à l'école pour apprendre le français.

____ On parle français au Canada?

Angela écoute à moitié. Elle ne peut pas croire que son petit frère d'amour doit partir si loin pour si longtemps. Au bout du lit de la petite chambre d'hôtel, Angela est assise près de son frère et lui caresse le bras pendant qu'il parle avec sa mère. À ses côtés, Pamela tente de rassurer sa belle-sœur.

∞∞∞

Coup sur coup, elle trouve la force d'encaisser. On dirait même que les épreuves rendent Angela plus forte et plus déterminée à s'en sortir seule, sans l'aide de personne. Même si Angela ne cherche pas d'aide, l'aide vient à elle. Hector lui propose d'aller plus loin dans sa recherche d'autonomie.

___ Tu as pensé à faire de la politique?

___ Tues fou, Hector, je ne connais rien à la politique.

___ Je ne parle pas de te présenter comme candidate, je parle de travailler pour un parti politique lors des prochaines élections municipales.

___ Tu crois qu'un des candidats voudrait de moi dans son équipe?

___ J'en suis convaincu.

Elle consulte les journaux, s'informe sur les candidats. Angela n'aime pas les passe-passe ni faire partie des tentacules de la politique. Cependant, elle sait bien que son bénévolat lui vaudra un emploi si le candidat qu'elle soutient gagne les élections. Or, un emploi stable, c'est ce dont elle a le plus besoin. Mais non, ce ne sera pas pour cette fois, la politique. Elle trouve un deuxième emploi dans la vente. Chef d'équipe, elle travaille bien et le salaire est meilleur. De plus, son travail l'amène à voyager hors de Neiva trop polluante et bruyante, surtout qu'il y fait trop chaud.

Hector parle tout le temps. Il raconte sa semaine dans tous les détails. Il demande à Angela d'en faire autant. Justement, elle veut partager ses préoccupations. Marce et son nouveau petit ami, Alex, veulent vivre avec Angela. Il n'en est pas question. S'ils veulent faire ménage, qu'ils le fassent avec leurs propres moyens. Angela hésite à annoncer à Eduardo que leur fille Marce vit depuis quelques jours avec Alex et qu'elle est malheureuse. Les parents se rendent dans l'espèce de terroir où frissonne Marce, même à quarante degrés. Alex travaille tout le temps et pauvre Marce tombe du haut de sa lune de miel dans cette cabane sombre et sale. Un mariage leur obtiendrait la faveur des parents d'Alex et du soutien matériel, par exemple un meilleur logement.   Pour le moment, Marce est plutôt négative :

___À quoi ça sert de poursuivre des études, mamie? Le commerce de la drogue rapporte plus que tout ça. À quoi ça sert de faire des économies, papi? Je serai morte demain. À quoi ça sert de construire? Tout peut sauter en éclats avec cette guerre qui n'en finit plus.

En voyant sa fille dans cet état, Angela accepte le mariage et consent aussi à les loger pour un certain temps. Après maintes discussions, la mère et les deux filles s'entendent pour un mariage double le plus tôt possible. L'urgence vient plus d'Angela que des filles, à condition qu'elles poursuivent leurs études. Licet doit terminer son secondaire comme promis et Marce a convaincu son père de lui payer des études de droit à l'*Universidad del Sur Colombia*.

Zita est enfin très heureuse de la tournure des événements. Sa fille a visiblement meilleure mine depuis quelque temps et maintenant, c'est au tour des petites-filles de prendre la clé des champs.

Et qui sait, les gendres arriveront peut-être à surprendre tout le monde... Alex exerce un bon métier, celui de mécanicien, et travaille pour une entreprise pétrolière alors que Cesar vient de terminer des études de maîtrise en finance.

La grand-mère veut contribuer au double mariage de ses petites-filles en leur proposant un beau spectacle de danse. C'est une chorégraphie qu'elle a montée avec son groupe d'amies danseuses et qui a été présentée durant les dernières élections sur une grande scène au parc du centre-ville de Pitalito.

L'église est pleine à craquer. Un double mariage signifie la parenté de plusieurs familles, une limousine pour les quatre mariés, un gâteau gigantesque, un orchestre et bien de la bière.

Au début des préparatifs, comme Cesar est agnostique, il s'est farouchement objecté au mariage religieux. Il a finalement accepté de s'agenouiller au pied de l'autel pour l'amour de sa belle Licet, à condition qu'il choisisse les paroles de sa promesse nuptiale. La soirée se déroule comme prévu. Les gens sont sur leur trente-six et les musiciens gardent tout le monde, jeunes et vieux, sur le plancher de danse pendant des heures. Le moment est venu pour Zita et ses amies de présenter leur groupe de danse. Seulement les costumes traditionnels tout blancs, confectionnés par Zita la couturière, portent les mariés aux larmes. La quinzaine de femmes d'un certain âge prend place au centre du plancher de danse et la musique transforme ces danseuses aguerris en réelles colombes. Avec leurs robes qui touchent le sol, ne laissant pas voir leurs pieds, on dirait que les danseuses flottent et se déplacent avec des roulettes. La chorégraphie parle de la transformation de ce peuple colombien en quête d'une paix durable et d'un avenir rempli de promesses.

Soudainement, Zita sort du groupe pour aller s'écraser sur une chaise. Elle est visiblement mal en point et Angela s'empresse de la rejoindre pour voir ce qui se passe. Sa mère est sur le point de perdre connaissance. Quelques hommes autour l'aident à s'étendre au sol, alors que Libardo appelle aussitôt une ambulance. Alejandro insiste auprès de son frère pour attendre un peu au cas où le malaise de sa mère serait passager. Il ne veut pas que sa mère ait à payer les frais d'ambulance si celle-ci se déplace pour rien. Pense-t-il plutôt à son héritage, le cher Alejandro?

Les gens autour s'objectent contre les mesquineries d'un fils peu reconnaissant pour sa mère en difficulté. Ils encouragent Libardo à faire le nécessaire alors que la fête est au beau fixe. Zita, allongée sur le plancher avec sa robe blanche tout étalée, est belle comme un ange que les enfants du nord font coucher dans la première neige de décembre. Elle restera là, gravée dans la mémoire des convives pour longtemps et dans le cœur de ses enfants et surtout ses petites-filles, qui auront vu leur grand-mère mourir le jour de leur mariage.

∞∞∞∞∞

Après Eduardo, il y a Oscar pour un court moment, puis Hector devient le nouvel amour de fin de semaine d'Angela. Hector n'aura jamais eu la chance de rencontrer Zita, car elle croyait toujours au retour d'Eduardo dans le lit de sa fille, même après dix ans de séparation. Plus tard, Angela quitte sa maison hantée de Neiva et retourne vivre à Pitalito avec son petit troisième, Felipe. Hector téléphone et raconte les moindres détails de sa journée. Angela écoute, soutient et console son bien-aimé. Mais le seul homme dans la vie d'Angela, c'est son fils Felipe. Il fait la sieste avec sa mère, elle dîne chaque jour en sa compagnie. Angela monte sa motocyclette chaque midi pour passer le prendre à l'école. Ils se rendent au restaurant pour du porc pané et des frites. Le soir, ils se retrouvent à la maison après quelques parties de basket. Ce fameux sport, Angela l'a dans les veines. Sur le terrain de basket, on dirait qu'elle a des ailes. Elle saute sans effort et la balle collée aux doigts, elle prend grand plaisir à la suivre dans sa trajectoire comme une gazelle flottant sans destination. Un soir sur deux, la mère et son fils dorment ensemble. Depuis le mariage des deux filles et le décès de sa mère, Angela se sent seule avec un fils au milieu d'un pays à la fois beau et dangereux, comme un rosier. Depuis le départ de son jeune frère Manuelito pour le Canada, elle réfléchit longuement. Elle veut un meilleur avenir pour Felipe. Elle considère sérieusement quitter son pays pour de meilleurs horizons. Nostalgique, Angela plonge dans l'une de ses chansons préférées, *Abrazame,* du chanteur mexicain Juan-Gabriel :

> *Tu cuando mires para el cielo*
> *En cada estrella que aparezca*
> *Amor es en te quiero...*

∞∞∞∞∞

DEUXIÈME PARTIE

Dans la longue histoire de la famille, la répétition persistante des prénoms lui avait permis de tirer des conclusions qui lui paraissaient décisives. Alors que les Aureliano étaient renfermés, mais perspicaces, les José Arcadio étaient impulsifs et entreprenants, mais marqués d'un signe tragique.

- Extrait tiré de *Cent ans de solitude*, de Gabriel García Márquez, Éditions Gabriel García Márquez (1967).

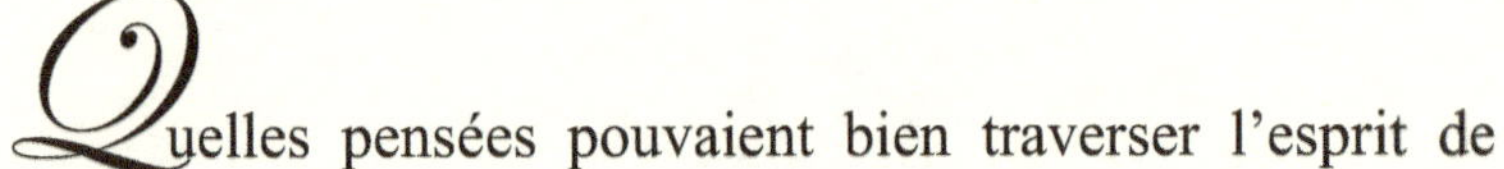

uelles pensées pouvaient bien traverser l'esprit de

Manuelito alors qu'il regardait par la fenêtre de l'autobus? Peut-être avait-il oublié à quel point le voyage allait être inconfortable. Évoquait-il la maison où il avait passé son enfance et sa jeunesse avec sa sœur Angela, ses deux frères, Alejandro et Libardo, et ses parents ? Se demandait-il de quelle façon chacun réagirait à sa venue? Sa sœur, ses tantes, ses nièces et son neveu qu'il n'avait pas vus depuis les funérailles de sa chère mère. Manuelito se surprend à être totalement indifférent quant à l'opinion de ses frères. Encore bouleversé par la mort de sa vieille mère, Manuelito tente de consoler le reste de la famille. À partir du Canada, il dirige tout : les arrangements funéraires, les papiers, la vente de la maison et son voyage en catimini.
Manuelito a quitté la Colombie obligatoirement sept ans auparavant. Rejoindre la famille a déclenché différents sentiments. Angela était, bien sûr, très heureuse de renouer avec son petit frère malgré l'absence de leur mère, départ qu'elle vivait difficilement. Quant à l'aîné Alejandro, il attendait son frère sur un pied de guerre. Il n'appréciait pas du tout voir cette opportunité d'affaires, la vente de la maison maternelle, être gérée par le bébé de la famille. Pour lui, même le décès de sa pauvre mère était une occasion de s'enrichir et quiconque se présentait sur sa route, même un frère, devenait une cible.

Manuelito retourne en terre natale. Le voyage lui rappelle le temps des grandes manifestations. Cent mille étudiants universitaires avaient fait le voyage. Ils avaient marché sur Bucaramanga et sur Santa-Marta. Leur cause était noble : de meilleures conditions de vie pour les étudiants et des frais de scolarité abordables pour tous. Apparemment, rien de menaçant pour les autorités gouvernementales. Et pourtant ! Ce retour en Colombie après sept années d'absence le rend nostalgique. Le Canada est bon pour lui, mais il ne remplacera jamais la Colombie, qu'il chérit et qu'il aimerait voir changer. Ce fut un exil forcé pour Manuelito, presque dix ans qui lui ont paru comme « cent ans de solitude ».

Toutes ces réflexions lui font complètement oublier ses compagnons de voyage, qui dorment à côté de lui sur la grande banquette. La chaleur est plus supportable dans le sommeil pour ces gens du pays de l'ours blanc : Zacharie, un collègue de travail, et Éveline, la conjointe de Manuelito. Sur les genoux de Zacharie, la main gauche, qui sert de signet au milieu d'un bouquin, est posée sur sa lecture d'occasion : *Cent ans de solitude,* de Gabriel García Márquez. Le *gringo* cherche à se plonger dans la culture de ses hôtes.

L'univers ouateux de Zacharie n'a rien de comparable à ce que vivent les générations de Colombiens du roman célèbre *Cent ans de solitude*. Tomber et se fracasser le genou n'est sûrement pas plaisant pour un petit garçon de six ans. Perdre sa mère, ça arrache le cœur. Perdre son enfance, ça change tout, mais vivre la vie d'un Colombien, c'est atrocement déchirant au quotidien. Zacharie souhaite connaître ce peuple. Il veut toucher du doigt cette culture, cette terre, cet univers.

Les nièces de Manuelito, leurs maris et le petit-fils d'Angela attendent de la visite du Canada. Quel genre de *gringo* leur frère Manuelito amène-t-il à la maison? Il fait déjà noir et la chaleur tropicale accable nos touristes, qui viennent de compléter trois heures de route entre Bogotá et Neiva. Manuelito sait que ses invités canadiens, ces étrangers apparemment cousus d'argent qui sont guettés par de nombreux voleurs, n'auraient pu faire le voyage seuls dans ce beau pays parsemé d'embûches et de pauvreté. La circulation est dense et les conducteurs colombiens sont intrépides. Dans ce pays toujours en guerre, les étrangers sont des proies faciles. La famille tout entière veut que sa visite soit en sécurité. Il existe des niches accueillantes et sécuritaires qui permettent à un étranger comme Zacharie de s'y blottir. La famille d'Angela et de Manuelito en est une. Sur le perron de l'appartement de Marce, en pleine noirceur, Zacharie ne comprend rien aux conversations. Cependant, le non-verbal des silhouettes qui l'entourent lui dit qu'il est le bienvenu. Tout à coup lui apparaît, sur sa droite, une main tendue pendant qu'une belle voix enjouée lui dit « Yo soy Angela! » Dans le tourbillon du dépaysement, Zacharie réalise seulement le lendemain qu'Angela est la sœur de Manuelito, celle qu'il a vue sur des photos lors des préparatifs pour le voyage. Elle lui était alors tombée dans l'œil.

_____Zacharie, tu viens au centre commercial? Reste près de nous! Cache ta caméra! Ne parle pas aux étrangers! Regarde les belles femmes! Et cette rivière, c'est Rio Magdalena. Tu veux manger du bon fromage? Tu veux dormir un peu?

Zacharie constate vite qu'il n'aurait jamais eu la chance de voir un pays si magnifique et de si belles Colombiennes sans l'invitation de Manuelito. Il est reconnaissant, mais surtout songeur. Il n'a pas fait de voyage à l'étranger depuis plus de dix ans. Ça lui manquait, mais il en a perdu l'habitude. Sa lecture de *Cent ans de solitude* l'entraîne dans une autre époque de cette Colombie mystérieuse. Rien pour l'aider à décoder les normes et les subtilités culturelles. Il ne comprend pas la langue, mais il observe le non-verbal et espère y comprendre quelques signes. Erreur, il se trompe et l'apprendra plus tard lors de voyages en Afrique et en Europe. Pour le moment, il travaille fort à décoder ce que les gens semblent lui offrir avec générosité et qu'il accepte avec politesse. En plus d'être déstabilisé par la culture, il est aussi songeur quant à sa vie amoureuse, ou plutôt l'absence d'amour dans sa vie. Ce périple tombe pile alors qu'il a longtemps préparé une semi-retraite pour vivre tous les voyages dont il rêvait de faire... et de faire seul. Un recul pour mieux voir son état, d'âme, de cœur et de cul. Voilà ce que Zacharie souhaite faire, et le tout débute en pleine verdure colombienne avec la présence de tant de beauté féminine. Discret comme toujours, Zacharie ne demande rien, ne dit rien, mais regarde autour de lui et zyeute toutes ces belles Colombiennes au teint foncé, aux cheveux ébène en queue de cheval, aux seins mis en évidence par de beaux décolletés de tous genres et de toutes couleurs. Bien sûr qu'il y a plus, et Manuelito travaille fort pour le montrer à son invité. Aujourd'hui Neiva, demain Pitalito, après-demain San Agustín. Zacharie a déjà la tête qui lui tourne et ce n'est pas fini. La semaine prochaine, ils partent tous : Manuelito, sa conjointe, sa sœur Angela et Zacharie. Destination Santa Marta. Trois jours de route.

Sur les plages, encore de belles femmes. Angela est là aussi, réservée mais joviale et apparemment heureuse. Zacharie aussi est heureux et reconnaissant envers ses hôtes, qui lui permettent de découvrir de très belles régions du pays comme Bucaramanga, Baranquilla, Cartagena la ville fortifiée et patrimoine mondial.

Zacharie gobe tout. Il admire les paysages, les paysannes et l'air du sud lui fait du bien. Il pense à sa petite-fille Océane, sa première, celle qui éveille en lui le sentiment qu'apporte un nouvel amour. Elle n'a pas encore trois ans qu'elle donne une bonne leçon de sincérité de cœur à son grand-père. Il veut plus de ce genre de leçon pour arriver à combler le manque de sincérité chez lui. Le retour au Canada est pénible, non pas parce que Zacharie souhaite que la découverte perdure. Il en ressort gavé comme un canard destiné à donner du foie gras, mais heureux et désireux de prendre le temps de digérer ce qu'il a vu, entendu, senti et goûté. La Colombie l'a charmé, les Colombiennes ne l'ont pas laissé indifférent non plus. Il veut comprendre comment un peuple peut être à la fois heureux et vivant, chanter et danser après presque trois générations nées les deux pieds dans une terre noircie du sang de leurs voisins, de leurs amis et même de leurs parents. Zacharie veut aussi trouver un semblant de réponse à ce qui le motive. Pourquoi cherche-t-il, depuis sa tendre enfance, à se frotter à d'autres cultures? C'est comme s'il forçait l'affrontement, comme s'il cherchait le contraire de lui-même. Or, des contraires, il en a trouvé des dizaines ces derniers temps. Manuelito a accepté de le laisser venir avec eux en Colombie sachant très bien que ce nouveau collègue de travail en aurait plein la vue. Ce que ce généreux

Colombo-Canadien ne savait pas, c'est que Zacharie ressortirait de ce voyage plein de beaucoup plus que pour sa vue.

Sur son vol de retour au Canada, Zacharie sait déjà que quelque chose a changé. Les derniers chapitres du livre de Gabriel García Márquez prennent une toute nouvelle dimension pour le voyageur.

Océane l'attend et espère peut-être que son grand-père transpire de sincérité. Mais Zacharie arrive d'un pays où la sincérité peut vous tuer. Cette manne rare est réservée aux proches, et encore. Pas plus sincère, le grand-père revient de ce voyage avec de la reconnaissance. Zacharie est reconnaissant à l'endroit du milieu dans lequel il a grandi, reconnaissant envers ses parents, qui l'ont mis dans ce monde sans méfiance ni indifférence vis-à-vis l'autre. Mais il n'a pas encore compris l'essentiel de cette culture sudiste. Il y retournera un jour, il en est convaincu. Pour le moment, Océane et les autres sont là pour savoir comment est la Colombie. D'une main, Zacharie partage ses découvertes et de l'autre, il prépare déjà une prochaine aventure, l'Afrique. Mais avant, il doit rentrer à la maison et au travail. Il sent le poids de l'obligation.

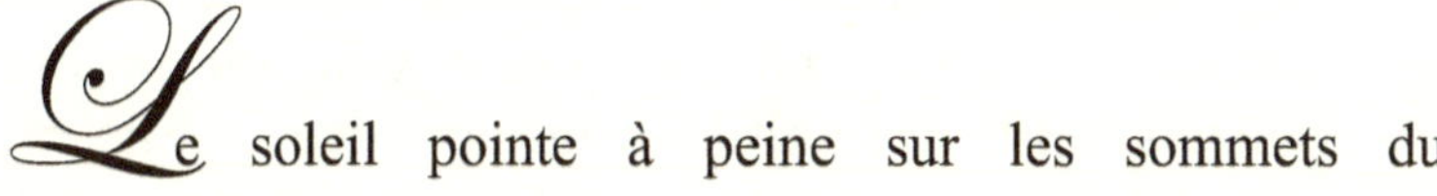

*L*e soleil pointe à peine sur les sommets du Monserrate et du Guadelupe, qui sont plantés comme des sentinelles autour de Bogotá. L'autobus se fraie un chemin vers la gare de l'est, où Angela doit descendre. Elle a dormi pendant presque les cinq heures de route qu'elle a dû parcourir de Neiva vers la capitale pour son rendez-vous à l'Ambassade canadienne. Le plus jeune frère d'Angela, Manuelito, est persistant pour ne pas dire tannant, alors qu'il tente de convaincre sa famille de le rejoindre dans son nouveau pays d'accueil, le Canada. Il est très heureux de sa nouvelle situation, mais il voudrait bien avoir tous ses proches avec lui. Quelques années auparavant, Manuelito a soumis une demande de résidence pour les membres de sa famille. Ce jeune étudiant universitaire avait fait les choses à la lettre. Malgré cela, sa mère, ses deux frères, sa sœur et leur famille se sont tous fait claquer la porte au nez par l'agent d'immigration canadienne. L'officier, expérimenté, a été très peu impressionné par ce groupe, visiblement pas disposé à quitter son pays. Refroidie par cette expérience et par la climatisation de l'autobus, Angela traîne sa valise en pensant que tous ses efforts ne serviront encore à rien. De toute façon, si on lui accordait son billet pour rejoindre son frère au bout du monde, elle serait de retour parmi les siens dans moins de quatre mois. Bogotá est déjà froide pour elle en ce beau matin de décembre, alors qu'elle sait le pays d'adoption de son frère déjà perdu sous la neige. Si on lui refuse le passage, elle sera tout aussi contente de retourner au chaud aux abords de l'Amazone, dans sa belle province de Huila, au cœur du pays cultivant le meilleur café au monde. Angela se dit qu'elle pourrait alors faire taire Manuelito, trop insistant. Pourtant, elle a pris les grands moyens avant même d'être admise comme résidente dans ce pays prometteur. Prometteur du moins pour l'avenir de son garçon Felipe, qui aura bientôt onze ans. Elle a vendu ses biens, donné ses souvenirs et fait ses adieux. Le claquement des roulettes de sa valise sur le trottoir en pavé uni rappelle à Angela qu'elle vient de descendre dans la grande ville. Or, qui dit grande ville dit profiteurs et voleurs, alors elle doit se tenir aux aguets. Elle file donc directement au guichet des taxis contrôlés pour prendre un billet. Pas question de monter à bord de la voiture du premier venu et pour mieux assurer sa sécurité, elle passe par le comptoir des contrôles. Là, au moins, elle sera enregistrée et son chauffeur aussi.

___ ¿O va la Señora.?

___ A la embajada del Canadá por favor.

Angela prend une voix assurée pour faire comme si elle en avait l'habitude, mais elle tremble de peur à l'intérieur. Elle déteste les grandes villes et elle est très peu sortie de sa province, sauf lors d'un voyage avec son frère, sa conjointe et un ami canadien venu en visite quelques mois auparavant.

Le soleil est déjà rivé aux briques orange des blocs appartements et des maisons rangées aux flancs des montagne et des collines, ici et là, le long de son parcours. Malgré les efforts du chauffeur pour être gentil, elle n'y croit pas et refuse la conversation cordiale. Elle cherche plutôt à s'assurer que le chauffeur prenne la route la plus directe vers sa destination. Elle se sentira plus en sécurité une fois rendue à l'Ambassade canadienne.

___ ¿Se está cuánto Señor?

___ Cincuenta millas por favor, Señora.

En marmonnant que ça lui paraît cher, elle cherche la monnaie au fond de son portefeuille, puis tend les quelques pesos au chauffeur sans le regarder. L'homme la remercie en sortant de sa bagnole pour l'aider avec sa valise, mais au galop, elle se dirige déjà en direction de la grande entrée de l'édifice. Passeport et lettre d'invitation en main, Angela s'introduit dans la cour avant de l'ambassade, au fond de laquelle elle aperçoit une sentinelle militaire de chaque côté d'une longue barrière en fer forgé noir décorée de belles feuilles d'érable et de fleurs de lys plaquées d'or.

___ Vos papiers, your papers, please?

___ No entiendo Señor!

Le gardien, visiblement habitué, tend la main vers les documents qu'Angela tient fermement comme si sa vie en dépendait. Elle résiste. Il insiste délicatement, consulte les documents et les lui remet. Elle sourit nerveusement à ce premier Canadien qu'elle rencontre depuis la visite de l'ami de Manuelito.

_____ Please wait here.

Angela est laissée là, plantée à l'extérieur de l'ambassade, et doit attendre qu'on lui permette d'entrer dans l'édifice. Elle obéit comme la fille bien élevée qu'elle est, malgré la pluie qui commence à tomber sur la ville, une pluie sournoise qui met sa détermination à l'épreuve.

Une heure plus tard, on invite Angela, trempée jusqu'aux os, à pénétrer dans le château-fort. L'édifice d'un étage n'a pas la fière allure des édifices gouvernementaux colombiens dont Angela a l'habitude. Surprise par l'absence de formalité, elle est plutôt rassurée et détendue par l'atmosphère conviviale des lieux. Contrairement aux files d'attente qu'elle a vues de l'autre côté de la rue, à l'extérieur de l'Ambassade américaine, ici, elle se croit plutôt dans une église presque vide à l'heure des confessions. La fraîcheur des planchers d'ardoise la fait frissonner, elle qui est peu habituée aux températures de moins de trente degrés. Un cordon rouge « monseigneur » danse entre une série de poteaux chromés et semble lui dire vers quelle direction avancer. Au comptoir, l'employé lui demande ses documents et lui propose de prendre un siège en attendant que l'on appelle son nom.

∞∞∞∞∞

Depuis son divorce, Angela est déterminée et disposée à s'en sortir seule, mais elle n'a pas acquis cette force du jour au lendemain. Des mois d'enfer, malgré la présence des trois enfants nécessiteux, ont complètement embaumé sa vie. Le père de ses enfants a promis qu'elle mangerait de la merde si elle le quittait, et de la merde, il y en a eu pour tout le monde une fois qu'elle est partie.

Pendant plus de quinze ans, Angela a substitué sa vie à celle de son mari. Elle gobait tout, croyait qu'il avait toujours raison, qu'elle ne valait rien, qu'elle avait trop d'imagination et qu'elle ne pourrait pas survivre sans lui. Après tout, cet homme l'a sauvée des griffes de sa mère et du tourbillon familial. Eduardo a même fait de la prison pour elle. Comment? Il a planifié soigneusement une menace anonyme envers le père de Victoria pour lui extorquer une jolie somme d'argent. Cet argent lui permettrait de marier et de soutenir Angela une fois qu'il l'aurait sortie de sa tanière. Mains liées, le bandit a été conduit par des policiers qui le tiraient avec une corde vers la *fiscalia* au vu et su de tout le village. Eduardo est coupable d'avoir tenté d'extorquer le maire de Pitalito. Sa défense, sauver son amour d'une vie misérable. Angela y croit et l'attend pendant trois ans. Elle n'a que dix-sept ans et passe de l'emprise de sa mère à celle d'Eduardo, encore plus redoutable. En prison, il convainc Angela de s'enfuir et de se marier à l'église du village voisin par un curé sans scrupules.

Plus vieux, Eduardo pourvoyait assez bien aux besoins de sa famille. Grâce à son boulot de tenancier de taverne, il revenait à la maison chaque nuit les poches pleines et satisfait d'avoir profité de toutes les tentations qu'il rencontrait dans son métier. Le cœur d'Angela étouffait ses soupçons sous les promesses et les paroles lunatiques de son mari. Un jour, elle a dû se rendre à l'évidence que cet homme était incapable de répondre à son grand besoin d'amour fidèle. Angela avait déjà surpris son père et ses frères à satisfaire leurs impulsions charnelles tordues. C'était maintenant au tour de son mari de mettre le dernier clou dans la tombe de son désespoir. Les hommes sont obsédés par leur queue, ils se laissent guider par elle à tout prix.

____ Madame Angela, bureau numéro onze, s'il vous plaît.

En français comme en anglais, Angela ne comprend pas, mais elle a le réflexe de se lever et de se diriger vers ce numéro onze, ce fameux numéro qu'elle croise avec superstition comme un signe de bonne chance (elle est née le 11 septembre). L'agent canadien qui l'accueille a des allures de rat de bibliothèque. Elle en a connu quelques-uns du même genre pendant ses études en finance à l'université. Il lui tend une main plutôt mollette pour quelqu'un qu'elle croit capable de faire la pluie et le beau temps, pour un homme qui possède le pouvoir de la faire passer à l'eldorado. Angela se surprend à répondre avec assurance par une poignée de main ferme, mais moite. Elle ne se mettra plus jamais à genoux pour ces hommes de pouvoir. Elle est curieuse de connaître le Canada, d'y amener son fils Felipe pour une meilleure vie mais pas à n'importe quel prix.

Il fait froid dans ce bureau climatisé et à l'étroit. L'agent lui indique un siège pris entre le mur de la porte d'entrée et son scriban. Faute d'espace, Angela doit coller ses genoux sur le bureau de métal gris devant elle. L'agent s'assoit de l'autre côté du meuble débordant de documents. Derrière lui, une fenêtre laisse entrer une lumière éblouissante qui fait disparaître sa figure et dessine une auréole presque angélique autour de sa silhouette devenue noire comme une tache d'encre chinoise. Il semble plus nerveux qu'elle, cherche des détails dans son dossier, en sort un questionnaire épais comme un magazine de sport mais qui ne menace en rien la demanderesse. Ce n'est qu'au moment de poser la première question que l'agent constate qu'ils ont besoin d'un interprète. Il est visiblement impatient, comme s'il n'avait pas lu au dossier qu'Angela est unilingue espagnole. Après un bref coup de téléphone, l'agent se lève pour ouvrir la porte du bureau et laisse entrer une jeune femme qui apporte sa chaise et s'installe dans le peu d'espace au bout du scriban à droite d'Angela. Sans introduction et d'une froideur déconcertante, même pour une Angela indifférente quant au sort qu'on lui réserve, l'interprète double la voix de l'agent devenu quasi invisible derrière son long questionnaire.

- Quel âge avez-vous?

- Où avez-vous grandi?

- Combien de membres dans votre famille?

- Combien de temps avez-vous été mariée?

- Vos enfants sont-ils du même père?

- Avez-vous une vie sexuelle active?

- Quels sont vos moyens de contraception?

- Consommez-vous de la drogue?

Même si Angela bout en dedans, elle répond mécaniquement à toutes les questions avec franchise et sans retenue. Elle se surprend à être aussi ouverte devant ces deux étrangers alors qu'elle a toujours été très réservée dans sa vie personnelle. Elle croit sortir de l'enfer malgré une peau froide et frissonnante sapée par l'air climatisé pendant les deux heures d'interrogatoire. On lui remet un document puis l'incite à revenir à la fin de la journée à ce même bureau. La décision doit être rapide, car Angela fait une demande de refuge.

Une fois à l'extérieur de l'ambassade, Angela est assommée par la chaleur, qu'elle ne croyait pas possible à Bogotá, située à plus de trois mille mètres d'altitude. Sur le trottoir de la *Carrera siete*, à ses pieds, les *cerros* de Monserrate montent toujours la garde. Sa verdure luxuriante contraste avec les rues bétonnées et fait du bien à Angela, qui déteste les grandes villes. Elle marche sans destination apparente et sans se préoccuper des petits voleurs. Angela ne sait quoi penser de cette première rencontre avec un petit bout du Canada et elle s'en fiche. Son indifférence la surprend, même après toutes ces démarches dans le but d'aller vivre au pays de l'ours blanc. Elle a peur d'avoir froid ou, pire encore, que la neige lui fasse tomber les oreilles. Elle a peur aussi de rester en Colombie, mais ne comprend pas pourquoi cette crainte.

Son téléphone portable sonne et la sort de son isolement. Au bout du fil se trouve sa grande amie Victoria, de passage à Bogotá. Elles se donnent rendez-vous et, toutes deux électrifiées par cet imprévu, veulent que leur rencontre dure une éternité. Victoria sait qu'Angela souhaite aller rejoindre son frère Manuelito, mais elle ne la croit pas aussi près de son but. Angela en profite pour raconter encore une fois combien de gratitude elle a envers Victoria et sa famille. Elle n'a jamais compris comment ces gens ont réussi à mettre de côté les bévues et les supercheries de son bandit d'ex-mari. Angela confirme encore et encore que Victoria a été la première à lui faire prendre conscience qu'Eduardo ne la méritait pas. Angela se rappelle tant de bons souvenirs de leur amitié, puis Victoria lui apprend qu'elle est en route pour l'Espagne, en voyage exploratoire. Elle veut aller vivre sur le continent européen, y faire fortune avec ses nombreux projets d'entreprise. Les deux amies s'enivrent devant cette nouvelle page, ce nouveau chapitre de leur vie. Absorbée par leurs échanges, Angela ne voit pas le soleil disparaître derrière les *cerros* de Monserrate. Elles doivent se séparer, non sans promesse de rester en communication.

Bienvenido en Canada! Angela ne s'y attendait pas.

Elle est impressionnée par la métamorphose des deux interlocuteurs, qui, cette fois, lui sourient et lui serrent chaleureusement la main.

Les prochains jours, prévus pour vendre ses biens, donner ses objets personnels et faire ses valises, lui demanderont plus d'effort que de faire ses adieux. Elle n'y croit pas puisque c'est sa deuxième tentative pour suivre son frère, déjà bien engagé dans son intégration au Canada. Le premier refus de l'Agence d'immigration canadienne avait laissé Angela plutôt indifférente. Pour qu'elle se prépare comme il se doit à cette grande aventure, où elle se lancera dans le vide pour atterrir dans un nouveau monde, on lui demande de rencontrer un troisième agent d'immigration, hispanophone cette fois. Son rôle est de lui donner des instructions claires, qu'elle ne doit pas oublier et surtout qu'elle doit respecter à la lettre :

___ Vous ne devez pas transporter vos biens personnels dans des boîtes en carton. Vous ne devez pas emporter vos chaudrons. Surtout, pas de poules vivantes.

___ Quoi? Que dites-vous, monsieur? Je n'ai aucune intention d'emporter ces choses-là.

___ Madame, je n'ai pas terminé. N'emporter pas non plus votre mulino, su molinillo y su olleta.

Angela se retient pour ne pas frapper ce citadin ignorant qui la traite comme une fille de campagne qui n'a jamais voyagé. Pour ce qui est de voyager, c'est vrai qu'elle n'est jamais sortie du pays, mais quand-même!

___ Vous avez d'autres INSTRUCTIONS IMPORTANTES à me donner, cher monsieur?

Manuelito a plus de réaction qu'Angela à cette bonne annonce. Enfin, il a réussi à faire venir un petit bout de sa famille au Canada. En silence, il se félicite aussi d'avoir un peu dupé le système en faisant prendre à sa sœur la voie de réfugiée-parrainée. Pourtant, la vie d'Angela n'est pas plus en danger que celle de la majorité des Colombiens qui osent circuler sur les routes achalandées du pays. Oui, elle a été menacée par la FARC, oui, elle s'est effondrée en larmes au travail lors de ce jour fastidieux. Lors d'un appel sur son cellulaire, on lui a clairement indiqué qu'elle devait se présenter à une rencontre qu'elle pressentait de non-retour. Elle ne devait parler de cet entretien à personne afin qu'il n'arrive rien de grave ni à elle, ni à sa famille. Ce jour-là, à cent cinquante kilomètres de chez elle, elle avait pleuré et tremblé de peur. Malgré les menaces, elle avait quand même fait un appel de détresse à son patron, qui lui avait donné des instructions claires pour qu'elle s'en sorte. Les prises d'otage sont chose courante dans cette région du pays et les demandes de rançon auprès de compagnies fructueuses sont fréquentes. Le patron d'Angela lui expliquera plus tard qu'il avait négligé de payer son assurance comme à l'habitude et qu'il suffisait de s'exécuter auprès de ces maraudeurs *revolucionarias* pour qu'on la laisse tranquille. Entre-temps, Angela se morfond, se déguise et voyage avec la nette impression que l'autobus risque d'être pris dans une embuscade avant qu'elle ne puisse atteindre sa tanière. Au fil de trois heures d'escales, de village en village, chaque arrêt en apparence dévastateur met Angela à risque. Elle reste donc sur ses gardes, scrutant les moindres déplacements, examinant chaque personne qui monte à bord de l'autobus et priant pour que sa cellule ambulante reprenne la route sans catastrophe. En sautant d'arrêt en arrêt comme on égrène un chapelet interminable, Angela finit par retrouver son apparente sécurité, enfermée dans son appartement au fond du village de Pitalito. Elle ne veut pas ébranler Felipe en lui expliquant la raison de son déguisement. Elle lui monte un bateau qu'il fait semblant de croire, comme pour rassurer sa mère. Cet événement aurait pu mal tourner pour Angela, ses deux filles et son fils, mais Manuelito a su s'en servir pour lui obtenir un billet d'entrée au Canada. Angela aura donc peu de temps pour préparer son départ, par sécurité pour elle et son fils de dix ans, Felipe.

En face du Monserrate, Angela se souvient de ces jours d'angoisse et pourtant, aujourd'hui, elle est tranquille.

Devant elle se déroule la *calle* 91, qui monte en direction des *Bosques* de Bellavista et elle pense que oui, que la vie est belle, ici même en Colombie. Elle voudrait se rendre à *Bosques,* mais c'est loin et elle n'ose pas s'y aventurer à pied. Elle décide plutôt de retourner à l'appartement de ses hôtes pour la nuit, Louisa et Ricardo. Ils sont délirants, sortent les bouteilles de vin et veulent fêter. Angela est un peu engourdie sans même avoir bu un premier verre. Elle veut bien croire que n'importe quelle autre Colombienne serait euphorique de pouvoir entrer au Canada et de se refaire une nouvelle vie dans un pays riche et sécuritaire. Les amis veulent fêter malgré l'ambivalence d'Angela. Louisa boit et est heureuse pour l'amie de Ricardo. Elle rêve aussi de rencontrer un beau grand Canadien qui l'aimera sans borne et qui l'extirpera de sa Colombie sans avenir. Elle se colle à Angela comme on se frotte à un grigri pour obtenir de la bonne chance. Autrement, cette petite femme délicate ne fait rien. Louisa vit comme ça avec son colocataire Ricardo, ami de longue date d'Angela. D'un petit boulot à un autre, elle arrive à payer sa part du logement et son épicerie. Sans trop d'ambition, Louisa semble heureuse dans cette attente de meilleures conditions de vie. Elle fait partie d'une majorité de jeunes femmes colombiennes qui ont peu d'espoir de carrière satisfaisante. Ricardo parle sans arrêt et sans défaire sa cravate après une journée de travail fort occupée. Ce jeune avocat jubile depuis sa nouvelle promotion dans une entreprise de consultants en droits industriels. Il est bien heureux pour Angela, mais lui-même n'a aucune raison de quitter son pays, qui le traite très bien. Angela parle de son dernier travail avec une coopérative de café. Ses études en administration et finance lui ont donné les compétences nécessaires pour cet emploi, et elle est convaincue que son implication dans la politique municipale l'année précédente n'a rien à voir dans l'obtention de ce bon emploi. Elle aime ce qu'elle fait à titre de directrice de la coopérative et ses collègues et employés l'aiment aussi.

Quatre bouteilles de vin vides au bout de la table à café et les trois amis assis sur le plancher froid du salon aident

Angela à se délier la langue, elle qui est plutôt portée à se fermer comme une huître. Elle rit et fume une cigarette, comme elle le fait habituellement après une longue journée de travail. Le merengue, que Louisa vient d'ajouter à l'ambiance festive de son appartement du cinquième étage, entraîne les deux autres sur leurs pieds dansants. Angela adore danser, seule ou avec d'autres. À la maison, chaque soir elle écoute de la musique, chante et danse. Les amis n'ont plus rien à se dire, alors ils dansent jusqu'aux petites heures du matin. Le vin perd de son effet et redonne appétit aux trois fanfarons : une qui part, une qui rêve de partir et l'autre qui reste définitivement.

Une baguette et des chocolats chauds remettent Ricardo sur le *piton;* il change de chemise et entre directement au travail. Louisa dort déjà sur le divan en cuir blanc du salon et Angela compose un numéro de téléphone pour un taxi. Dans le hall de l'immeuble d'appartements, Ricardo prend son amie de longue date dans ses bras et lui souhaite tout le bonheur du monde, quel que soit l'endroit où elle choisira de construire son cocon.

Sur la voie du retour à la maison, longue de cinq cents kilomètres, Angela n'a plus du tout envie de dormir, même après une nuit blanche. Elle passe en revue les au revoir à faire et plie bagage dans sa tête. Elle n'y croit pas et préfère se dire qu'elle part en voyage. Pourtant, elle veut cet eldorado, pas pour elle, mais pour son fils Felipe. Il n'a que dix ans, lui, et il en profitera toute une vie. Du haut de ses quarante-deux ans, Angela peut très bien se passer d'un avenir. Avant de monter à bord de l'autobus, elle donne un coup de fil à ses deux filles, Marce et Licet, qui pleurent à chaudes larmes. Elles sont contentes pour leur mère mais tristes de mettre autant de distance entre elles. Angela fera un arrêt pour la nuit chez elles, à Neiva, pour dormir et les consoler. L'autobus dévale les trois mille mètres d'altitude d'où est perchée Bogotá pour rejoindre la plaine par la route 40, serpentant les rochers et les hameaux. Angela a oublié Hector, son amoureux de fin de semaine depuis plus de six ans, mais lui pleure comme un petit garçon en apprenant des filles que son amoureuse deviendra bientôt totalement inaccessible. Angela joue du basket tous les soirs après le travail au parc Bellavista (hasard ou coïncidence, ce parc porte le même nom que le *Bosques* de Bogotá). Comme elle n'a grandi qu'avec des frères, elle préfère la compagnie des hommes. Angela joue donc avec un groupe d'hommes qui lui donne le niveau de compétition qu'elle recherche.

Hector connaît Angela depuis belle lurette et comme les membres de l'équipe, il l'a longtemps vue comme un des gars. Mais parfois, il la regarde jouer avec tact et adore sa chevelure noire fournie, attachée en queue de cheval qui fouette sa nuque mouillée. Angela devient vite en sueur et sa chemise mouillée laisse transparaître les aréoles de ses seins, qu'elle cherche à cacher avec sa serviette lors des pauses. Mais plus que son corps d'athlète, Angela est déterminée à gagner et à faire des bons coups pour son équipe, ce qui émerveille cet homme plutôt doux et discret. Hector passe donc plus de temps sur le banc qu'au jeu pour admirer cette belle Colombienne aux yeux noisette et à la chevelure ébène tel un cheval pur-sang. Angela joue au basket pour se sortir de son marasme, mais elle est incapable de voir ce que l'avenir lui réserve. Très occupée à démêler son présent, Angela voit les avances d'Hector comme celles d'un ami altruiste qui ne veut que son bien. Très tôt dans sa vie, elle a dû se mettre à l'art de démêler son présent pour survivre à deux frères égocentriques, à une mère dominante, à un père absent et à un premier mari cruel. Au travail, elle demande à son patron de protéger son job, car elle reviendra dans quatre moins.

___ Estás loca. ¡Una vez al Canadá, corresponderás nunca!
Un fois Angela rendue au Canada, le patron est convaincu qu'elle ne reviendra plus jamais. Après quelques jours de cousinage et de commentaires de certains qui sont heureux pour elle et d'autres qui sont jaloux, Angela se réveille de son inconscience et commence à faire ses valises, les grandes et les dernières sur lesquelles est inscrit *ir solamente*.

Ir solamente. Angela a bien de la difficulté à croire à cet « aller seulement ». Dans sa tête, elle part pour le Canada en visiteur. Portant, elle veut cet eldorado pour Felipe. Qui vivra verra!

∞∞∞∞

Angela reçoit un appel de l'ambassade pour confirmer son vol de départ. Elle tourne en rond. Elle et son fils doivent être prêts à partir dans deux semaines. Elle vend, donne des biens et quitte son bel appartement de Pitalito. Ses collègues de travail lui organisent une fête de départ. On pleure, on boit, on chante. La plupart la trouvent chanceuse. Angela est triste et regrette déjà d'être prise dans l'engrenage. Pas possible de revenir sur sa décision. Un soupçon d'alcool derrière la voix, elle répète à son employeur de lui garder son emploi en réserve pour quatre mois. Il la rassure.
En route pour Neiva, le voyage est interminable. Elle oublie qu'il fait très chaud chez les filles, mais plus que quelques jours et elle sera en route pour Bogotá et ensuite le Canada, où la température est sûrement beaucoup moins élevée. Felipe dort sur la hanche droite de sa mère. Ils sont tassés entre voyageurs et bagages dans une fourgonnette de quinze passagers. À travers sa fenêtre, Angela fixe sans le voir un paysage qui déroule comme un kaléidoscope de montagnes, avec tous ses verts et le Rio Magdalena qui semble lui tendre les bras comme pour la retenir. Elle connaît par cœur les villages qu'ils traversent pour y avoir vendu tantôt de la fine lingerie féminine, tantôt des cellulaires. Elle reconnaît aussi des régions de cultivateurs qui se sont régulièrement présentés avec un chargement de café alors qu'elle travaillait pour la coopérative.
Plus loin dans les montagnes, où elle a toujours craint la présence de la guérilla, elle revoit les petites routes parcourues avec Hector lors de ses visites chez les fermiers et les éleveurs de bétail. Angela a une pensée pour cet homme, son amoureux de fin de semaine, son ami de basket, son confident qui l'a aidée à se sortir des années

103

noires. Ils ont cassé leur relation pour une énième fois et Hector pleure à chaudes larmes.

Angela passe une main dans la chevelure noire et fournie de Felipe sans le réveiller et pense que cette aventure sera très bonne pour lui. En plus de ses économies, sa part de la vente de la maison de sa mère lui permettra sûrement de survivre quelques mois. « Après, on verra! » se dit-elle. Angela se surprend alors qu'elle prononce ces mots à voix haute. Perplexe, sa voisine la regarde et lui sourit comme pour lui donner du courage. Angela traîne tout ce qui lui appartient dans quatre grandes valises. Des vêtements, mais surtout des draps de lit et des serviettes. Manuelito lui a conseillé ces choses, car il les trouve très chères au Canada. Une fois rendue chez ses filles à Neiva, l'ambassade l'appelle pour lui annoncer que le départ est retardé de deux mois. Deux mois à gruger ses petites économies. Deux mois à sauter d'une maison à l'autre entre les filles et les amies. Deux mois à se faire regarder avec un petit « T'es pas encore partie, toi? » Finalement, ils passent Noël en famille et Felipe est bien content de ne pas aller à l'école. Les valises de vêtements sont étendues sur le plancher, grandes ouvertes. Angela tente de joindre son employeur; elle veut retourner au travail pour deux mois. Elle doit protéger ses économies.

___ Ce n'est pas possible, Angela, ton remplaçant est déjà en poste. Dommage...

Les nuits sans sommeil reviennent l'envahir. Angela ronge ses ongles au sang. Elle parle à son frère au Canada, mais aucune de ses réflexions sur la migration de sa sœur ne transpire et le temps passe. Elle veut savoir davantage ce qui l'attend. Elle partira pour le Canada en février. Comment c'est, là-bas, en février? C'est l'hiver? Angela ne sait pas quelles questions poser. Manuelito est avare de détails et elle attend.

Au bout de la table à manger, les filles sont debout derrière leur mère, qui passe en revue de vieilles photos. Celles qu'elle avait triées pour les laisser en Colombie. Elles les ont toutes vues à mille reprises, mais cette fois, ça fait du bien de les regarder sans les « T'en souviens-tu? » Angela s'arrête plus longtemps sur les photos de sa mère, celles où elle déploie fièrement sa grande robe de danse bleue et blanche, celles avec Manuelito quelques mois avant la mort de Zita. Elle caresse aussi la photo de Licet, petite fille de neuf ans juste après son accident de moto, et verse une larme alors que sa fille regarde dans le vide. Angela passe en revue les fêtes et la naissance de Felipe. Elle trouve ses enfants beaux; elle en est fière. Il n'y a pas de photos d'Eduardo, ni d'Hector. Il y en avait, mais elles se sont volatilisées.

Après un long parcours à travers les photos familiales, Angela, Licet et Marce sont fatiguées et s'installent pour dormir. Dans quelques jours, Angela et son fils prendront la route pour Bogotá. L'attente incessante est terminée et Manuelito a bien hâte d'accueillir sa sœur et son neveu à l'aéroport de Moncton.

Les trois femmes font leur couchette ensemble sur le plancher du salon, là où il fait moins chaud par ces quarante degrés, même la nuit à Neiva. Licet dort déjà alors que Marce discute avec sa mère. Elles parlent de tout et de rien, comme si Angela déménageait dans une autre ville, comme si elle pouvait visiter la famille régulièrement. Angela, qui vit depuis quelques années à Pitalito, où la température est clémente, peut difficilement tolérer la chaleur de cette ville amazonienne. Elle ne dort pas. Elle tente d'imaginer son voyage, son arrivée au Canada, la neige en février et se demande quels vêtements elle devra porter.

___ Comme à Bogotá, maman. Habille-toi comme lorsque tu vas à Bogotá. Il fait zéro, la nuit à Bogotá.

Dans la nuit, un coup de téléphone résonne vers deux heures, l'heure idéale pour contacter les êtres chers, et c'est Manuelito qui appelle du Nouveau-Brunswick, précisément d'une petite ville du nord, Edmundston.

Depuis sa fuite vers le Canada, cinq ans auparavant, Manuelito s'est transformé. Lui et Pamela sont maintenant divorcés et Manuelito a réussi à charmer une petite Canadienne, Éveline. Il a terminé des études en service social; ça lui ressemble beaucoup plus que la médecine. De toute façon, il avait très peu de chances d'être admis en médecine, n'étant pas encore Canadien. Il parle français maintenant, sauf avec les membres de sa famille, bien sûr.

___ La date approche, ma grande sœur! Vérifie tes vols et surtout ton escale à Toronto. Des représentants de l'immigration canadienne seront là pour t'accueillir et te diriger vers ton transfert pour Moncton.

___ Il fait froid, à Toronto?

___ Ne t'en fais pas, tu restes à l'intérieur de l'aérogare et c'est chauffé.

___ Et à Moncton?

___ À Moncton, je serai là et nous irons magasiner pour des vêtements chauds.

Angela raccroche, loin d'être rassurée. Elle doute pouvoir faire la route seule avec son fils. Et si les gens ne la comprenaient pas? Et si elle se faisait duper par des voleurs? Et si le froid lui coupait les doigts et les oreilles? Et si Felipe se perdait dans la foule? Elle tente de reprendre son sommeil. Il lui faut se reposer, car le lendemain, elle retourne à Bogotá prendre l'avion pour Toronto.

∞∞∞∞∞

Deux ans auparavant, Manuelito terminait ses études en service social et travaillait sur un projet d'accompagnement des nouveaux arrivants. À cette époque, le Canada ouvrait grandes ses portes aux immigrants de différentes provenances. Une nouvelle tendance se dégageait, celle de favoriser l'établissement de nouveaux arrivants dans les régions rurales à majorité francophone à travers le pays. Le déclin démographique, combiné au vieillissement de la population canadienne, faisait dire à qui voulait bien l'entendre que l'immigration était la solution. Des fonds fédéraux ont été mis en place pour aider les régions rurales à développer des services d'accueil.

Un petit groupe de citoyens engagés dans la survivance économique de leur village a été parmi les premiers à sauter sur l'occasion. Un grand projet est alors préparé grâce à la

106

clairvoyance de l'une de ces personnes, un franciscain, le père Le Graveur. Ces gens voulaient relancer l'économie de leur village par l'immigration. Saint-Léonard avait été un carrefour durant ses années glorieuses. Des trains amenaient les voyageurs de toutes les directions et une douzaine d'hôtels savaient les accueillir. Le commerce du bois était prospère et la petite ville fleurissait. Mais cette ère glorieuse s'était éteinte plus de cinquante ans auparavant et le village faisait du surplace. Père Le Graveur voulait, avec d'autres concitoyens, changer tout ça et redonner vie à ce petit village paisible blotti dans de belles montagnes au bord du fleuve Saint-Jean.

Comme le père Le Graveur avait déjà des rapports avec des groupes de personnes migrantes aux États-Unis, il voulait offrir son expertise en matière d'immigration. Il a su convaincre les gens de son village qu'il pouvait attirer plusieurs familles qui achèteraient des maisons, reprendraient des commerces depuis longtemps désaffectés et ajouteraient de nombreux enfants dans leur école menacée de fermer à cause d'une réduction massive du nombre d'élèves depuis les années deux mille. L'espoir régnait dans la communauté. Les élus municipaux, les ouvriers et les professionnels de l'enseignement ont mis la main à la pâte. Tous priaient religieusement pour que l'aventure prenne son envol. Le père Le Graveur souhaitait bien s'entourer de gens influents et de professionnels compétents. Comme l'argent est le nerf de la guerre, ces personnes ont su convaincre des politiciens et des hauts fonctionnaires de fournir des fonds provenant de cette nouvelle politique canadienne d'immigration rurale francophone.

— Bonjour, monsieur Manuelito s'il vous plaît.

— C'est moi-même.

— Monsieur, je suis le père Le Graveur, de Saint-Léonard au Nouveau-Brunswick, et j'aimerais vous rencontrer concernant notre projet d'accueil de nouveaux arrivants.

Manuelito a fait de belles choses sur son campus et sa communauté universitaire. Lui et sa conjointe, Éveline, ont donc un portfolio fort intéressant. « Des perles rares », dira plus tard le père Le Graveur, lorsqu'il annoncera à son conseil d'administration qu'il a offert un job à monsieur et sa conjointe.

L'accueil de nouveaux arrivants est donc lancé et Angela compte parmi les premiers clients de Manuelito. Il met toute l'énergie, toute la ruse qu'il faut pour préparer les papiers de sa sœur, cette nouvelle réfugiée qui sera parrainée financièrement par nul autre que lui-même. Angela met toute sa confiance en son frère, mais elle réalisera assez vite que la prise en charge légale de son déplacement est assurée par le gouvernement canadien. Elle devra rembourser l'achat des billets d'avion. De son côté, Manuelito a trouvé chez son nouvel employeur une comptable généreuse qui fournira le logement et le transport de Moncton vers le nouveau carrefour d'accueil rural francophone, Saint-Léonard.

Angela sera là dans quelques jours. Manuelito fait une demande de fonds pour partir vers Moncton rejoindre sa sœur et son neveu, qui sont en route. C'est la Saint-Valentin et les cœurs sont à la fête. Manuelito recevra sa sœur au Château Moncton, rien de mieux pour impressionner Angela.

∞∞∞∞∞

À Toronto, c'est la tempête du siècle. Les avions sont cloués au sol. Felipe et Angela doivent attendre que la météo se calme. Seuls, incompris, ils ont faim et froid. À l'extérieur, on ne voit ni ciel ni terre. Les grandes fenêtres de l'aérogare laissent entrevoir un blizzard tout blanc qui donne l'impression à nos deux Latinos que la tempête va les avaler.

___ Mrs Angela, this way please.

Perplexe, Angela regarde Felipe. Le garçon croit avoir compris. Ses jeux en ligne lui ont donné quelques rudiments d'anglais.

___ Nous devons la suivre, maman.

108

Dans une petite salle sont rassemblés une trentaine d'immigrants de l'Amérique latine. Du poulet frit leur est distribué, gracieuseté du gouvernement du Canada. Une autre personne arrive avec des boîtes de manteaux et de chaussures d'hiver et commence à en faire la distribution. Angela, plus que Felipe, s'empresse d'enfiler ses vêtements et retrouve enfin un brin de chaleur. Ils s'assoient sur le plancher de la petite pièce et commencent à dévorer le poulet frit, qui n'a rien de pareil à ce dont ils sont habitués mais qui fait l'affaire pour le moment.

___ I am sorry, Mrs Angela. I will have to take back those winter jackets. You are not eligible for clothing. These are fore the government sponsored refugees. Where is your family sponsor?

Felipe croit avoir compris qu'ils doivent remettre les nouveaux vêtements, qu'ils n'y ont pas droit.

___ POURQUOI? Vous voulez que l'on vous remette le poulet aussi?

Angela, désespérée, tend la boîte de poulet à l'agente, qui la regarde d'un air insulté et lui tourne le dos.

Manuelito est à Moncton, à mille cinq cents kilomètres de Toronto alors que sa sœur doit passer plus de quatorze heures à attendre son prochain vol. La tempête fait des siennes pendant tout ce temps. Dehors, tout est fermé, aucune route n'est praticable. Toronto est paralysée comme elle ne l'a pas été depuis cinq ans.

___ Nos valises arriveront-elles avec nous à Moncton? Mon patron gardera-t-il mon emploi? Mon petit-fils se souviendra-t-il de sa grand-mère?

Felipe dort pendant qu'Angela pleure en silence. Personne ne voit son désarroi ni ne sait comment lui venir en aide. S'il fallait qu'Hector réussisse à l'appeler comme il a l'habitude de le faire, elle rentrerait à la maison en passant par le fil du téléphone. Angela entend des voix; elle est sollicitée de partout. Une foule de zombies avec les mains tendues vers elle l'entoure. Elle ne peut s'en sortir :

___ Reste avec moi, mon amour, ne me quitte pas.

___ Viens vivre dans notre beau petit village.

___ Apprends à parler français.

___ Non, maman, ne nous quitte pas.

___ Vous faites du beau travail, madame Angela. Vous êtes certaine de vouloir quitter votre emploi?

___ Ma fille, ta place est aux côtés de ton mari.

___ Ma sœur, prête-moi un peu d'argent.

___Madame, voici votre carte de résidente permanente. Bienvenue au Canada.

Angela est réveillée par une agente d'immigration, la même qui lui a retiré son manteau. Elle et Felipe pourrons maintenant prendre le vol si longtemps attendu pour se rendre à Moncton.

∞∞∞∞

Au comptoir du Château Moncton, Manuelito vérifie ses messages et demande le code d'accès à Internet pour la chambre 11. Sa sœur sera là dans quelques heures, le temps pour lui de passer des appels afin de mousser ses contacts fédéraux de l'immigration. Manuelito a plusieurs clients dont les dossiers sont en litige. Il espère faire débloquer les procédures administratives et ainsi influencer le choix de résidence de ces nouveaux arrivants. Dire qu'à peine un an auparavant, son patron, père Le Graveur, ne lui permettait pas encore d'intervenir auprès des clients. Manuelito a passé sa première année à faire du surplace, à réparer des bris informatiques ou à faire de la recherche d'information pour préparer les conférences de presse de son superviseur. Et des conférences, père Le Graveur en donnait beaucoup!

Manuelito occupe finalement le poste d'intervenant pour lequel il a été embauché. Son employeur défraie les dépenses du voyage pour accueillir une nouvelle arrivante et son fils, deux citoyens potentiels pour Saint-Léonard. En bonne conscience, Manuelito veut faire profiter l'argent des contribuables et faire d'une pierre deux coups en travaillant sur plusieurs dossiers durant son séjour à Moncton. La démarche, parsemée d'embûches, des clients de Manuelito lui rappelle sa propre migration quelques années auparavant. Sa vie a complètement basculé lorsque le gouvernement de son pays, un pays qu'il aime toujours, l'a forcé à s'exiler. Depuis, il s'est complètement transformé. D'un étudiant contestataire, il est maintenant un diplômé universitaire et travaille dans un domaine qui le tient à cœur. Il n'est pas le médecin dont sa mère - que son âme soit en paix - serait tellement fière, mais son choix lui plaît. Manuelito a aussi une pensée pour son ex-épouse, Pamela, qui l'a suivi dans son exil et qui semble heureuse d'être au Canada. Elle n'était pas si heureuse à leur arrivée et se plaignait souvent que Manuelito passait trop de temps avec ses amis. Ses amis étaient devenus le soutien familial dont il avait besoin et sa vie conjugale en souffrait. Le Canada a rendu Manuelito méconnaissable aux yeux des membres de sa famille. Angela trouve que son frère a beaucoup changé. Comment? Elle ne sait pas trop, mais Manuelito semble heureux et c'est ce qui compte pour Angela. Manuelito peut maintenant retourner en Colombie. La vieille garde militaire n'y est plus et son cas a sans doute été jeté dans l'oubli. Bien sûr, la première fois que Manuelito est retourné en Colombie, il l'a fait sur la pointe des pieds. Sa famille lui manquait et les amis aussi. Une bonne veillée de quarante-huit sans dormir, à fêter les retrouvailles, à boire, à chanter et à se remémorer de bons souvenirs lui a fait du bien. D'ailleurs, c'est exactement ce qu'il prévoyait faire avec sa sœur ce même soir. La bière était déjà rangée dans un congélateur portable qu'il a pris soin d'apporter. Une réservation au meilleur restaurant de Moncton et une courte visite des lieux sauraient impressionner sa sœur.

Une quinzaine d'immigrants ont fait le trajet Toronto-Moncton avec Angela et Felipe. Manuelito ne cherche pas longtemps parmi les voyageurs pour retrouver ses protégés. Corps à corps, ils s'embrassent et s'étreignent comme lors du jour du départ de Manuelito pour l'exil. Angela essuie les larmes sur les joues de Manuelito. Elle l'embrasse affectueusement et ils se regardent en cherchant leurs mots.

____ Mon frère, j'ai froid en maudit!

___ Voici, j'ai des manteaux pour vous deux. Allons chercher les valises.

___ À la douane, ce sera compliqué, mon petit frère ?

___ Je ne crois pas. Sois tranquille ma sœur, nous sommes au Canada.

___ Felipe, t'as faim, mon petit neveu?

___ Si, tingo hambre tío.

En route, Angela se demande comment son frère arrive à garder la voiture dans la bonne direction avec toute cette neige et cette glace partout. Au restaurant, les deux nouveaux arrivants ne comprennent rien aux conversations, aux menus, aux affiches. Tout est en anglais, parfois en français. Même la nourriture est plutôt bizarre. Finalement, à l'hôtel, la chambre numéro 11 leur est tout à fait agréable. Une sieste s'impose, mais Felipe est vite endormi pour la nuit, même tout habillé sur son lit. Plus tard dans la soirée, Angela n'a déjà plus sommeil. Elle rejoint son frère dans le salon de la grande suite. Le grand sourire aux lèvres, Manuelito embrasse sa sœur et l'invite à s'asseoir près de lui sur le divan.

___ Raconte comment s'est passé le voyage. T'es contente d'être au Canada?

___ Ha, le voyage a bien été, mais j'ai eu peur à Toronto. Personne ne parlait espagnol.

___ Et la Colombie?

___ Bien. Tu sais, plus ça change, plus c'est pareil. Depuis que maman n'est plus là, nos frères sont distants. J'entends rarement parler d'eux. Alejandro semble avoir moins souvent des démêlés avec la justice et Libardo travaille comme un bon.

___ Et les filles, comment ont-elles pris ton départ?

La simple mention du départ de leur mère force Manuelito à changer de sujet. Le décès de Zita a pris tout le monde par surprise. Même à soixante-quatorze ans, cette grande femme fière était toujours très active. Couture, danse et sorties en famille pour un bon *sancocho* au bord de la rivière, Zita vivait comme elle ne l'avait jamais pu.

Angela et Manuelito se remémorent surtout les bons moments. Ils pleurent un peu le départ précipité de leur mère. Leur père est décédé alors que Manuelito était encore tout petit, mais Angela a des souvenirs clairs de ce père qui aimait pavoiser avec sa belle Pascualita, comme il l'avait fait avec sa femme plus jeune.

Reconnaissant, Manuelito regrette plutôt le temps qu'il n'a pas pu passer avec sa mère alors qu'il a dû fuir le pays. Il en veut à son pays, à la vie qui lui enlève sa mère, cette femme qui a passé les meilleures années de sa vie à soigner un homme alcoolique, à gâter un Alejandro pourri et à dresser sa seule fille pour en faire la femme parfaite qu'elle n'a pas réussi à être.

Sur la route vers Saint-Léonard, Angela est gelée. Son frère a beau monter le thermostat de l'auto au maximum, rien à faire. La seule vue de ce paysage tout blanc, de ces conifères chargés de neige et de cette route glissante qui pointe devant eux à n'en plus finir fait frissonner Angela, qui a froid jusqu'aux os. Felipe dort sur la banquette arrière, alors que Manuelito et Angela chantent à pleine tête pour oublier. Des pièces de *cumbia* font chanter Angela, qui connaît bien toutes les paroles de cette musique. Elle ferme les yeux et retrouve un peu de chaleur. La musique la transporte dans des lieux connus et Manuelito partage un peu la nostalgie de sa sœur. À l'approche de leur destination, voilà qu'Angela tente du bout des yeux d'accueillir cette terre froide mais un peu jolie. Elle se rappelle ses *Navidad* d'enfance, alors qu'elle et ses amis tentaient d'imaginer un Noël blanc.

Ils ne font que passer près de Saint-Léonard pour se rendre à Edmundston, où Manuelito et Éveline demeurent depuis quelques mois.

___ Il est tard pour rencontrer les gens du bureau. Nous ferons ça demain, si tu veux bien, ma grande sœur.

___ Qui sont les gens que nous rencontrerons, déjà?

___ La nouvelle directrice Gabriella et son codirecteur. Tu te souviens de mon collègue Zacharie, celui qui a fait le voyage en Colombie avec nous l'an dernier?

___ Tu feras aussi connaissance avec ton enseignante de français, madame Albert.

___ Mais pour ce soir, tu feras connaissance avec les parents d'Éveline. Ne sois pas surprise des taquineries de mon beau-père, qui te paraîtront déplacées parfois. Ils ont hâte de te rencontrer et seront très gentils avec toi et Felipe.

___ S'il vous plaît, ne sois pas froide avec eux et comporte-toi correctement. Ce sont des gens bien et importants dans la communauté.

Angela écoute sans s'offusquer des derniers commentaires de son frère. Elle a l'habitude de se faire faire la morale par son plus jeune frère. Elle se demande plutôt pourquoi Manuelito semble nerveux de présenter des membres de sa famille à ces *grindos,* qui ne font partie de sa vie que depuis quelques années. La soirée a bien tourné et les voyageurs se sont mis au lit très tôt pour attaquer avec énergie leur première journée d'accueil avec les employés du bureau de Manuelito.

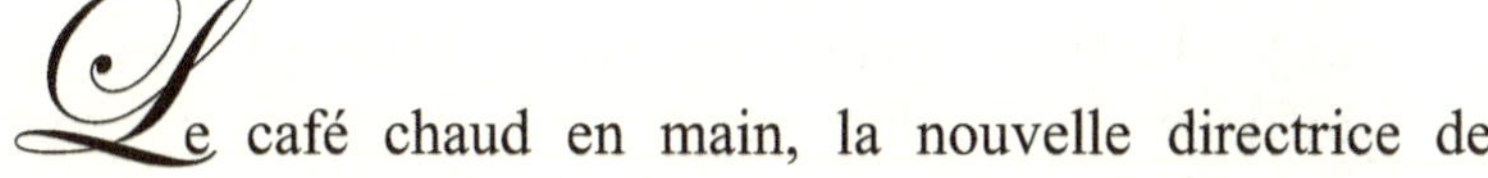

e café chaud en main, la nouvelle directrice de

l'agence d'établissement de Saint-Léonard accueille chaleureusement les arrivants colombiens. En moins de trente minutes, ils sont déjà en classe à faire leurs premiers balbutiements de français et Felipe absorbe tout sans rien dire, alors qu'Angela croit ne jamais pouvoir y arriver.

Dans cette petite communauté, l'accueil est très chaleureux. Si l'on compare avec les régions urbaines, les gens sont gentils, la tranquillité et la sécurité règnent. De plus, la grande majorité des nouveaux arrivants apprécient l'immersion culturelle totale.

Chaque jour, Angela en apprend davantage sur son pays d'accueil. Manuelito fait seulement une petite mise en garde, car Angela croit qu'il n'y a pas de criminalité au Canada.

____ Ici, les crimes violents, les attaques directes, les injures face à face sont très rares. La malhonnêteté, la jalousie et les injustices sont voilées et subtiles. Ces personnes injustes et malhonnêtes sont la minorité, alors que beaucoup de personnes sont sincèrement heureuses de nous avoir comme membres à part entière de cette communauté.

La diversité culturelle fait partie des discours publics, de la volonté politique et de l'engagement d'une partie de la communauté. L'employeur de Manuelito, ses partenaires sociaux et les communautés environnantes sont engagés à rendre leurs communautés favorables à une réelle intégration des nouveaux arrivants de toute provenance.

Depuis ses premiers balbutiements en matière d'établissement des nouveaux voisins, comme on les appelle à Saint-Léonard, d'autres communautés francophones ont emboîté le pas et celles-ci accueillent de plus en plus de familles de différentes cultures. Si plusieurs s'y installent solidement, d'autres partent pour des régions urbaines, la plupart du temps pour trouver du travail plus satisfaisant.

C'est avec le temps que les communautés rurales réalisent que plusieurs nouveaux arrivants vivent des épreuves difficiles en milieu de travail, même s'ils sont bien accueillis sur le plan social. En plus d'être embauchés en deçà de leurs compétences et de leur expérience, plusieurs sont régulièrement victimes de harcèlement, tant des collègues de travail que des superviseurs.

Jour après jour, Angela et Felipe font la navette de vingt minutes avec Manuelito, qui entre au travail et eux en classe de francisation avec la dynamique madame Albert. Angela aime bien ce milieu d'apprentissage mais commence à se préoccuper de ses économies. Elle doit trouver du travail bientôt. Parfois, la nuit, Angela reçoit un appel d'Hector par Skype et elle affirme regretter sa décision d'avoir quitté la Colombie pour le Canada. Un bon soir de neige abondante, elle pleure à chaudes larmes et lui dit vouloir retourner chez elle. Hector veut qu'elle commande des billets d'avion sur-le-champ et propose d'aller la rejoindre à Bogotá. La nuit finit par la consoler et, le lendemain, Angela entre en classe comme elle en a pris l'habitude ces derniers jours. Elle salue Zacharie, qui occupe temporairement un poste à l'agence. Il tente de libérer Gabriella de quelques-unes de ses fonctions. Elle doit préparer un rapport exhaustif sur les déboires administratifs des premières années d'opération de l'agence. Les partenaires financiers ont besoin de se faire rassurer pour donner suite aux changements de direction et de présidence, plutôt chaotiques.

Zacharie veut agir comme accompagnateur pour la sœur de son collègue depuis qu'il l'a rencontrée en Colombie un an auparavant. Comme pour chacun des clients de l'agence, Zacharie souhaite une intégration réussie pour cette belle femme et son fils. Angela n'ose pas demander rien à personne, même à son frère, et encore moins à cet étranger qui ne cesse de lui offrir de l'aide. Zacharie entreprend des démarches avec l'école élémentaire publique dans le but d'y inscrire Felipe, déjà disposé à y passer quelques heures par jour tout en continuant sa formation en langue. L'expérience est bonne et Felipe s'en réjouit. Il se fait des amis, passe plus de temps avec des jeunes de son âge, ce qui lui donne un peu plus de couleur. L'avant-midi avec les adultes en francisation et l'après-midi avec les petits amis, Felipe est visiblement heureux.

Lorsque Zacharie offre à Angela de participer à un programme de stage chez l'employeur, elle n'ose pas refuser. N'importe quoi pour lui permettre de trouver un emploi. Manuelito n'est pas d'accord. Il veut que sa sœur passe au moins un an sur les bancs d'école afin de bien maîtriser la langue et ainsi trouver un bon emploi.

__ Manuelito, je n'ai pas le moyen de passer un an en classe. Tout coûte cher et je ne veux pas demeurer chez toi tout ce temps-là.

__ Tu veux prendre un appartement? Ça fait à peine deux mois que tu es arrivée au Canada. Attends à l'été.

Comme Angela est un peu têtue et habituée de vivre seule avec son fils, elle trouve un appartement en ville et en est fière. Son frère désapprouve, comme il le fait souvent pour tous les projets de sa sœur.

À la fonte des neiges, c'est un peu une lune de miel pour Angela, qui découvre les plaisirs d'être tranquille et en sécurité. Plus besoin de surveiller les passants dans la rue, de peur d'être volée. Plus besoin d'éviter des régions apparemment propices aux embuscades menées par la guérilla.

C'est la période du sirop d'érable et les nouveaux arrivants découvrent le goût du Canada. Ils aiment bien. Le soleil est plus vigoureux, mais il faut toujours s'habiller chaudement, exigence encombrante pour eux. Lors d'une sortie de groupe à la cabane à sucre, Angela a le cœur à la fête et enfile des raquettes pour tenter de marcher sur la neige. Elle rit et s'amuse follement pour la première fois depuis qu'ils ont quitté la Colombie.

Zacharie lui déniche un lieu de stage comme éducatrice dans une garderie, employeur prédestiné pour les femmes immigrantes. Angela aime bien les enfants mais n'aurait jamais pensé devenir éducatrice. Comme il s'agit d'une journée par semaine et qu'elle peut continuer ses cours de français, elle accepte. Le milieu de travail, ses rapports avec l'employeur et ses relations mitigées avec ses collègues de travail lui sont tellement étranges. Elle veut entreprendre des conversations avec ces gens, mais ils n'ont pas l'attention nécessaire pour cette apprentie des rudiments de la langue. Angela se sent rejetée du groupe et le soir, elle pleure encore.

De son côté, Felipe est à l'école à plein temps en fin d'année scolaire. L'objectif est qu'il se familiarise avec le fonctionnement pédagogique et qu'il se fasse des amis. Il a déjà l'impression d'être intégré. Les jeux, le sport et les sorties en groupe l'amusent, le rendent heureux. Contrairement à sa mère, il a déjà adopté le Canada et ne veut plus retourner en Colombie.

Lors d'une de ces étapes, je m'étais effondrée comme un clochard sous un pont. Je sentais terriblement mauvais, j'étais sale, avec mes vêtements de plusieurs jours, toujours humides de la sueur de la veille et crottés. J'avais soif : la fièvre me déshydratait tout autant que la chaleur et que l'effort pour m'accrocher au dos de mon porteur. J'avais l'impression que ma tête me jouait des tours. (Tiré de *Même le silence a une fin*, Ingrid Betancourt, Édition Gallimard, 2010)

*M*arié à une fille de Saint-Léonard depuis plus de trente-cinq ans, Zacharie n'admet pas sa faillite. Mais une chose est sûre : il constate que sa décision de rester marié pour la vie coûte que coûte est lourde comme un boulet au pied.

Depuis son retour de Colombie, il a passé un mois en Afrique avec huit jeunes stagiaires sur l'invitation d'Éveline, sa collègue de travail. Cette dernière expérience l'a profondément marqué sans même qu'il ne s'en rende compte. Une vie conjugale au beau fixe et la fin de son contrat de travail, une fois revenu d'Afrique, lui procurent une forte envie de prendre du recul. Comme préretraité, il ne souffre pas trop d'être sans revenus. Donc, à peine dégourdi de son dernier voyage, Zacharie constate qu'il a besoin de repartir. Cette fois seul avec un sac à dos, une petite tente et son carnet de notes. Il prépare donc ses valises pour la France afin de la parcourir seul, en réflexion surtout pour faire le tour de son cœur.

En plus des lieux qu'il trouve remarquables, Zacharie zyeute la beauté féminine autour de lui en Bretagne, sur le mont Saint-Michel et sur les plages de la Normandie. Il pleure la mort de milliers de jeunes Canadiens lors du jour J, en 1944, alors que le père de son épouse y était et s'en est sorti. Debout sur ces mêmes plages, Zacharie respire à pleins poumons l'air salin de la Manche, reconnaissant d'être vivant. Mais vit-il vraiment? Le soir, sous la tente, il réfléchit et trouve que depuis sa première tentative de séparation, seize ans auparavant, rien n'a changé. Il a toujours un trou dans le cœur qu'il désire remplir. À cette époque, il blâme son épouse Anna pour cette carence; il disait ne plus se sentir aimé. Maintenant, au pied du mont Saint-Michel, il admet que c'est lui qui ne l'aime plus et croit pourtant avoir tout tenté pour raviver l'amour qu'il a déjà eu pour elle. Notre Don Quichotte évitait-il la douleur d'une séparation éventuelle, apparemment inévitable?

Zacharie tourne chacune des pages de son album souvenir enfouie dans les méandres de sa mémoire. Jeune, il faisait partie des générations de précurseurs des années hippies. Dans les années soixante et soixante-dix, la génération de Zacharie était, dans tous les coins du monde, emportée par la télévision. Ces gens ont vu la guerre du Vietnam en direct, avec toutes ses horreurs et son non-sens. Malgré son petit côté militaire et des intentions sérieuses de devenir le meilleur Don Quichotte de son régiment, Zacharie devenait un adepte de la non-violence, de la liberté totale et refusait les valeurs de la société de consommation.

En attendant la vie adulte, Zacharie sert sa patrie dans la force armée de fin de semaine et profite de son uniforme militaire pour charmer les filles. Judith le trouve beau en uniforme elle aussi, mais le considère adorable dans tout son être. Il la porte sous la main délicatement, la parade dans toute la ville, d'ouest en est. Il la fait adopter par sa mère, ses six sœurs et ses trois frères.

Judith vit du côté ouest de la ville, là où plusieurs familles anglophones sont installées depuis la construction du chemin de fer. Zacharie s'y aventure très rarement. À cette époque, les gens ne quittent pas de vue leur clocher d'église.

Une rencontre organisée par un ami de Zacharie et cousin de la belle petite blonde aux yeux bleu-vert, et voilà que Judith et Zacharie sont unis pour la vie au dire de tous. Malgré leur jeune âge, ils ont l'étoile de l'éternité amoureuse dans le coin des yeux lorsqu'ils sont ensemble. Pourtant, l'école, les projets d'études et l'aventure passent avant le mariage pour Zacharie.

Un jour, il fait comme les hippies de sa génération, échange le fusil pour des fleurs dans ses cheveux, qu'il laisse pousser jusqu'aux épaules. Il accroche son uniforme pour de bon, prônant plutôt l'amour libre et la vie en communauté. En attendant, il fréquente sérieusement Judith et ne se doute de rien quant à ce que l'avenir leur réserve. À la maison, tout le monde est déjà au lit. Sur la pointe des pieds, Judith invite Zacharie à la rejoindre au salon comme à l'habitude. Ils le font souvent pour étirer davantage leur nuit à deux. C'est sur ce même divan que Zacharie goûte pour la première fois de sa jeune vie aux plaisirs de la chair. Depuis plus de deux ans, Judith guide la main de Zacharie sur les monts et les vallées de son corps, devenu celui d'une femme prématurément. Chaque mois, le couple avance dans son exploration et augmente en intensité et en fréquences ses échanges érotiques sans pour autant se rendre à l'acte interdit. C'est bon et c'est tout ce que peuvent absorber les corps de ces deux adolescents inexpérimentés. Mais un bon soir de février, il n'est pas question que Zacharie se laisse prendre par la main, ni pour marcher dans la rue, ni pour naviguer dans l'amour. Il est raide comme une barre à clous et froid comme son métal.

_____ Écoute Judith, j'ai quelque chose de difficile à te dire. Je crois que ce que nous avons depuis le début de notre relation n'est pas de l'amour.

Ça sort raide comme une bombe qui éclaire tout le salon d'un rouge sang. Judith a le réflexe de s'agripper au cou de Zacharie avec la ferme intention de ne pas le laisser s'en sortir aussi facilement. Ils pleurent tous les deux pendant des heures. Zacharie cherche à se rendre à la porte et à décrocher tendrement Judith, qui reste pendue à son cou. Ce soir-là, Zacharie trouve le chemin du retour à sa chambre éternellement long. Les plus jeunes de la famille de Zacharie gravissent les échelons du « devenir adulte » sans trop de catastrophes. L'important, c'est qu'ils continuent de s'aimer d'une affection nourrie par leur mère, comme ceux qui se lèvent à trois heures tous les matins de janvier pour mettre une bûche dans la fournaise.

Zacharie voit grand. L'avenir après ses études secondaires occupe toute son imagination. Entre une collation de diplôme et un bal de finissants accompagné d'une petite inconnue, Zacharie regrettera son geste. Il aurait dû attendre avant de quitter Judith en plein mois de février et s'accorder mutuellement le plaisir d'être ensemble au bal des finissants. Faire des adieux sur le pont de la gare de train ou à une station d'autobus aurait été beaucoup plus respectueux de ce qu'ils ont vécu ensemble, soit deux ans et demi de tendresse, d'initiation à l'amour, de sorties entre amis et de danse au son de la musique *live* de César et les Romains.

Sous sa tente, en France, Zacharie note dans son carnet :

___ Judith, t'en souviens-tu du soir ou cinq cents jeunes attendent l'arrivée de César et les Romains au Centre éducation alors qu'ils sont pris dans une bordée de neige entre Rivière-du-Loup et Saint-Honoré?

∞∞∞∞

Lorsque Zacharie rencontre Angela, un an auparavant, il est loin de croire qu'elle entrera un jour au Canada. Mais elle est là, naïve et perdue dans les béants migratoires et il veut l'aider. Zacharie aime la présence d'Angela dans sa vie. En bon accompagnateur de nouveaux arrivants, il veille sur elle, l'initie aux magasins d'épicerie, lui prépare des repas et la reconduit au travail régulièrement. Elle ne parle pas beaucoup, alors Zacharie achète un traducteur pour son portable, qui devient l'interprète. Le soir, il rentre à la maison, qui n'est toujours pas vendue, où il retrouve le vide avec Anna. Elle vit au sous-sol et lui, au rez-de-chaussée depuis près de cinq ans. Zacharie repasse dans sa tête les moments de sa journée avec Angela. Le cœur lourd, il veut quitter Anna mais a peur de sa réaction. Au fil des années, le vieux couple a pris des faux plis, dont celui de Zacharie qui se ferme comme une huître devant le désespoir d'Anna. C'est clair pour lui que ce n'est pas l'amour d'Anna dont il manque, mais l'amour pour elle qu'il n'a plus. Ce qui n'est pas si clair, c'est comment le lui dire. Pourtant, cela devrait être simple d'admettre sa décision dépourvue de doute, mais ce ne l'est pas. Il regrette son manque de courage alors que l'arrivée d'Angela complique encore plus la démarche.

Angela est là depuis quelques mois. Elle accepte avec prudence les invitations de Zacharie : navette pour se rendre au cours de francisation, rencontres avec des employeurs,

124

exercices de conversations françaises et, un soir de début avril, une visite au Salon du livre. Dans cette ville où tout le monde connaît Zacharie, celui-ci se sent mal à l'aise avec Angela lors de cette journée au Salon du livre. Il n'y a pourtant toujours rien entre eux qu'un rapport aidant-aidée, mais Zacharie veut plus d'Angela qu'il trouve douce, respectueuse et belle comme un ange. Il est encore marié et vit toujours sous le même toit que son épouse, mais ne veut pas avoir une double liaison. Il constatera plus tard sa peur de perdre l'opportunité qui passe et qui pourrait lui glisser entre les doigts : toucher le cœur d'Angela. Ce bon soir d'avril, au retour du Salon du livre, Zacharie risque la question prématurée.

___ Qu'adviendra-t-il de nous?

Elle ne comprend pas. Il se penche vers elle pour l'embrasser sur la bouche et elle accepte. Zacharie se lève du divan et lui dit ne pas vouloir être infidèle. Angela lui répond qu'il l'est déjà. Il lui confirme alors devoir rentrer à la maison pour accomplir ce qu'il aurait dû faire six mois auparavant.

___ Écoute Anna, j'ai quelque chose de difficile à te dire.

Zacharie trouve finalement la force d'admettre que tout est fini entre eux.

Anna a peur. Elle veut savoir si Zacharie s'est tourné vers une autre femme. Il prétend que non, vide sa garde-robe et s'installe chez un ami à Saint-Basile. Solitaire comme il l'a été sous la tente en Bretagne, il pense ne pas pouvoir vivre seul alors qu'il sait trop bien comment être seul même en présence des autres.

Angela trouve ce Canadien charmant mais un peu compliqué. Une semaine plus tard, Zacharie confirme avoir annoncé la fin de sa relation avec Anna et déménagé chez un ami. Zacharie paraît libéré, léger et joyeux malgré les explications à donner aux membres de sa famille et la douleur qui fait saigner bien des cœurs. Tous croyaient ce vieux couple immuable, heureux ensemble. Or, plusieurs croient que Zacharie quitte Anna pour une autre femme.

Manuelito est furieux. Il n'a rien contre son ancien collègue de travail mais tente d'être réaliste. Un employé du Centre de services pour immigrants qui fréquente sa cliente, un mari de longue date qui quitte son épouse, originaire de Saint-Léonard, une personne bien connue de sa communauté qui part avec une autre femme : tout cela présage de la difficulté pour l'établissement de sa sœur dans la région. Angela est plus préoccupée par sa difficulté d'adaptation, qui ne peut pas être pire. Elle écoute d'une oreille son frère désapprouver ses décisions encore une fois. Il va jusqu'à proposer de fréquenter Zacharie en cachette pour éviter des mauvais traitements. Elle refuse. Zacharie est libre de faire ce qu'il veut et elle aussi. Angela a mal à l'âme et elle frappe dur.

____ Oui, je n'aurais jamais dû quitter mes filles et mon petit-fils. Je hais les voir grandir sur Skype. J'avais un bon emploi. J'arrivais à faire de bonnes économies, dix millions (pesos colombiens) tous les six mois. Mes collègues m'aimaient, je les aimais et nous faisions une bonne équipe. Je jouais au basket régulièrement et j'étais en forme. Nous dansions régulièrement. J'avais un bon petit appartement et j'aurais maintenant une auto. En arrivant, je saute à pieds joints dans notre relation amoureuse beaucoup trop tôt. Comme pour mon premier mariage, j'ai accepté le premier venu alors que toi, Zacharie, tu n'avais même pas entamé ta séparation. J'ai eu mal de vous voir, toi et ton ex-épouse souffrir. Les gens de ta ville me voient comme la voleuse de mari. Tu as perdu ton emploi à cause de nous.
Le cœur serré, elle crache du feu par les yeux, retient un trop-pleins de larmes et avoue ne pas vouloir y penser trop souvent tellement elle regrette d'être venue au Canada. Elle pense ne jamais retrouver la qualité de vie qu'elle avait à Pitalito. Elle se flagelle d'avoir pris la pire décision de sa vie.

Zacharie se morfond et admet regretter de lui avoir fait subir sa séparation, décision qu'il avait déjà prise sans agir plusieurs mois avant l'apparition d'Angela dans sa vie. Il a de la difficulté à mesurer le déchirement qu'Angela subit. Oui, elle a souhaité une meilleure vie pour Felipe et il en profite déjà.

Zacharie constate qu'il ne compte pas pour beaucoup dans le cœur de son amoureuse et il en frémit. Mais l'étirement de ses racines est trop pour Angela, qui est foncièrement une sédentaire et bien heureuse parmi les siens. L'hiver lui coupe les jambes, le travail peu rémunérateur la dévalorise et la prive de confort. Pire, Marce vient d'avoir un garçon, Gabriel, et ses petits-fils grandissent sans la présence de la *Ma*, comme ils l'appellent.

L'homme qui plane sur un coup de foudre amoureux tente de comprendre même s'il a envie de plier bagage et de s'enfouir dans une tanière. Les longs moments de tendresse qu'ils ont l'un pour l'autre le calment. Zacharie ne veut pas lui faire plus de mal. Elle dit penser ne pas pouvoir aimer mais ne lui demande pas de partir. Elle est pure contradiction et la relation n'en est qu'à ses premiers balbutiements, alors le couple veut se donner la chance de prendre son envol. Parti du mauvais pied n'est pas tout à fait l'image qui décrit bien la situation du couple; disons plutôt qu'il construit sa fondation sur du sable mouvant. Zacharie revit un sentiment de perte qui lui rappelle celle qu'il a vécue vingt ans avant de laisser Anna, alors que sa mère l'avait quitté aussi. Il a encore l'impression que c'était seulement hier...

___ Maman! Je n'ai pu reconnaître ton amour pour moi que quelques jours avant ta mort.

Le regard affectueux de sa mère malgré la souffrance d'un cancer généralisé lui a transpercé le cœur alors qu'on la sortait de sa chambre d'hôpital pour d'autres examens.

___ D'autres examens pour quoi? Je vais mourir de toute façon.

Ce sont les dernières paroles que Zacharie a entendu sa mère prononcer. Thérèse, ce jour-là, laissait dans le deuil dix enfants et vingt-trois petits-enfants.

∞∞∞

Zacharie a mal à l'amour comme il n'a pas eu mal depuis longtemps. La dernière fois que le cœur lui serrait la poitrine comme ces derniers temps remonte au décès de sa mère. Il y a eu aussi sa phase de jalousie lors de sa deuxième année de fréquentation avec Anna.

À l'arrivée d'Angela au Canada, Zacharie risque le tout pour le tout. Comme avec Judith, notre samouraï prend son courage à deux mains pour mettre à exécution une décision prise depuis des mois. Il quitte le carcan conjugal avant son trente-huitième anniversaire de mariage, devenu vide avec le temps. Zacharie se morfond depuis plus de cinq ans. Il aurait préféré quitter Anna différemment de ce qu'il avait fait à l'endroit de Judith. Comme il n'a rien compris, il répète donc une séparation tout aussi maladroitement. Cette fois, c'est plus grave. Il y a les enfants devenus adultes et les petits-enfants qui pleurent la fin d'une époque, la fin d'un couple. Il y a aussi Anna, mariée à l'institution du mariage, qui n'accepte pas de subir encore une fois les déboires de Zacharie.

Voilà que huit mois seulement après le début de cette nouvelle relation, dans la noirceur de sa chambre à coucher, Angela lui souffle à l'oreille une deuxième fois.

____Mi corazón, j'ai quelque chose de difficile à te dire. Je te demande de retourner à Saint-Basile jusqu'à ce que je redevienne meilleure.

Après ces huit mois de tendresse et de sensualité à en faire fondre l'âme, le cœur de Zacharie enfle à vouloir éclater. Pourtant, ce n'est tout de même pas fatal. Tout ce que sa belle Angela lui demande, c'est de retourner vivre à l'appartement qu'il a préparé quelques mois auparavant lors de sa rupture avec Anna. Faire ménage à part tout en demeurant de profonds amoureux semble lui convenir. De toute façon, depuis qu'il a rencontré Angela, il vit chaque instant de la journée dans le but de répondre à ses besoins.

____Merci, mon amour.

____Merci pourquoi? lance-t-elle.

____Merci d'avoir eu le courage de me demander de partir même si j'aurais très mal.

Il croit avoir mal, mais ce n'est rien comparativement à ce qu'il vivra les semaines suivantes.

____Mon amour, j'ai une autre chose difficile à te dire.

Après quelques jours de va-et-vient entre Saint-Basile et Notre-Dame-des-Sept-Douleurs, Angela cherche à préciser ses intentions. Cette fois, ils sont étendus, seuls, dans la chambre de Felipe comme deux nouveaux amants chaperonnés. Les glaives des sept douleurs de la madone allaient tomber directement du ciel.

___Notre relation, c'est fini, mon amour! Leurs larmes s'entremêlent sur leurs joues collées.

Zacharie se ressaisit et remet en question cette affirmation.

___Comment peux-tu dire dans une même phrase que « c'est fini mon amour »?

Elle lui répond ne pas savoir, qu'elle trouve tout difficile. Depuis son arrivée au Canada, sa vie bascule entre la force d'une personne autonome et totalement libre qu'elle est et la vulnérabilité d'une personne en elle qu'elle ne reconnaît pas. Elle ne se reconnaît plus, il ne se reconnaît pas. Du haut de ses soixante ans, il n'en a que seize. Qu'a-t-il fait de mal? Étouffe-t-il Angela en cherchant à combler sa vie de tout son être? Peut-être est-il trop actif alors qu'elle préfère la tranquillité. Est-il trop vieux pour elle? Dérange-t-il sa routine colombienne? Cherche-t-il trop à lui enseigner les rudiments de la vie au Canada?

___Habille-toi chaudement, mon amour. Je ne crois pas que tu devrais laisser de la nourriture à refroidir sur la cuisinière toute la nuit. Il faut garder les portes de la maison fermées; l'été les moustiques, l'hiver le froid. Tu dois respecter les feux de signalisation, à pied comme en auto. On ne dit pas « Toi as de la peine? », on dit « Tu as de la peine? » Je te mets les mots en bouche. Oui, un homme, ça pleure aussi!

Zacharie est toujours dans la cuisine, et un homme dans la cuisine, c'est du jamais-vu pour une Colombienne.

___Non, non. Ce n'est pas toi, c'est moi. Je veux reprendre ma routine comme en Colombie. Je ne suis pas habituée à me faire dire non. Je suis habituée à tout décider moi-même. Normalement, je ne fais pas beaucoup de nourriture et Felipe s'organise bien. J'ai peur de la dépendance affective! Toi comprends dépendance affective?

C'est peut-être tout le temps et toute l'attention que Zacharie lui accorde. Serait-ce qu'il prend trop de place dans sa vie? Cette attention lui donne l'impression qu'il devient dépendant affectif? D'où vient cette idée de dépendance affective? Zacharie se console auprès de sa sœur Loulou.

_____Voyons donc! Dépendance affective, ce n'est ni plus ni moins que la peur de l'amour. L'amour ne fait pas mal, l'amour n'est pas lourd. L'amour, c'est simple, ça coule comme de l'eau et ça fait du bien. Non, non! Il y a anguille sous roche, Angela cache quelque chose, une maladie rare, peut-être? Demande-lui carrément ce qui s'est passé pour qu'elle change d'idée si subitement après plusieurs mois de vie commune. Comment peut-elle vouloir la fin d'une relation lorsqu'elle dit toujours t'aimer? Zacharie se demande toujours pourquoi finir une relation entre deux êtres follement amoureux l'un de l'autre. Mais est-ce réellement fini? Sont-ils vraiment amoureux? Pourtant, un simple téléphone habituel pour parler de leur journée respective et voilà son cœur tout réanimé. Après quelques hésitations autour du pot, Angela admet vouloir magasiner. Il offre de l'accompagner, elle accepte volontiers et la relation est remise sur sa voie naturelle. Zacharie a mille questions pour son amour.

_____Parle-moi des hommes dans ta vie. Dis-moi comment un Colombien réagirait en pareille circonstance.

_____Il choisirait d'être très *boracho* et cognerait à ma porte pendant des jours sans obtenir de réponse. Ou il dirait violemment que j'ai bien raison, que la relation est finie et qu'il y a beaucoup d'autres femmes facilement disponibles. Angela précise qu'il ne s'agit pas de lui, qui devient dépendant affectif, mais qu'il s'agit plutôt d'elle.

_____Je dois réorganiser ma vie ici comme en Colombie et ainsi retrouver la force.

_____Et nous, qu'allons-nous devenir? rétorque Zacharie.

_____Ah, je ne sais pas, mon amour...

∞∞∞∞∞

130

Encore quelques jours à se morfondre, à pleurer devant l'icône Angela et à avoir une vraie peine d'amour comme si c'était la première. Zacharie revit ses autres relations. Il cherche les ressemblances. Il a l'impression de répéter un geste du temps de son enfance. Il installe dans son cœur un vieux rouleau, comme ceux des pianos mécaniques, pour rejouer de vieilles chansons. Judith a subi le même sort plusieurs années auparavant. Ils étaient jeunes et Zacharie était son aîné de presque quatre ans. Ils formaient le plus beau petit couple du comté. Elle était blonde à l'anglaise, Zacharie était son *Johnny-Boy*. Avec leurs patins à glace comme sur le plancher de danse, ils n'avaient d'yeux l'un que pour l'autre. La précocité de Judith en amour lui faisait peur. Et s'ils faisaient un bébé accidentellement? Certains diraient que Zacharie est un jeune homme irresponsable. Ses amis disaient qu'il était cinglé de ne pas profiter de cette belle fille prête à tout avec lui. Mais après deux ans et demi de fréquentation, Zacharie met fin à sa relation avec Judith. Un geste cruel pour fermer son cœur à l'amour dans le but d'avoir moins mal au moment de quitter la région. En joignant la force militaire, il rêve de découvrir le monde. Encore aujourd'hui, Zacharie se dit souvent :

____Pardonne-moi, Judith, de t'avoir fait si mal.

Le pire, c'est qu'il quitte sa région à la découverte du monde pour y revenir deux mois plus tard. Les Forces armées canadiennes veulent de lui dans le Grand Nord, le pays des ours blancs; il rêve plutôt de la Méditerranée. Zacharie écoute *Si j'étais un homme*, de Diane Tell, qui déplore le fait que les hommes prennent si vite maîtresse. Comme son père, qui lui avouait ne pas pouvoir vivre seul quelques mois après le décès de sa mère, Zacharie a annoncé la fin de son amour pour Anna une fois qu'Angela devenait une candidate prometteuse. Il prend des notes :

Est-ce cela, de la dépendance affective? Serais-tu mon purgatoire, chère Angela, pour avoir fait vivre à d'autres femmes la brisure du cœur que je suis en train de vivre avec toi?

De Judith en passant par Anna, et maintenant Angela, il y a eu toutes les autres femmes qui ont dansé sur les planches de la vie intime de Zacharie. Que cherche cet homme dans le regard d'une femme, dans son attention, si courte peut-elle être? Entre sa grand-mère Adèle, sa mère Thérèse, Judith, Anna et Angela, il y a eu Terrence, Pamela, Francine et Louise. À ces femmes s'ajoutent tous les fantasmes que Zacharie a eus, avec des corps envoûtants sans nom qui ont collaboré à ses orgasmes solos. Son mariage imaginaire avec Lise, dans le sous-sol de ses grands-parents ne compte pas. Il n'avait que huit ans. A-t-il appris quelque chose de chacune de ses expériences? Qu'a-t-il appris à son sujet? Et au sujet de la femme?

Zacharie n'oublie ni la France ni les Françaises. Il y a eu Virginie et l'ange à la jupe verte, sorti directement du château de Versailles, avec qui il ne s'est presque rien passé. Il était sur l'île d'Ouessant, dans le Finistère en Bretagne, terre de ses aïeux. Seul, enfin prétendu globe-trotter, Zacharie se cherchait et zyeutait les femmes. Trop passif et peu enclin à agir pour combler ses désirs, il se contentait de regarder comme lors de son premier voyage en Colombie ou au Sénégal (nous reviendrons sur le Sénégal).

Ce jour-là, la petite crêperie bretonne est pleine à craquer de gens. Zacharie demande à l'hôtesse si une personne seule est disposée à partager sa table. Intérieurement, il souhaite être jumelé à une cliente. Comme nos souhaits sont souvent exaucés, c'est Virginie qui accepte volontiers de partager sa table. Cette jeune architecte du sud de la France noie alors une peine d'amour dans un voyage solitaire. Elle se montre discrète tout en voulant bien passer un peu de temps avec ce Canadien sympathique pour déguster quelques crêpes bretonnes, là, sur l'île d'Ouessant. Deux étrangers, deux continents. Pourtant, ils ont le même état d'âme. Ils ont mal à l'amour mais évitent d'en parler. Ils marchent, côte à côte, dans les petites rues du village et dans le cimetière à la recherche de noms de famille communs. Virginie fait partie intégrante des intérêts de Zacharie. Cela semble lui faire du bien, lui faire oublier sa douleur pour quelques moments. Il doit reprendre le traversier, mais s'assure de bien indiquer à Virginie l'endroit où il a monté sa tente, au nord de Plougonvelin, au camping Keryel, lot numéro sept. Lui à bicyclette, elle avec sa voiture, ils se voient une deuxième fois sur la terre ferme le lendemain. Après ces deux rencontres, ils ne se recroisent jamais, mais Zacharie conserve d'elle ses fantaisies pour le reste du voyage, tout en ne manquant pas d'apprécier la beauté de quelques Parisiennes, dont une petite Nantaise et les femmes aux seins nus sur la plage de La Rochelle. Son passage au Mont-Saint-Michel ne met rien en cause quant à ses impulsions primitives. De toute façon, il n'a rien à confesser; il ne s'est toujours rien passé. Il ne pèche que par l'imaginaire, mais Zacharie regrette longtemps de ne pas avoir proposé à Virginie de faire le reste du voyage ensemble.

Seul sous sa petite tente pour deux, Zacharie dresse son plan de route pour le lendemain et s'endort le cœur gros. Durant cette nuit-là, il est encore à Dougnane, petit village au nord de Dakar. Il fait noir comme sous terre et il est soudainement réveillé par le bruit du panneau de tôle qui sert de porte à sa *toui*. Quelqu'un entre dans sa chambre! Pourtant, chaque soir après la veillée à la belle étoile sur les nattes avec sa famille d'accueil, sa mère hôtesse lui rappelle de mettre la clé à la serrure. C'est une farce entre eux, car le panneau de tôle n'est même pas muni d'une poignée, encore moins d'une serrure. Elle lui a *patenté* plutôt un cordon de tissu en boucle dans l'un des orifices du panneau de tôle ondulée faisant office de porte. Une fois à l'intérieur de sa chambre, Zacharie introduit dans l'anneau de tissu un bout de bâton qu'il place ensuite solidement à travers le cadre de la porte.

À son arrivée au Sénégal, Zacharie reçoit des instructions claires : attention aux scorpions rouges, qui piquent comme les abeilles; pas de caméra pendant les repas; toute relation amoureuse est interdite; il faut manger de la main droite et en compagnie de la famille; au coucher, il faut barrer la porte de la toui et bien installer la moustiquaire au-dessus du lit. Zacharie pense que barrer sa porte sert à empêcher les animaux domestiques libres de s'introduire dans sa chambre en pleine nuit.

Après douze heures sous un soleil ardent, les pieds dans le sable, et trois heures de relaxation sur la natte familiale, Zacharie prend sa quatrième douche de la journée et s'écroule dans son lit. Sa famille d'accueil a la générosité de lui organiser une toui bien à lui pour son séjour. Une fois lancés les « bonne nuit » et les souhaits de bons rêves dans la langue des hôtes, Zacharie s'assied au pied du lit pour prendre quelques notes dans son journal et réfléchit aux différences culturelles rencontrées durant la journée. Chandelle éteinte, il se glisse sous la moustiquaire et dort solidement. Figé dans son lit comme s'il était possédé, Zacharie constate que le système pour verrouiller n'est pas contre les bestioles ni les animaux, mais bien contre les humains. Une femme, une très jeune Africaine invisible dans le noir de la nuit, ouvre la porte, se glisse agilement comme une couleuvre sous la moustiquaire et introduit le sexe de Zacharie dans sa bouche. C'est à la fois bon et défendu comme pour un enfant qui découvre la masturbation. Cette fois, c'est plus grave. Il ne peut pas en devenir aveugle, mais il risque la réprimande sévère de sa famille. Pire, il risque la prison en terre étrangère.

Devant le tribunal du village, sa mère pleure de grande déception devant son nouveau fils canadien qui a dépassé les bornes. On l'accuse d'avoir pris Viviane dans son lit. Il doit la marier et l'emmener avec lui au Canada.

Le soir précédent, en visite chez des cousins, Viviane est offerte, en farce, à Zacharie. Un seul membre de la famille à l'étranger signifie de l'abondance pour tout le monde. À titre de responsable d'un groupe de stagiaires et représentant d'une ONG, Zacharie a beau dire qu'il est marié, mais dans une région du monde où la polygamie est légale, l'argument ne fait pas le poids. Quel soulagement pour Zacharie, qui, à son réveil, réalise que la visite de Viviane n'est qu'un rêve qui s'est vite transformé en cauchemar, mais qui peut être nourri par l'imaginaire d'un homme en carence de sexe. Voyez les bateaux qu'il se monte avec les Virginie ou les Viviane de sa vie, souvent de pures étrangères. Que dire des bateaux qui l'emportent avec celle que Zacharie aime profondément, Angela?

∞∞∞

On dirait que pour Zacharie et Angela, ce sera un éternel recommencement. Après huit mois d'amour passionné, dont six de vie commune, Angela lui annonce que c'est fini. Elle lui offre son amitié et puisqu'il se noyait dans sa douleur, Zacharie accepte cette bouée de sauvetage. Pendant deux longues semaines, il se morfond et consulte sa sœur Loulou.

___Zacharie, il faut que tu regardes d'où vient cette douleur. Angela n'en est pas la cause ultime. Profite de ce cadeau pour grandir et tu seras un jour bien avec toi-même.

___Bien avec moi-même! Voyons donc! Je préfère être moins bien avec moi-même dans les bras de mon amour qu'être enrichi de l'expérience et bien seul dans mon appartement maudit.

Loulou insiste.

___Il faut, d'une manière ou d'une autre, finir la relation. Aimer follement une amie ne mène nulle part. Il faut parler et tu en auras le cœur net, moins lourd.

Ce même jour, Zacharie appelle Angela et demande de la rencontrer à dix-neuf heures trente. Il a quelque chose d'important à lui dire.

____Voici les cadeaux de Noël pour toi et Felipe. Voici mon premier bouquin, que j'ai fait traduire en espagnol comme promis. Tu m'offres ton amitié, une rencontre occasionnellement, mais depuis trois jours, j'attends ton appel quotidiennement, je rêve de la prochaine rencontre et le cœur veut me sortir du corps. Angela, je t'aime et te dis merci pour nos huit mois de vie d'amour, que je croyais réciproque. J'ai appris ce à quoi je m'attends d'une femme. Je m'attends à la réciprocité, à la fidélité et à un profond

135

intérêt l'un pour l'autre. Comme tu n'es pas prête pour cette réciprocité, j'en conclus que c'est fini entre nous.

La nouvelle amie, les yeux pleins d'eau, regarde Zacharie mettre la main sur la poignée de porte et lui demande pourquoi il part.

_____Tu n'as pas compris, mon amour? C'est fini, je ne peux plus voir dans ton regard ce nouveau détachement que tu as décidé de prendre à mon égard. Bye, mon amour.

Il ne peut pas se retenir de faire le tour de la table pour se placer derrière elle et prendre entre ses mains la tête chaude de douleur d'Angela. Elle tend ses bras vers lui et pose ses mains contre son visage avec une tendresse époustouflante et, sans rien dire, Zacharie quitte l'appartement... pour toujours? À peine le temps de tourner la poignée de la porte de son appartement de Saint-Basile, il entend son téléphone sonner. Elle pleure et demande pourquoi il est parti comme ça.

_____Par ce que je t'aime et que je ne veux pas de ton amitié. Je cherche la réciprocité dans notre amour.

Loulou a raison, son cœur est plus léger. Zacharie pleure sa belle Angela, mais son cœur ne saigne plus. Il appelle sa fille Dominique pour lui confirmer qu'il sera seul pour le souper en famille.

_____Bon, papa, tu as repris les cordeaux. Les histoires d'amour, ça ne change pas, même à ton âge?

Depuis Terrence, Judith et Anna, il y a quatre autres femmes très importantes dans la vie de Zacharie. Dominique, sa fille aînée, fêtera son dixième anniversaire de mariage bientôt. Elle a trois enfants dont deux filles, Océane et Mélodie, et un fils pas encore né. Anique, la deuxième fille de Zacharie, entreprend! Elle entreprend toutes sortes de choses et implique son père dans plusieurs de ses projets. Il aime inconditionnellement ses quatre femmes. Zacharie discute avec elles de ses amours, sauf celles qu'il a eues avec leur mère, Anna. Après une séparation inattendue mettant fin à trente-huit ans de mariage, les filles ont pleuré et se sont adaptées à la nouvelle situation de leurs parents.

Dominique aime pincer les points noirs dans le visage de son père. Il adore qu'elle vienne s'asseoir près de lui pour prendre, de ses mains délicates et fermes, la peau de son visage du bout de ses doigts afin de la nettoyer. Toute petite, Dominique ressemblait à son père physiquement et, pourtant, se comportait comme sa mère. Ils avaient une belle complicité dans la maison. Zacharie aime son intelligence, son assurance et sa capacité émotive dans des moments intenses, comme lorsqu'elle a appris la séparation de ses parents. Il adore la façon d'être de Dominique avec ses enfants. Quelle belle maman elle est devenue!

Anique ressemble physiquement à sa mère, mais est son père tout craché. Elle range tout autour d'elle mais vit avec un désordre déconcertant dans ses ambitions. Toute petite, elle disait non à plein de propositions au point d'exaspérer son père. Elle s'intéresse à la vie de son père, le questionne et l'invite régulièrement chez elle. Malgré son conjoint et ses animaux, elle est apparemment plus disponible que Dominique. Pourtant, il ne la voit pas plus souvent.

Leur mère, la première femme que Zacharie a épousée, a donné à ce dernier quarante ans de sa vie. Il a triché, mais a voulu reprendre les dix dernières années sans lui dire. Seul dans son intérieur sensible, Zacharie a rempli les vides affectifs avec des fantaisies, quelques danseuses nues et une masturbation par-ci par-là. Anna est devenue membre de sa famille d'origine plus que lui-même ne l'était.

∞∞∞∞

Tous les sentiments intenses d'Angela et de Zacharie sont confondus avec cette nouvelle peine d'amour dans un même cocktail délirant. Ce n'est qu'après coup que Zacharie trouve la capacité d'admettre ce que les femmes de sa vie ont réellement été pour lui. Sa première infidélité, Pamela l'Anglaise, est mystérieuse. Zacharie est alors en transition, un changement de cap dans sa jeune carrière de formateur. Certes, il a peur de son entrée sur le marché du travail, mais ce n'est pas une excuse pour tricher sa jeune et très belle épouse après seulement quatre ans de vie conjugale. Pire encore, Zacharie avoue ses faits et gestes. Comment un homme peut-il être pour chercher à se faire pardonner à ce point? Que veut-il des femmes pour finir par leur poignarder le cœur? En veut-il plutôt à sa mère de l'avoir abandonné à sa grand-mère? Elle ne l'a pourtant pas laissé dans une corbeille sur le pas de la porte d'un orphelinat.

Les relations sexuelles avec Pamela étaient un effort pour rester bandé afin de ne pas perpétuer l'impression d'être un éjaculateur précoce. Il a réussi à rester en érection même après l'éjaculation. Pourtant, Pamela, qui a dû retourner seule à son appartement, méritait mieux comme traitement. Francine, l'étudiante en psychologie, était une tendre amie. Elle devenait une petite niche chaude lors de quelques-uns de ses passages dans la métropole. Zacharie et Francine ne faisaient pas l'amour, ils baisaient en Québécois. Après quatre ou cinq rencontres, ils sont partis chacun de leur côté en bons adultes matures. Les discussions portaient exclusivement sur la recherche du soi et la croissance personnelle, sans doute par déformation professionnelle. Zacharie en retient la capacité d'attendre l'autre sans désespérer, ce qui lui a servi surtout avec Anna. Était-ce bon? Louise avait une aile cassée, probablement le résultat d'une querelle conjugale. Zacharie a profité de cette vulnérabilité pour nourrir son ego d'homme peu confiant dans ses capacités de séduire. Cette fois, c'était bon de se faire prendre dans le lit. Elle contrôlait tout. Zacharie n'avait qu'à se laisser faire. Pourtant, il était son professeur et elle, son étudiante dans la vie de tous les jours. Zacharie croit avoir aimé Louise et, comme avec Judith, il a aussi décidé à brûle-pourpoint de cesser de l'aimer. Après tout, il était toujours marié.

En France, un ange à la jupe verte est sorti directement des fresques du château de Versailles pour croiser tout bonnement le regard de Zacharie. C'est comme si elle cherchait quelqu'un parmi les cent cinquante mille visiteurs du château rendu célèbre par les extravagances du Roi-Soleil marié qui logeait sur le même domaine que sa maîtresse Antoinette. C'était lors du premier voyage de Zacharie en France, quelques jours après sa rencontre avec Virginie. Il appelle cet ange à la jupe verte *Gabriel*le, parce qu'il aime bien ce nom. La vraie personne, Zacharie n'a pas osé la rencontrer. Elle marchait devant lui, apparemment dans la même direction pour le train Versailles-Paris. Trente minutes plus tard, elle est réapparue devant le Louvre sans que Zacharie ne soit tenté de la suivre. Il croyait que c'était un signe ou peut-être un attrape-nigaud. Sa jupe à plis, d'un tissu presque velours, dansait dans le vent. *Gabriel*le la retenait de ses deux mains en torsadant l'excès de tissu pour l'empêcher de lever trop haut et ainsi dévoiler sa petite culotte, que Zacharie imaginait toute blanche. *Gabriel*le a plongé dans la foule de passants et Zacharie l'a suivie des yeux, réprimant son envie de la traquer. Elle lui a fait constater combien il cherchait l'amour, et ce, sans même le rencontrer. *Gabriel*le lui a aussi fait comprendre qu'il devait mettre fin à son mariage avec Anna.

∞∞∞∞

Angela insiste : « Pourquoi t'es parti comme ça? » Ils pleurent sans rien dire pendant un instant au téléphone. Elle met fin à la torture en l'invitant à dîner le lendemain. Il y est, essaie de manger en avalant tout d'une bouchée mais sans pouvoir rien goûter. Pourquoi tant de douleur même lorsque Angela propose de recommencer? Plus lentement, cette fois...

______Nous avons pris de mauvaises décisions, pas bonnes pour toi, pas bonnes pour moi.

______T'as bien raison, mon amour. J'accepte. Et pourtant, Zacharie a encore mal, pourquoi?

______J'ai de la peine pour Anna et tes enfants, tu devrais peut-être retourner vivre avec elle. C'est moi qui suis la cause de cette rupture, non?

139

_____Non, mon amour, et jamais, jamais je ne retournerai avec Anna, qui devrait ne plus vouloir de moi de toute façon.

Le lendemain, en se réveillant, Zacharie est frustré de constater que son cœur serre toujours dans sa poitrine. Lui qui croyait finalement retrouver son centre, sa vigueur et sa joie de vivre. Il aurait dû être heureux. Son amour garde toujours la porte entrouverte alors il devrait être en *mode yahoo*. Pourtant, Zacharie n'a toujours pas envie de sauter par-dessus toutes les clôtures comme un jeune fringuant en amour. Non, il est toujours sur son pauvre petit moi. Pourquoi, comment ou plutôt d'où vient cette lourdeur du cœur après une belle invitation à recommencer? Zacharie laisse monter les souvenirs. Sa grand-mère Adèle est la femme qui lui vient à l'esprit. Il a au moins cinq ans et se voit tout bouleversé d'apprendre qu'ils ne partiront plus en auto pour la ville, comme elle le lui avait promis la veille. C'était prévu. Il ne faut pas changer d'idée; Zacharie déteste lorsque sa grand-mère change d'idée! En effet, toute sa vie, il a des exemples d'occasions bien planifiées qu'une femme vient changer, ce qui lui vire la patate à l'envers. Ah oui, notre petit garçon n'accepte pas de se faire dire non, précisément se faire dire non par une femme! Une tonne de douleur se détache alors de son cœur. Voilà ce qui le suit depuis plus de cinquante ans! Zacharie constate qu'il n'est pas seulement déçu de se faire dire non; il est désarmé, dépouillé de toutes ses définitions. Il se retrouve dans un cul-de-sac sans possibilité de revenir en arrière. Lorsqu'une femme lui dit oui aujourd'hui, il s'imagine que ce sera toujours oui à l'avenir. Si c'est non, soudainement tout s'écroule. Il ne devient ni dur ni violent, mais tout simplement dur et exigeant envers lui-même. La culpabilité fait son travail. Pauvre petit! Pourtant, Angela lui dit à plusieurs reprises que ce n'est pas lui, c'est elle. D'autres femmes avant Angela lui ont demandé pourquoi il est si pressé. Pressé de passer à l'action, pressé de prendre la moindre décision, pressé de changer d'auto, pressé de construire une deuxième maison, pressé d'en finir. Zacharie note : « Je ne leur donnais pas la chance de me dire non. »

Il doute que sa nouvelle prise de conscience ait un effet gratifiant pendant longtemps. Il tente de mémoriser la situation, de la rendre éternelle. Il désire tellement retrouver son centre afin d'être « meilleur », comme Angela dit si bien. Ils veulent être meilleurs pour s'assurer que cette nouvelle tentative de relation fonctionne. Sa sœur Loulou lui dirait :

_____Attention, cherche à être meilleur, point. Cultive ton propre jardin de fleurs plutôt qu'attendre que quelqu'un d'autre t'apporte des fleurs.

Les implications de cette nouvelle prise de conscience pourraient être révolutionnaires. Combien de fois Zacharie a-t-il planifié pour l'autre dans le but de la rendre heureuse? N'est-ce pas là le rôle de l'homme, répondre aux besoins de son amoureuse? N'est-ce pas plutôt le rôle de la femme de tout faire pour rendre son homme heureux? Zacharie a plutôt l'image constante d'être au centre de son propre univers. Il réalise seulement maintenant qu'il est assez égocentrique, merci. Une fois tombé le mal à l'ego arrive le questionnement. Est-ce vraiment de l'amour qu'il a pour cette femme qui le fascine, qui l'attire et le fait bander chaque fois qu'elle l'embrasse? Serait-ce qu'il englobe trop d'affection, d'attirance sexuelle et de passion sous le même « je t'aime »? Le jour qu'Angela lui apprenait que leur relation allait trop vite, il venait de se faire dire non. C'est tout un monde, qu'il avait construit autour d'elle, qui venait de s'effondrer. Pourtant, il a cru voir s'effondrer l'univers. Or, l'univers n'en a même pas eu connaissance, encore, de ce petit coup d'aile de papillon. On recommence presque à zéro. Zacharie la courtise trente minutes et ils sautent dans le lit aussi souvent que possible. Le cœur semble être au plaisir sublime de leur rapport primitif, qu'elle dit animal. De retour à son appartement, il a, pour un court instant, le sentiment d'avoir été abusé sexuellement. Zacharie n'a jamais vu un homme se plaindre d'être abusé sexuellement.

_____Qu'ai-je donc de travers dans la gorge? Je veux arrêter l'auto-examen qui me tourne sans cesse dans tout le corps. Loulou lui répète que non.

_____Il faut que tu apprennes de tout ça.

Il n'est pas question qu'il se contente de ce qui se passe entre son corps et celui d'Angela, même si Zacharie trouve leur sexualité toujours aussi sublime que le premier soir de leur envol. Zacharie n'obtient plus de petits mamours entre les actes, puis après? Puis après? Ces mamours sont indispensables entre deux personnes qui se respectent, au sein d'un couple qui cherche une certaine routine conjugale. Routine conjugale? Voilà ce que ce jeune couple avait avant le grand dérangement.

_____Merci, Angela, de défier les normes sous prétexte que nous sommes de cultures différentes et que tu ne comprends pas la réaction des Canadiens dans de telles circonstances.

Pire encore, Angela refuse que Zacharie prenne soin d'elle. Il se sent inutile. Pourquoi devrait-elle porter le poids de son besoin altruiste, son besoin d'accumuler des grâces pour paver sa route vers le paradis des bons garçons? Felipe, du haut de ses onze ans, lui dit souvent qu'il est gentil, trop gentil. Aimer, c'est avoir besoin de l'autre. Ou est-ce plutôt... se sentir aimé, c'est lorsque l'autre a besoin de soi?

Angela lui demande de recommencer à la case départ, ou presque. Zacharie ravale ses larmes, prend son courage à deux mains et tente de ne pas être trop exigeant. Après tout, elle doit composer avec une nouvelle langue, l'hiver, les Canadiens et leurs manies incompréhensibles, la séparation pénible de ses enfants toujours en Colombie, son frère qui remet en question tout ce qu'elle cherche à entreprendre et Zacharie. Encore dernièrement, son frère lui dit qu'elle agit avec Zacharie comme elle le ferait en Colombie. Ici, au Canada, des amoureux qui terminent une relation ne gardent pas une fréquentation amicale. Ils prennent chacun leur route respective.

Zacharie trouve qu'il parle encore trop, comme au début de chaque relation avec les autres femmes de sa vie. Les hommes aiment s'entendre parler! Angela lui dit que c'est bien comme ça, puisqu'elle n'aime pas beaucoup parler.

_____ Je veux bien croire, mon amour, mais comment vais-je apprendre à te connaître?

___Vous êtes drôles, les Canadiens. Tout est si compliqué, pourquoi?

On dirait que pour un certain temps, les rôles sont inversés. Elle préfère retenir ses sentiments, s'ils y sont toujours, plutôt que les laisser couler naturellement. Zacharie, lui, étale son passé et son présent avec un féminin étonnant. Il veut arrêter le manège. Sa tentative égocentrique de reconquérir le cœur d'Angela n'a rien de noble comparativement à ce qu'elle a tenté de faire en mettant fin à la relation amoureuse. Il vient enfin de comprendre quelle est la chose à faire. Angela n'a pas une maladie rare, elle n'a pas fermé son cœur à l'amour, elle n'a pas non plus cessé de l'aimer. Elle a pris la décision de retourner en Colombie. La vie au Canada lui est tout à fait insupportable. Le travail ne promet rien pour son avenir. La culture canadienne, telle qu'elle la perçoit, la répugne. Angela n'est venue que pour l'éducation de son fils, et voilà qu'elle n'en peut plus. Si elle tente de solliciter de l'aide, on l'accuse d'abuser des services, que l'aide sociale est pour les très pauvres, que les hôpitaux servent à traiter les vraies maladies, que les comptoirs alimentaires sont pour les affamés. Pourtant, elle trouve difficilement de l'emploi, son apprentissage de la langue est lent, elle et son fils doivent manger. De surcroît, l'hiver est insupportable. Pourquoi avoir choisi de vivre au pays de l'ours blanc alors qu'elle pouvait aller refaire ses racines n'importe où dans le monde? Pourquoi les rosiers greffés ne produisent-ils pas de fleur dès la première saison? Pourquoi les jardins ne produisent-ils pas quatre récoltes par année? En Colombie, Angela avait sa famille, un bon travail, un bel appartement, une ménagère et du transport en commun partout dans le pays. Ici, il semble que ça prendra plus de six ans avant qu'elle retrouve le niveau de vie de sa Colombie (sans la guerre).

Enfin, Zacharie lâche prise. Il pense plutôt qu'elle a besoin d'un ami pour l'accompagner dans son départ. Elle n'a pas besoin d'un vieux grincheux en amour qui s'apitoie sur lui-même. Il a enfin le cœur léger. Il cesse de l'aimer, par amour pour cette belle femme qui lui a appris beaucoup, dont la force de caractère nécessaire pour survivre dans un monde de chacun pour soi. Zacharie veut crier sa découverte sur tous les toits. Non, comme elle, il fera sa transition en silence et avec noblesse. Il constate qu'il a l'unique chance de faire quelque chose de très bien pour elle. Il sera à ses côtés en ami jusqu'à son départ vers un monde meilleur. Au revoir, *mi amor*, bonjour, *mi amiga,* et que ton dieu te garde. Toutes ces péripéties se passent en décembre. L'hiver est déjà bien ancré dans la peau d'Angela. Le tourbillon des Fêtes la rend très nostalgique. Sa famille au loin, sa terre d'accueil pas accueillante du tout, et voilà que Zacharie prépare le plus beau souhait de nouvelle année.

____Que la décision de retourner en Colombie soit la meilleure que tu n'as jamais prise de ta vie, ma belle lumière Angélique.

Zacharie a des doutes sur sa capacité à tenir le coup. Il retire ses pressions sur elle et se montre prêt à devenir son meilleur ami toujours avec l'intention qu'elle l'aime davantage.

____Attention, petit vicieux, il n'y a rien de noble là-dedans. Zacharie trouve qu'il a le grand luxe de faire de l'auto-examen, de dépasser ses limites « psy » pour grandir. Angela, elle, n'a pas ce luxe-là. Elle est en processus de survie tout le temps, une déformation culturelle, sans doute! Zacharie doit lui lâcher la croissance personnelle et l'accompagner dans ce dont elle a réellement besoin : un ami, un vrai.

Un bon après-midi de la fin décembre, Angela et Zacharie vont patiner. Angela parle depuis un certain temps qu'elle veut apprendre à patiner. Que son passage au pays de l'ours blanc soit supposément éphémère, Zacharie en doute, puisqu'elle insiste pour tenter cette expérience. Elle enfile l'ensemble que Dominique, la fille de Zacharie, lui a donné quelques mois auparavant et ils partent pour l'anneau de glace. Angela profite du confort d'un ensemble sport qui lui va comme un gant. Ce même ensemble lui rappelle qu'elle jouit aussi d'un accueil très chaleureux dans la famille de Zacharie, comme si elle en faisait partie depuis toujours. Le soleil est tiède dans le ciel de quinze heures, mais très chaud dans le cœur de Zacharie. Ils sont des amis pas comme les autres, et c'est très bien ainsi. Angela accepte d'être tenue par la taille pour effectuer ses premiers coups de patin de bébé. Montée sur des lames de métal pour la première fois de sa vie, elle gondole avec une certaine assurance. Elle a le cœur joyeux. Elle parle un peu de sa famille et, à la fin de l'après-midi, ils vont tous trois prendre un chocolat chaud. Après un film dans la soirée, le couple dort ensemble et fait l'amour en grande amitié jusqu'au petit déjeuner.

_____ Raconte-moi ton enfance, mon amour.

Adèle, la marraine de Zacharie, était une déracinée comme Angela. Elle aurait sans aucun doute préféré rester dans le Charlevoix, mais qui prend mari prend pays. Elle se consolait avec une visite annuelle chez sa parenté, retour que Zacharie faisait avec sa grand-mère et qu'il n'oubliera jamais. Entre les voyages annuels au Charlevoix en été, il y avait les longs hivers au Madawaska. Les montagnes et un lac, formé par un barrage hydroélectrique dans une forêt alors à peine exploitée, composaient leur univers. Ces gens y trouvaient un heureux mariage entre le peuple acadien et les Canadiens français, taquinés par les cousins francophones du Maine aux États-Unis et par les Malécites, Autochtones bien installés dans ces lieux depuis toujours.

Adèle et son conjoint, Donat, fondent donc une famille : Cécile, la petite adoptée, Thérèse, Annette et Georges. Ils sont tous nés au bord du lac avec, comme sentinelle, une forêt de sapinage et des hordes de maringouins. Devenus grands, Thérèse, la mère de Zacharie et Georges fondent chacun un foyer dans cette belle région aussi. Si le bonheur des mariages est mesurable par le nombre d'enfants dans une même famille, ces couples vivent l'extase. Thérèse cajole un beau gros garçon pendant que la petite deuxième cherche le biberon. Mais ce n'est pas suffisant pour satisfaire les consignes de l'Église, alors un troisième enfant est donc déjà en route. Zacharie est souvent pris sous l'aile d'Adèle, sa marraine. C'est pour aider Thérèse, dit-elle alors, que Réal, le père du trio, retourne sur les bancs d'école pour apprendre son métier de barbier. L'aîné des trois enfants, Zacharie, entend dire que sa grand-mère a pris les grands moyens pour empêcher que son mari parte pour la Première Guerre mondiale de 14-18. Leur mariage à La Malbaie, en 1914, a peut-être servi à freiner l'appel aux armes pour Donat, qui sait? Il n'est pas de nature à se battre, faisant partie de la grande majorité de Canadiens français qui sont contre la conscription, de toute façon. Adèle a aussi promis à Dieu d'adopter un enfant si son Donat est épargné des tranchées boueuses de l'Europe.

Après quatre ans de mariage, Donat a vingt-sept ans et Adèle, trente-deux. Ils n'ont toujours pas mis d'enfant au monde. La Grande Guerre est terminée et Donat n'a pas pris les armes. Donc, passer à l'orphelinat pour y choisir une petite fille est de mise. Six ans après l'adoption de Cécile, Adèle retrouve par miracle sa capacité d'enfanter. Entre trente-huit et quarante ans, elle donne naissance à ses trois enfants.

Lors du décès d'Adèle, Zacharie a treize ans mais en fait plutôt seize. La perte de sa grand-mère lui cause bien des remous, des mauvais et des bons. Ce n'est que beaucoup plus tard que Zacharie réalise que l'un de ces bons remous est de revenir vivre avec ses parents, Thérèse et Réal. Ceux-ci ont fondé une famille et durant l'absence de Zacharie, ils ont eu neuf enfants, un par année. Cette période est tout un passage pour la famille armée de neuf enfants et de Zacharie qui retourne au bercail. C'est aussi une période fort intéressante pour la plupart des Canadiens français. Ils passent d'une société soumise aux grandes lois, aux écrits, aux coutumes qui obligent les gens à rester même lorsqu'ils ont envie de partir, à une société imaginée par les patriotes du siècle précédent, libérée du joug du conquérant britannique et des prédicateurs ecclésiastiques. Avant cette libération, la plupart des gens restaient. Ils restaient avec le même partenaire toute une vie, avec le même employeur toute une carrière et, conséquemment, ne quittaient pas le village. La vie conjugale semblait être à l'image de la société, soumise, en tout cas pour la minorité francophone majoritairement illettrée. Heureusement, tout ça change.

Les gens ne cherchent plus simplement un emploi, mais un bon emploi pour le temps que ça durera. Les femmes quittent le foyer pour un travail rémunérateur, un supplément aux efforts de survie du conjoint. Elles y découvrent la clé qui contribuera à leur affirmation.

Zacharie passe subitement de petit-fils unique à grand frère adoré et admiré. Fini les jeux en solitaire au sous-sol de ses grands-parents, où il inventait des guerres contre les moulins à vent. Fini la conception d'un monde de héros, de chevaliers en armure et de jolies princesses. Il se fait maintenant des petits amis de son âge et court les rues de la ville. Entre les accouchements, les couches et la cuisine pour dix enfants, Thérèse écoute. Zacharie pleure l'absence d'une grand-mère qu'il aurait souhaité voir le cajoler d'une façon particulière, qui l'aurait encouragé d'une certaine façon devant les épreuves, qui aurait continué de s'intéresser à lui. Comment gérer ces choses de la vie à treize ans? Comme sa mère, ses sœurs le regardent de l'autre côté d'une clôture imaginaire qu'il a bien pris soin d'ériger à son arrivée en ville. À la manière d'un chevalier de la noblesse, Zacharie se garde bien d'exprimer des sentiments envers ses admiratrices « achalantes ». Les années passent et toujours, ses sœurs veulent toucher son cœur, qui, avec la pudeur d'un cloîtré, mettra beaucoup de temps à s'ouvrir à elles.

Zacharie vit une double enfance : une comme fils unique avec sa grand-mère, l'autre avec sa mère et toute une famille. En apparence, il est comblé par l'amour de deux mères. Avec sa nouvelle petite amie, Judith, il semble comblé et pourtant, après quelques années d'une fréquentation sérieuse, il casse avec la rigueur d'un samouraï qui part à la guerre. Ce n'est pas un geste de jeune homme comblé, mais plutôt celui d'une personne blessée d'avoir été sevrée de sa mère trop jeune. Se laissera-t-il aimer encore? Risquera-t-il la vulnérabilité? Se permettra-t-il d'aimer en retour?

_____Très bien, je me souviens de tes aventures amoureuses. Désormais, Angela sait tout sur cet homme et elle se laisse apprivoiser de jour en jour.

∞∞∞∞

QUATRIÈME PARTIE

L'amour aveugle facilement les yeux de l'intelligence, si <u>nécessaires</u> pour le choix d'un état. Dans celui qu'exige le mariage, on court grand risque de se tromper; il faut un grand tact et une faveur <u>particulière</u> du ciel pour rencontrer juste. (Tiré de : <u>Don Quichotte de la Mancha (1605-1615)</u> de Miguel de Cervantès)

$\mathcal{D}$on *Quijote* (prononcer *Dawn Quihoté*) a accepté de partir en voyage en Colombie avec sa Colombienne *Dulcinea*. Elle imagine, une fois dans son pays, son nouveau conjoint et son ancien *caballero* faire connaissance. *Don Quijote* et le *caballero* sont tous les deux des hommes respectueux de la femme, doux dans leurs gestes et amants de la vie. Elle veut que son amoureux d'aujourd'hui découvre dans une Colombie machiste un homme pas comme les autres. Ces deux hommes ont-ils des affinités? *Don Quijote* se tourmente toute la nuit.

___Comment pourrais-je accepter que mon amour revoie l'autre, le dernier qu'elle a quitté pour aller vivre au Canada?

Angela et Zacharie ont la belle habitude de se raconter leurs rêves. Ce matin-là, la réalité et le rêve, tous deux confondus, surprennent Angela!

___Tu m'as mal compris, mon amour. Cette rencontre entre toi et Hector n'est qu'un rêve que j'ai fait cette nuit. Supposons que vous vous rencontriez...

Et pourtant, Zacharie est persuadé avoir bien compris. Ce n'est pas une supposition du tout. Elle lui a clairement dit qu'elle aimerait organiser une rencontre entre les deux hommes qui semblent l'avoir comblée le plus dans sa vie. Il est à la fois soulagé et déçu. *Dulcinea* et sa cousine, Patricia, vendent des *empanadas* tous les samedis matins au marché du centre-ville. Ce matin-là se présente à la table colombienne un homme d'une certaine stature, cheveux bien mis, cravate et veston de laine. Un étranger parmi les autres passants canadiens. Un beau gros bouquet de fleurs, qui vient directement du cœur, cache un petit bedon négligeable pour un homme dans la cinquantaine. Pour *Dulcinea*, il ne s'agit pas d'un étranger du tout. C'est Hector, qui a fait tout le trajet pour se rendre au Canada dans le but de ramener sa *Dulcinea* en Colombie. S'approchant de la table des *empanadas*, il s'adresse à *Dulcinea* comme s'ils étaient seuls dans la foule, lui confie qu'il l'aime encore beaucoup en lui présentant le bouquet. *Dulcinea* refuse tout, les aveux, le bouquet et l'accueil de cet étranger complètement dépaysé. Elle lui suggère plutôt de retourner en Colombie et de l'oublier puisqu'elle fait maintenant sa vie ici, au Canada, avec *Don Quijote.* Il insiste, la supplie presque à genoux pour finalement devoir faire face à *Don Quijote,* témoin de la tentative d'Hector.

Cette fois, c'est au tour de Zacharie de raconter un nouveau rêve et c'est en Colombie que l'histoire prend forme. *Don Quijote* est en visite chez Hector avec sa *Dulcinea.* Dès la première rencontre, la discussion coule aisément même si les deux hommes ne parlent pas la même langue; un l'espagnol, l'autre le français. Le lendemain, Hector invite *Don Quijote* à faire une randonnée dans un quartier typique. Les maisons sont toutes blanches, collées les unes sur les autres, et bordent les trottoirs sans laisser de place pour voir le reste de la ville. *Don Quijote* a l'impression d'être à San Agustín, alors qu'il se sait à Neiva, à cinq heures de route de là. En sourdine se prépare la catastrophe : le Canadien perd son guide de vue dans la foule fraternelle. Le soleil éclate de couleurs tout autour de lui et la chaleur de son intérieur, au bord de la panique, dépasse de beaucoup les quarante degrés dans la rue. *Don Quijote* a déjà peur. Il repasse les conseils de *Dulcinea* : faire attention et surtout ne pas parler pour ne pas être identifié comme un étranger. Malgré ces conseils, il est une proie perdue, le petit Nemo parmi les requins. Pourtant, les gens lui sourient. Ils sont accueillants et amicaux, pas tous des requins. En sautant du bout des pieds pour voir plus loin dans la foule vêtue de blanc, il cherche d'un regard stressé la chemise verte d'Hector. Que va penser son amour, *Dulcinea*? Elle sera folle furieuse et cherchera dans toute la Colombie son amour perdu. Comment réussira-t-elle à retourner au Canada sans lui? Dans une ruelle, à gauche du grand quartier commercial, deux inconnus assez musclés transportent Zacharie par les bras et l'entraînent ensuite de force dans une petite maison sombre, imprégnée de senteur d'huile à moteur. Pendant plusieurs nuits, mais jamais le jour, il est violenté et très mal nourri. *Don Quijote* est sans défense; Hector l'a vendu. Comment sortira-t-il de cet enfer pour retourner dans les bras chauds et sécuritaires, à l'allure d'une ambassade en territoire étranger, de *Dulcinea*? Facile, il prend la poudre d'escampette pour finir dans un commissariat de police corrompu.

Des semaines plus tard, c'est au tour d'Angela de raconter son rêve. Dans un dispensaire colombien, les médicaments sont gratuits. Pourtant, dans la lignée de parents préoccupés se trouve une mère paniquée à qui l'on refuse les médicaments rares et indispensables pour son fils très malade. Plus loin dans la file d'attente, *Don Quijote* et sa *Dulcinea* entendent et constatent la supercherie dont est victime la pauvre mère sans moyen devant le pharmacien sans cœur. *Don Quijote* veut prendre la défense de cette mère. *Dulcinea* le retient, connaissant les traitements accordés aux citoyens récalcitrants. « Tranquille », qu'elle lui répète en le serrant contre son buste. Sa robe blanche, qui rappelle le costume des premières communions, découpe une poitrine forte sans être vulgaire. Elle l'aime et veut le garder pour elle. Elle l'a pourtant prévenu des dangers de venir en Colombie, qu'il doit surtout ne pas attirer l'attention. Malgré les conseils de *Dulcinea, Don Quijote* est au comptoir et insiste, d'un espagnol méconnaissable, pour que cette pauvre mère soit servie justement. Justice? Quelle justice? Celle des pauvres ou celle des riches? Celle des honnêtes ou celle des corrompus? Celle des vivants ou celle des survivants? À sa sortie du dispensaire, bredouille, *Don Quijote* se fait talocher et est laissé pour presque mort aux pieds de sa *Dulcinea* en larmes. *Don Quijote,* Gabriel García Márquez, Manuel, Manuelito : qui de tous ces hommes se cachent sous l'armure de Zacharie? Lequel d'entre eux réussira à détruire le moulin à vent? Lequel d'entre eux réussira à construire un pays pour sa *Dulcinea*?

En l'écoutant, Zacharie trouve qu'Angela, sa conjointe, possède un imaginaire digne d'un artiste.

___Il faut que tu la racontes, celle-là!

Elle veut bien tout raconter, surtout pour reconnaître l'amour qu'elle a pour lui. À son arrivée au Canada, le frère d'Angela, Manuelito, l'a pourtant mise en garde,

___Zacharie est encore marié. Il est connu et les gens vont t'en vouloir, ma sœur. Tu trouveras difficilement du travail. On va te bouder, t'isoler.

Rien de tout cela n'arrive, même si elle doit surmonter plusieurs obstacles. Malgré qu'elle passe de petit boulot en petit boulot, Angela tire son épingle du jeu et les gens l'aiment. Qu'elle travaille dans un hôtel comme ménagère ou comme éducatrice dans une garderie, elle laisse sa trace et les gens ne veulent pas la voir partir. Petite, elle a appris la couture, ce qui lui sert bien, car elle devient couturière, propriétaire de son atelier et elle s'y plaît. Mieux encore, envers et contre tous, Angela fait le saut qu'elle avait juré ne jamais refaire, se marier. Sans grande attente, Zacharie lui pose simplement la question, disposé à accepter l'affirmatif comme le négatif. Pourtant, elle dit OUI!

∞∞∞∞

Angela retourne en Colombie assez régulièrement, question de refaire son moral. Son amie d'enfance, Victoria, offre à notre couple canadien nouvellement marié de vivre quelques jours chez elle avec sa mère. Ils peuvent s'installer dans sa chambre, alors qu'elle part travailler en Espagne. La boucle est fermée. Angela réalise un autre de ses rêves de petite fille, vivre quelques jours dans ce qui reste aujourd'hui de la fabuleuse hacienda couleur pêche de son enfance. De l'extorsion vécue par la famille de Victoria aux mains du fameux Eduardo, il ne reste qu'un mauvais vestige sépia au fond d'une boîte de photos souvenirs à oublier. Victoria et sa mère aiment bien Angela et elles sont très heureuses de la voir en amour, sortie du désespoir de sa jeunesse. De ville en village, l'heureux couple visite la famille colombienne en commençant par les filles et les petits-fils. Il poursuit ensuite son parcours vers les quelques vieilles tantes et vieux oncles.

153

_____Mon amour, attention à ton sac à dos. Cache ton jonc de mariage, ne sors pas ton portefeuille sur le trottoir. Mon amour, ne dis pas un mot dans le taxi. Mon amour, ne dis pas à mon oncle que tu es agnostique. Il t'aime bien comme ça et il pense que tout le monde est croyant et catholique.

Pauvre Jesus a une grande confiance en Dieu. À quatre-vingts ans, il vit humblement et simplement encore dans sa maison avec l'une de ses filles. Au pied de la Cordillère orientale, c'est l'Amazone. Pas celle des forêts profondes et des tribus indigènes encore inchangées, mais celle tachée de sang par les affrontements des derniers cinquante ans de guerre.

Aujourd'hui, Angela et Zacharie entendent bien des choses sur la province de Caqueta, cette région encore infestée de membres de la FARC. Alors que le reste du pays lèche ses plaies et cherche la paix, la Caqueta, tout comme la région de Medellin, ancien château fort de Pablo Escobar, voit la révolution agoniser.

Angela aime bien visiter sa famille, ses oncles et ses cousins *caqueteños*, mais elle a peur. Peur pour elle, mais surtout pour son mari, le *Gringo* riche. Pourtant, Zacharie n'est pas riche du tout, mais il a une famille qui ferait tout pour le sortir des griffes de la pauvreté colombienne. On ne séquestre plus les Occidentaux pour financer la guerre. Cette époque est révolue. Ce sont maintenant les cartels fragmentés de la drogue qui financent les derniers feux de paille qui restent de la révolution. On ne se bat plus pour libérer un peuple de l'autorité excessive d'un gouvernement corrompu. On cherche le pouvoir de l'argent. Or, de l'argent sale, il y en a beaucoup, presque l'équivalent du pays B nord-américain.

Malgré la réputation de Caqueta, Zacharie et Angela prennent l'autobus pour Florencia les fesses serrées. Il y a non seulement Zacharie qui demeure silencieux dans les transports en commun pour ne pas dévoiler son identité, mais aussi Angela, qui reste tranquille. Un ami de Pitalito leur conseille un taxi. Une connaissance fiable comme chauffeur et nos amoureux prennent la route pour le Caqueta. Il n'est que cinq heures, ce matin-là, alors que l'épaisse noirceur les accompagne pour une bonne heure et demie. Ils quittent les pics de la Cordillère centrale et Pitalito pour plonger dans la vallée d'Altamira vers la croisée des chemins menant à Florencia, la présumée dernière rebelle. Ils sont presque seuls sur une route tortueuse gravitant les trois mille mètres de montagne vers la frontière sud de ce beau pays de contrastes. Le soleil commence à peindre le sommet des montagnes d'un orangé couleur or Maya. Accrochés aux falaises encore boisées, cinq tunnels leur épargnent bien des frémissements. Mais des falaises fragiles bornant la route causent des frémissements et donnent aussi le vertige à n'importe qui, sauf au chauffeur, habitué. Même Angela est émerveillée par la beauté de cette région mi-agricole, mi-forestière. La brume fuit les rayons du soleil levant en se cachant entre les montagnes qui s'entrecroisent. Elle est comme des draps plissés après une nuit agitée par des amours passionnées. Le taxi entre et sort, parfois de la brume et tantôt de l'un de ces tunnels rudimentaires et sans prétention architecturale, mais qui fait un bon travail en nous transportant de l'autre côté de la montagne. Avant leur construction, les voyageurs devaient serpenter dangereusement le long des falaises sur une route qui n'arrivait pas toujours à préserver ces passants des griffes d'un ravin gourmand.

Zacharie a déjà oublié la mauvaise réputation de la région et dans le confort de son taxi, il en veut plus de ces verts et ors qui tapissent des kilomètres et des kilomètres de ce territoire amazonien. Il est surpris de voir autant de forêts ou de bosquets denses en végétation sauvage, contrairement à ce qu'il a l'habitude d'admirer dans ce pays de diversités. Partout ailleurs, dans la Colombie que Zacharie a eu le privilège de visiter, chaque centimètre de vallée rurale, chaque flanc de montagne est cultivé, soit en rizières grandes comme des champs de blé canadiens, soit en pâturages au pied des montagnes pour nourrir de nombreux troupeaux de vaches dans les vallées du département de Huila. Et que dire des arbres fruitiers de tous genres, du café, des plantains, des bananiers et des ananas dans chaque repli de vallée et de falaise presque à la verticale!

Une autre différence marque cette superbe région : nous entrons dans les villes et les villages par le bas et nous montons vers la cité, alors qu'ailleurs, nous approchons les agglomérations par le haut de la montagne qui surplombe la vallée rapiécée de toits en tôle rouillée et de réservoirs d'eau en plastique bleu, ici et là.

Aujourd'hui, Florencia se laisse découvrir en gravitant des monts et des buttes. La ville est faite de côtes et de collines, comme Sherbrooke ou Edmundston. Elle est petite, mais suffisante. En effet, la capitale du Caqueta est universitaire et, quoique différente, reste très colombienne par l'entassement des commerces et des maisons en bloc de béton peint de belles couleurs vives. Les routes débordent de motos à deux et trois passagers qui fourmillent entre les autos en klaxonnant nerveusement pour affirmer leur droit de passage. C'est l'heure de rentrer au travail et les jeunes écoliers sont déjà en classe depuis six heures. Les trois heures de voiture entre Pitalito et Florencia n'ont même pas infligé de courbatures à nos deux amoureux, Angela et Zacharie. Ils sont plutôt émerveillés par ce qu'ils viennent de voir le long du parcours au pied de la Cordillère. Au terminal, ils doivent prendre un autre taxi pour se rendre chez oncle Jesus. Cousine Margo les attend, mais pas si tôt. Elle est presque gênée que son petit déjeuner ne soit pas prêt. Après les embrassades et les chaleureux mots de bienvenue, elle disparaît dans sa cuisine sous les ordres de son père, heureux de revoir sa nièce Angela.

La route qu'Angela et Zacharie viennent de parcourir en moins de trois heures se fait normalement en quatre heures et demie. Un taxi-bus privé, c'est beaucoup plus rapide qu'en transport collectif. Les hôtes sont surpris, mais contents de recevoir leurs invités canadiens. Ils veulent tout savoir tout de suite. Les discussions vont bon train alors que nos hôtes sortent des chaises pour tout le monde sur la terrasse, où l'air est bon à l'ombre d'un grand arbre qui fait partie de la structure même de la maison. Margo prépare une *caldo* dans la cuisine, à l'autre bout de la maison, ce qui ne l'empêche pas de participer aux discussions. Elle crie ses questions et commentaires à Angela pendant que Jesus parle sans arrêt. Ils veulent savoir comment va la famille, les filles et les petits-fils d'Angela. « Et Felipe, il doit être un grand jeune homme! On a vu bien des photos sur Facebook. Manuelito s'est marié? On l'a vu tout habillé en blanc devant une église avec sa *novia,* comment elle s'appelle encore? »

Zacharie écoute. Jesus veut en savoir davantage sur lui, mais dirige ses questions à Angela, qui ne cesse de répéter que son mari comprend l'espagnol mais le parle difficilement.

Zacharie croit être dans sa parenté. Il revoit des images de son enfance dans le Charlevoix. Non seulement le paysage lui rappelle les beautés de cette région du Québec, mais les gens, leur parlure et leur accueil sont des reflets d'une région plutôt isolée loin des grands centres. Comme Angela, Zacharie aime bien ces lieux et nos deux amoureux en oublient la réputation de cette région fréquemment infestée de membres révolutionnaires et de criminels du cartel de la drogue.

Les cousins se joignent au petit groupe et Chucho invite Angela et Zacharie à passer leur première nuit à la campagne. Sa *finca* est un vaste chalet de cinq chambres à coucher, une grande cuisine et une salle à manger flanquée d'une aire de jeux donnant sur la piscine. Un perron fait la sentinelle tout autour du bloc habitable. Derrière la belle piscine, de style romain avec ses rampes et des poteaux de béton peints de blanc, le jardin d'arbustes en fleurs et d'arbres fruitiers surclasse celui de Zita, qu'Angela a prisé durant son enfance. Pour ajouter à la beauté du lieu, on y entend tout un concert de chants d'oiseaux de différentes espèces. Contrairement aux bosquets urbains, où l'on n'entend que des cigales qui stridulent à percer les oreilles, à la *finca,* les chants d'oiseaux calment et apaisent les invités de Chucho.

Cette petite ferme, Chucho l'a conçue et fait construire lui-même. Elle est bien située, entre la Cordillère et les champs qui servent de pâturage tout autour. Son voisin élève des poules, beaucoup, plus de cinq mille, pour dire quelque chose, comme ajouterait si bien Angela depuis qu'elle parle français. Qu'elle parle cette langue fascine beaucoup ses cousins et cousines, qui vivent dans un univers géographique et culturel très diversifié, mais tout de même monolinguistique. En Colombie, on ne parle que l'espagnol, que vous soyez indigène ou d'origine espagnole, africaine, française, italienne ou arabe. Durant les conversations, Zacharie se démène et la parenté semble admirer ses efforts. Mais la plupart du temps, ses hôtes s'adressent à Angela même lorsqu'il s'agit de lui. Il croit comprendre la majeure partie des propos et cherche à participer aux discussions. Zacharie bafoue quelques phrases qu'Angela doit répéter, car elle semble être la seule à le comprendre. L'important, depuis leur arrivée au Caqueta, c'est que l'oncle Jesus approuve le choix du conjoint de sa nièce bien-aimée. Le patriarche aime le jeune homme dans la soixantaine, le démontre fièrement et le reste de la famille emboîte le pas.

Granadilla, lime vert foncé et orange douce, Chucho arbore avec fierté chaque arbre fruitier de sa *finca*. Il cueille les fruits mûrs et invite Zacharie à les découvrir. Cet accueil déborde de tous les espoirs que fondaient nos amoureux. Contrairement aux autres voyages qu'Angela a faits à ce jour, elle redécouvre la générosité familiale, la tranquillité relative de son beau pays déchiré par la criminalité et la pauvreté. Elle voit la beauté des paysages avec un nouveau regard. Angela veut que son mari soit bien et tranquille dans ce milieu, même si ça lui paraît étrange pour une personne venant du pays des ours blancs.

∞∞∞∞∞

Angela y est depuis une éternité. Elle travaille en garderie depuis un certain temps et adore les petits. La Colombienne d'origine comprend mieux la démocratie canadienne et est devenue citoyenne à part entière. Le couple biculturel s'est marié et Felipe en arrive à la fin de son secondaire. Il vole pratiquement de ses propres ailes vers des études avancées, une carrière et une vie à deux. Angela a bien atteint son objectif : installer son fils au Canada. Installé, le jeune homme l'est sans contredit, mais elle? Qu'adviendra-t-il d'elle? Elle parle bien le français et continue à suivre des cours d'écriture. Elle s'est habituée au manque flagrant de transport en commun, surtout depuis qu'elle conduit son auto. Elle se désole toujours des Canadiens, de leur surconsommation, de cette société du jetable. En outre, elle est surprise par la présence de criminels ici aussi. Mais le plus difficile, c'est qu'elle comprend mal la façon dont les Canadiens traitent leurs aînés.

Malgré de grandes périodes de plaisir à voyager, à passer du temps avec la famille de son conjoint et à se faire des amis, Angela rencontre encore des moments de cafard et de confusion. Elle veut voir un psychologue.

____ Comment t'empêches-tu d'être heureuse? Complète la phrase, je refuse le bonheur pour que... Mon amour, te souviens-tu d'avoir vu ta mère heureuse?

____ Non, elle pleurait tous les jours.

Certains jours, Angela pense ne plus aimer son mari, mais il lui manque un peu lorsqu'il est absent. Elle veut déménager. Un changement comme au temps où elle déplaçait sans cesse les meubles dans son appartement l'aiderait à dépoussiérer sa vie.

C'est au tour de Zacharie de pleurer et c'est bien ainsi, car il en a fait pleurer plus qu'une avant qu'Angela n'atterrisse au beau milieu de son vide affectif. Il n'est pourtant pas l'homme le plus séduisant du coin. Il plaît sans le savoir, un point c'est tout. C'est la deuxième fois que Zacharie est dérouté par la franchise d'Angela. Il ne sait toujours pas comment transcender ses émotions pour voir la souffrance de l'autre, de sa *Dulcinea*.

_____ Ce n'est pas toi, c'est moi.

Elle a dit la même chose lors de leur première séparation, mais pour l'amour de cette Colombienne, Zacharie ne s'énerve pas. Il respire, médite sur la douleur de son épouse et sur la sienne. Elle vient d'où, cette douleur, cette peur de perdre celle qu'il aime? Angela propose un changement. Cette fois, c'est un changement de carrière. Elle veut devenir massothérapeute. Ensemble, ils rencontrent des gens dans le domaine, des propriétaires de plusieurs spas entre Rimouski et Québec. Angela est encouragée par une petite nièce entrepreneure, disposée à l'embaucher dès ses études terminées. C'est décidé, Felipe et Zacharie restent à la maison alors qu'Angela part faire des études en massothérapie.

Elle rayonne comme une jeune étudiante et tous sont heureux de cette décision. Zacharie souhaite surtout que le changement lui fasse du bien et l'entraîne vers une piste, une carrière gratifiante. Dans le fin fond, Zacharie pense que le recul permettra à Angela de retrouver ses sens et ses sentiments pour lui. Il n'a pas tort. À peine trois mois après le début de ses études, Angela le voit déjà occasionnellement à ses côtés pour l'aider à mieux s'installer.
Durant ce premier trimestre, Felipe et Zacharie fonctionnent bien à la maison. Une petite routine s'installe et les deux mâles profitent de leur temps ensemble. Dans la cuisine, Zacharie montre à Felipe un peu comment s'en sortir. Des conseils utiles lorsque ce sera son tour de partir étudier.
Noël approche. Il est prévu que Zacharie et Felipe retrouvent Angela chez elle pour quelques jours. Or, les quelques jours deviennent des semaines. Le nouveau lit qu'Angela a préparé pour son couple est tout chaud et réparateur. Le couple s'aime. Angela s'aime mieux aussi. Un nouvel emploi en garderie la sort de ses études, un peu trop laborieuses, en massothérapie. Ils sont déjà mûrs pour un voyage de quelques semaines.
Angela et sa famille préparent une grande fête. Les plus vieux ne rajeunissant pas, il s'agira probablement du dernier

rassemblement avant de voir partir un ou deux autres membres du clan formé de Jesus, Isidro, Lidia et Maria-Elena. Benito est le dernier manquant à l'appel.

Angela a encore besoin d'un peu de temps éloignée de son mari. Être et agir seule, par elle-même, lui fait parfois du bien, dit-elle. D'un commun accord, le voyage annuel se fera chacun de son côté.

Alors qu'ils préparent leurs valises, Zacharie raconte à Angela quelques-uns de ses souvenirs d'Afrique et de France. « Tu penses changer l'Afrique alors que c'est elle qui te change. » Ce sage constat, Zacharie l'a ajouté à son carnet de vaccination. Il souhaitait que cette immunisation le rende vulnérable, que l'expérience change quelque chose, que l'Afrique le change, lui donne le courage qui lui manquait pour agir sur lui-même.

Il parle encore de son village d'accueil, Dougnane, et des gens qui ont démontré ce qu'ils possèdent le plus, ce qui fait leur plus grande fierté sur cette plaque sèche et semi-désertique : leur solidarité. Pour la première fois de sa vie, il a vu le sens du « tous pour un, un pour tous », à l'antipode du « chacun pour soi » colombien qu'il avait rencontré quelques années auparavant. Il comprenait mal que ces Africains ne se soient pas écrasés sous le manque de moyens : des classes sans livres, des maisons sans électricité, des villes sans service d'aqueduc et surtout, des petits enfants sans jouets. Pourtant, on y dansait et chantait à la moindre occasion. Devant cette riche solidarité, apparemment contradictoire avec cette pauvreté des moyens, Zacharie sentait sa vulnérabilité sortir de sa peau comme une fève germant à vue d'œil aux premières apparitions de la pluie. D'ailleurs, Zacharie avait raconté plusieurs fois l'histoire de la grand-mère qui lui a offert sa petite-fille en mariage.

Il raconte aussi l'apparition de l'ange à la jupe verte, lors d'un voyage en France, mais aujourd'hui, il ne cherche tellement plus à combler un vide avec la présence de l'autre. Il n'est plus là du tout, mais où est-il donc lors de cette nouvelle occasion de voyager seul?

∞∞∞∞∞

Ce sera un deuxième voyage en France, qui sera bien différent du premier et sa recherche intérieure le sera aussi. Zacharie veut comprendre l'effet qu'Angela lui fait. Prendre une distance devrait lui permettre de trouver des réponses. Il veut aussi aller à la rencontre de l'histoire, celles de Carcassonne et de Montségur, lieux de nombreux massacres des populations cathares. Depuis quelques années, Zacharie s'intéresse aux sciences humaines, comme l'histoire et la sociologie, un tournant de ses études de la physique et des mathématiques plusieurs années auparavant.

N'y voyant aucun intérêt, Angela est bien heureuse pour son mari, qui pourra s'en donner à cœur joie. De son côté, elle participe à l'organisation de la réunion de famille. Tout le monde doit y être, mais l'endroit ne fait pas l'affaire de tous. Le menu du repas principal est un défi; difficile de satisfaire tous les goûts. Mais l'heure du départ est arrivée et nos deux amoureux se souhaitent mutuellement bon voyage, alors que Felipe reste seul à la maison. Le garçon a déjà l'âge de vouloir la maison juste pour lui. Enfin... lui et peut-être quelques amis.

∞∞∞∞∞

Le temps de le dire, Zacharie descend à Bruxelles. Sur la place de la mairie, un groupe d'enfants reliés entre eux par un cordon lui rappelle le travail d'Angela en garderie. Les grandes cathédrales qui durent, qui ont survécu des centaines d'années et résisté aux bombardements de la Seconde Guerre mondiale, le site de l'Exposition universelle de 1958 et bien d'autres choses... Mais Zacharie s'ennuie. Il s'ennuie dans le sens qu'il manque la présence de son amour Angela.

Du haut de l'Atomium, Zacharie sort de son état d'esprit initial, celui de vouloir Angela à ses côtés, et admire une vue imprenable de la ville de Bruxelles. Il se demande à

162

quoi elle pouvait bien ressembler en 1958. Cette année-là, petit garçon, il allait bientôt perdre sa grand-mère maternelle.

Lors d'une conversation, Angela lui répète ne pas s'en faire pour elle, qu'elle est bien avec sa famille et qu'il doit profiter de son temps en Europe. Donc, Zacharie tentera de faire exactement ça. Il essaiera de mettre de côté ses préoccupations, du moins celles qu'il contrôle comme « loin des yeux, loin du cœur ». Après tout, ils ne sont sur deux continents différents que pour quelques semaines.

Après Bruxelles, son Atomium et son très petit Manneken-Pis et ses centaines de costumes, Zacharie prend l'avion pour Toulouse, la ville rose. Il veut bien passer outre les attraits typiques bondés de touristes, mais certains lieux historiques sont souvent inévitables. Au moins, cette deuxième fois en Europe est bien différente. Zacharie est en amour, marié et fidèle. Il n'a pas les distractions rencontrées lors de son premier voyage en France, et il s'en trouve bien soulagé. Contrairement à cette apparition d'ange en jupe verte à Versailles ou celle d'une jeune architecte en peine d'amour sur l'île d'Ouessant, Zacharie est libre, libre de cette tension, de cette attraction irrésistible vers les femmes.

Cette libération, il la déguste comme jamais auparavant, mais le soir, seul dans sa tante, il passe en revue ses journées et revoit les femmes qui lui ont fait des avances, parfois subtiles, parfois très directes. Sa réponse est toujours la même : « Je suis amoureux, marié et fidèle. »

Entre Toulouse et Carcassonne, quelques heures d'autobus l'attendent. Les péniches sur l'Aude, presque au pied de la cité fortifiée, font rêver notre jeune *marinero*. Zacharie voudrait encore voir sa belle *Dulcinea* à ses côtés. Il s'imagine en train de prendre un bon verre de vin au son du clapotis des petites vagues du canal, qui porte ces péniches dans les profondeurs de l'histoire médiévale des lieux.

Lorsqu'il entre au camping de Preixan, réservé depuis des mois, Zacharie reçoit un bel accueil. Les propriétaires des lieux connaissent bien le Canada pour l'avoir visité et ils aiment les Canadiens. Ils offrent un vélo à leur invité pour qu'il puisse plus facilement profiter de cette campagne, de ses nombreux vignobles et pour se rendre à Carcassonne. Vues des terres d'en-haut, Carcassonne et ses fortifications arrêtent le temps. Même si ces murailles sont devenues désuètes dès le quatorzième siècle avec l'apparition des grands canons, elles sont encore debout comme pour protéger la ville de la modernité.

Alors que Zacharie pensait s'être libéré de sa nostalgie pour quelques instants, il entre dans la cité de Carcassonne et entend au loin un violoniste, adossé au mur de la basilique Saint-Nazaire, jouer la Grande valse viennoise. Quel présage! Cette valse était le thème de la danse du nouveau couple Angela-Zacharie le jour de leur mariage, à peine deux ans auparavant. À cet instant même, il bascule dans un sentiment d'amour douloureux, le genre d'amour un peu tordu qui n'est toujours pas à la hauteur de sa relation avec Angela. Zacharie quitte donc les lieux pour ne plus entendre le violoniste. À son entrée dans la basilique, il est avalé par la grandeur de l'endroit. Après quelques minutes à se frotter aux nombreux touristes qui admirent, en silence, la magie du monument, Zacharie préfère marcher dans un lieu tranquille entre les murs de la cité. De barbacane en barbacane, de tour en tour, il grimpe les longs escaliers pour atteindre les postes autrefois occupés par la garnison. Une forte émotion lui monte à la tête comme lors de son voyage sur les plages de Normandie et il pleure à chaudes larmes. Pourquoi tant de morts au nom de différentes idéologies?

Notre voyageur ressentant trop de sentiments et d'attrait pour ces lieux, il décide d'y passer quelques jours. Au lieu de rentrer au camping, Zacharie prend une chambre à l'auberge de la cité. Sous les lumières et une fois endormie, Carcassonne se laisse mouiller par une petite bruine silencieuse qui garde notre voyageur en pleine conscience du moment présent. Zacharie, seul dans les petites rues étroites et pavées par leurs mille ans, se laisse imprégner par les lieux. Il ramène constamment sa pensée, qui cherche déjà à planifier le lendemain, sur le moment présent. Une

fois que la planification a gagné la bataille, il rentre se
coucher.

CINQUIÈME PARTIE

*[...] le pape Innocent III, inquiet de l'influence grandissante des hérétiques et en particulier des **cathares**, lance, en 1209, la croisade contre les albigeois. [...] Une guerre sainte (en territoire chrétien) qui durera une vingtaine d'années avant d'être relayée par la terrible institution de l'Inquisition.*

*Les croisés [...] mènent alors une double guerre. Religieuse d'abord : ils chassent sans merci les **parfaits cathares**. Politiquement ensuite : ils en profitent pour mettre à pied les trop indépendants seigneurs du Sud.*

C'est donc l'effroi qui règne dans les villages lorsque surgissent les inquisiteurs. C'est un effrayant spectacle qui s'offre : celui de la délation, de la division, du mensonge, de la désagrégation sociale!

*Après **Montségur** (1244), où 200 cathares sont brûlés, débute l'âge d'or de l'Inquisition en Languedoc. Elle prendra fin avec la chute de Quéribus en 1255.*

(Tiré du livre *Les mystérieuses énigmes du Christianisme, grands personnages, mystères et symboliques, prophéties*. V. Allard et É. Garnier, Édition De Vecchi, 2008)

*B*ien reposé, Zacharie peut poursuivre sa quête, les lieux habités par les cathares, l'histoire de ces gens malmenés par l'Église catholique romaine à l'époque de l'Inquisition. Les grands historiens font des mises en garde sur cette histoire à multiples volets, mais chercher l'unique vérité n'est pas l'ambition de Zacharie. Il veut juste fouler le même sol que ces pauvres gens brûlés sur les bûchers devant les portes des églises, sur la place publique et au pied de Montségur.

Il prépare donc sa prochaine sortie vers un des meilleurs bastions des « Parfaits », à l'abri et difficile d'accès, où ces cathares pouvaient poursuivre leur propre quête spirituelle. À mi-chemin entre Carcassonne et la frontière espagnole, Zacharie doit faire une heure d'autobus et marcher pendant plus de trois heures dans les montagnes d'une belle région tapissée de conifères et veinée de ruisseaux regorgeant d'eau cristalline.

De nos jours, les Français appellent cette région du Languedoc-Roussillon, le « Petit Québec ». La marche, par un beau jour de juillet, est agréable. Apparemment que les conditions sont plus clémentes qu'à l'habitude depuis quelques semaines, alors Zacharie en profite puisque normalement, la chaleur accablante limiterait notre sexagénaire dans ses déplacements. Sur une petite colline, au sud-est de Montségur, Zacharie construit un *inukchuk* d'un volume respectable pour marquer son passage. C'est une marque plutôt éphémère, comparativement à la forteresse que le roi Saint Louis avait fait construire sur les cendres des résidences cathares.

Les jours passent et Zacharie n'imagine plus Angela dans les bras d'un rival en Colombie. De son côté, il n'arrête pas non plus son attention sur les beautés aux cheveux noirs et aux yeux perçants comme ceux de la boulangère du village de Montségur ou ceux de la belle petite vendeuse de bijoux à Quillan, qui lui fait de la façon assez suggestive, merci.

Quillan est un charmant petit village sur la route de Limoux, où Zacharie s'arrête pour visiter le fameux musée du Piano. Il ne joue pas de cet instrument de musique, mais le piano fait partie de sa vie de jeunesse. Une tante et un ami d'enfance en jouaient merveilleusement bien. Pour eux et par intérêt, Zacharie souhaite donc aller y faire un tour. Il est d'ailleurs temps de passer à des sujets un peu plus légers, vivants et qui apportent de la gaieté sur sa version du Compostelle. Au musée du Piano de Limoux, il découvre le génie des artisans à la grandeur de celui des tailleurs de pierre des grandes cathédrales. Des centaines de pianos de toutes les périodes, une vraie généalogie de l'instrument dans un même endroit, en cordes et en bois sont étalés devant lui qui n'y connaît rien. Zacharie aimerait bien que son ami d'enfance voie cette merveille.

À la sortie du musée, le voyageur pense qu'il serait temps de retourner à son port d'attache, Preixan, où sa tente est toujours montée. Depuis au moins quatre jours, il explore sans perdre son temps, mais aussi sans avoir avisé les propriétaires du camping, qui d'ailleurs démontrent leur soulagement à son arrivée.

＿＿＿Où diable étais-tu passé? Nous nous sommes fait de la bile pour toi. On a même imaginé te trouver mort dans ta tente.

＿＿＿ Je suis parti tôt le matin avec l'intention de revenir avant la tombée de la nuit. Pardonnez-moi, j'aurais pu vous téléphoner!Parlant de téléphone, pourrais-je emprunter votre tablette électronique encore une fois?

＿＿＿ Bonjour mon amour, comment vas-tu? La famille est bien? Les rencontre se sont bien déroulées?

＿＿＿ Oui, mon amour, tout est beau. Ne sois pas si préoccupé. Profite de ton temps en Europe. Je suis bien, ici, mais j'ai déjà hâte de rentrer à la maison avec toi. J'ai parlé à Felipe dernièrement et j'ai comme l'impression que quelque chose a changé chez lui. Ça me préoccupe.

___ Allez, mon amour, tu ne peux pas faire grand-chose à distance. Profite de ta famille toi aussi. Plus que quinze jours et nous serons tous ensemble. Je t'aime.

Après un petit repos et quelques marches de santé dans les centaines d'hectares de vignobles qui s'étalent tout autour du terrain de camping, Zacharie lit davantage sur les cathares. Il prépare aussi sa prochaine sortie et se promet d'aviser les propriétaires de la durée de son absence. Zacharie choisit de plonger encore plus loin dans l'histoire et visitera la grotte de Niaux.

Une fois sur les lieux, il loue un vélo pour grimper les côtes qui le mènent aux portes de la grotte. En longeant le ruisseau de Vicdessos, il admire à sa droite les pics des montagnes couverts de neige. La frontière de la principauté d'Andorre est presque visible à trois mille cinq cents pieds d'altitude, point haut perché qui en fait le paradis des skieurs à l'année longue. Notre voyageur arrête sur le bord de la route, tant pour reprendre son souffle que pour admirer la scène époustouflante. Trente minutes de marche plus tard, il a grimpé une pente abrupte de cinq cents pieds pour apercevoir le centre d'accueil de la grotte aux allures de vaisseau spatial.

Munis de lampes de poche et de casques protecteurs, le petit groupe de touristes et son guide bien avisé entrent dans les entrailles de la terre. Le passage bien marqué rétrécit à mesure que le groupe avance dans la noirceur. Zacharie sent son cœur serré comme si sa cage thoracique rétrécissait au même rythme que la grotte. Soudainement, les gens devant lui respirent déjà mieux alors que le petit passage ouvre sur une énorme cavité aux allures de cathédrale. La guide demande que chacun éteigne sa lampe pour réduire les dommages que peut causer la lumière sur ce qu'elle appelle la « grotte du paléolithique supérieur ornée de figurations pariétales magdaléniennes ».

Zacharie n'a rien compris et probablement que la plupart des gens du groupe non plus. Mais ce n'est pas important, car pour le moment, une profonde noirceur règne. La guide leur demande d'apprécier pendant une minute ce phénomène rare : la noirceur totale. Après, elle allumera un éclairage adapté qui leur permettra de découvrir la magie des lieux. La guide explique que...

> « ... le bestiaire représenté comprend principalement des bisons (54), des chevaux (29), des bouquetins (15) ainsi que des cerfs et même des poissons (6). La morphologie des chevaux évoque celle du pottok actuel, cheval endémique des Pyrénées, encore présent au Pays basque. La présence d'un tracé esquissant une belette mérite d'être soulignée, tant cet animal est rarement représenté dans l'art pariétal magdalénien ».

Les gens sont bouche bée tant la vue de ces animaux est impressionnante. Zacharie n'a pas été autant plongé dans le moment qu'à cet instant. La corde protectrice pour empêcher les visiteurs de s'approcher et de toucher aux dessins sur les parois de la grotte sert de repère à Zacharie, qui se croit perdu dans l'espace interplanétaire.

Bien qu'aveuglé par la lumière du jour en sortant de la grotte, Zacharie est reconnaissant. Il ne pense pas qu'il aurait aimé vivre à l'époque de ces nomades, artistes, hommes des cavernes. Il aime trop le confort de son lit et l'aisance de sa maison.

Après l'altitude des Pyrénées et la profondeur des grottes, Zacharie veut voir la mer. Ces derniers temps, il a plus l'impression de travailler que d'être en vacances. Pourquoi pas une journée dans une belle petite station balnéaire espagnole, à peine à deux heures de train de Niaux?

Portbou se trouve à quelques minutes au sud de la frontière française. Un déplacement suffisant pour pouvoir dire à Angela qu'il a mis les pieds sur la terre de ses ancêtres espagnols. De plus, Portbou est située sur la Méditerranée, avec sa jolie petite baie, de bons restaurants, de belles dames aux grands chapeaux, aux lunettes fumées extravagantes et à la bouche en cœur rouge écarlate. Zacharie est surtout là pour la bonne nourriture et le calme parfait. Puisque le retour au pays approche, il est primordial qu'il profite de ces lieux exceptionnellement beaux et touristiques. Le sable, de même que le soleil produisent une luminosité presque dorée sur la ceinture de monts chauves qui les entourent. Il sort de son sac à dos son livre de l'heure, *Les mystérieuses énigmes du christianisme,* et il commande un plat succulent de fruits de mer qu'il mange avec délicatesse, reconnaissant devant cette abondance.

Il lui reste un seul arrêt à faire après avoir démonté son campement et remercié les gentils propriétaires du camping des vignobles de Preixan. Avignon et son palais des papes est le prochain et dernier endroit que Zacharie visitera avant de prendre l'avion du retour vers son amour d'épouse, Angela.

Sur le pont d'Avignon, tout le monde danse en rond. Zacharie voit les « Parfaits » d'une autre perspective et le dessous des vraies raisons de leur extermination : le contrôle des seigneurs et de leurs richesses. Il termine la page de son journal de voyage en ces mots : « Il ne faut pas tuer ou mourir pour aucune idéologie. »

*D*urant leur absence, Felipe devient un jeune homme responsable du jour au lendemain. Un déclic se fait sans que personne ne comprenne. Une belle grande fille lui tombe dessus et ne le quittera plus jamais. Brenda, le chien et les études universitaires deviennent donc l'encadrement qu'Angela souhaitait pour son fils.

Elle a compris que plusieurs jeunes Canadiens subissent le même genre de rite de passage, filles comme garçons. Rien de semblable à la *quinceañera* latino qu'elle a connue toute jeune.

Felipe et Brenda feront donc ménage ensemble et poursuivront des études dans une grande université à sept heures de route de leurs parents. Le retour du voyage est donc assez brutal pour une mère qui vit loin de ses filles et de ses petits-fils. Maintenant, c'est au tour de son fils de couper le cordon. À peine revenus de voyage, nos deux amoureux doivent réaménager leur vie.

Heureux de revenir ensemble après plus d'un mois de séparation, ils préparent déjà deux déménagements, celui de Felipe et leur retour à la maison en campagne près des enfants de Zacharie. Angela cherche un nouveau job et les deux amoureux parlent déjà de leur prochain retour en Colombie. Ils ne voient plus ces allers-retours entre les deux pays comme des vacances, mais plutôt comme un mode de vie nécessaire à leur double culture, à leurs racines élargies.

Des soirées entières sont consacrées à des échanges sur leur désir de vivre les pieds sur deux continents. Comment défier les distances pour nourrir leurs besoins d'être avec leurs prochains Canadiens et Colombiens?

Zacharie fait tout pour accommoder son amour d'Angela, alors qu'elle ne veut pas l'éloigner impunément des siens.

___ Tes petits-enfants vont te manquer!

___ Les tiens te manquent aussi!

___ Comment pourrions-nous profiter des deux mondes, mon amour, celui de tes petits et de tes filles, qui ont besoin de ton soutien moral et pécuniaire et celui de mes enfants au Canada?

___ Je ne sais pas. Tu as des idées?

Le couple explore différentes possibilités, comme tenter de faire venir les enfants au Canada. Il a déjà fait les démarches administratives, qui ont donné des résultats positifs seulement pour Juanca.

L'autre choix que le duo explore, c'est vivre la moitié de l'année au Canada et l'autre en Colombie. Cependant, de cette façon, Angela ne trouverait sans doute pas un bon travail, puisque tous ses employeurs souhaiteraient compter sur ses services à l'année longue.

∞∞∞∞

Quatre mois en Colombie, c'est leur cinquième voyage au pays des controverses et des contradictions. Dans la ville, et peut-être dans le pays de Zacharie, rares sont les gens qui prononcent le mot « Colombie » sans qu'il soit aussitôt suivi du mot « cartel ». La plupart ne connaissent rien de ce coin du monde, de ces gens, de ces montagnes ni de son soleil. Zacharie est motivé à surmonter cette ignorance, en partie parce qu'il est uni à une amour de Colombienne depuis plus longtemps que ça prenait pour faire sa confirmation dans les années soixante. Au-delà d'apprendre à balbutier quelques mots d'espagnol, à collectionner de beaux clichés de sites touristiques peu connus dans son Amérique, il veut plonger dans le quotidien des Colombiens. Pas n'importe quels Colombiens; ceux qui font encore partie de la vie de son épouse.

Tout voyageur digne de ce titre rêve d'entrer dans le cœur des cultures, de vivre avec les gens sans devenir comme eux. Il est l'étranger, le voyeur qui cherche à passer inaperçu… Pas moyen, il est débusqué à chaque coup. *Mire el Gringo que quiere ver*. C'est dit sur un ton amusant et sans rancune. Pourtant, Zacharie reste avec une certaine déception puisqu'il ne veut pas que son expérience ressemble à celle de nombreux *snowbirds* ou de chercheurs de sensations, genre *clubmedistes* dans les Caraïbes. Il écrit dans son carnet de bord, son journal :

> Assez *clubmediste* ou globe-trotter pour me laisser toucher par la Colombie et ses Colombiens, je devrai apprendre un peu d'espagnol, sinon je serai dépendant de mon *guía*, ma belle Angela.

> Nous faisons nos valises pour quatre mois et des économies qui suffiront, je l'espère. Cette fois, contrairement aux autres voyages que nous avons faits, nous ne vivrons pas dans nos valises, d'un bon samaritain à l'autre. Non, nous nous payons un appartement à vingt-deux mille pesos par jour (huit dollars), un luxe que de plus en plus de gens se permettent dans des villes du sud comme Pitalito, San Agustín et Huila.

Ils se racontent les circonstances que vivait la famille de Zita durant la guerre et ce qui l'a poussée à fuir vers Pitalito. Angela veut profiter de ces longues vacances pour retracer les sentiers qu'elle et sa famille prenaient pour nourrir les petits. Zacharie écrit sur sa page Facebook :

> Après une nuit d'attente à l'aéroport de Toronto, nous avons déjà vingt-quatre heures de voyage dans le corps. Air Canada Rouge n'a rien de bien luxueux; pas de télévision, pas de projection de films. Que des gens collés les uns sur les autres, de côté comme devant-derrière. Les six heures de vol nous serviront peut-être à reprendre le sommeil perdu.

> Arrivés à Bogotá en après-midi, il est trois heures et nous sommes accueillis par un beau dix-huit degrés

Celsius. Je vous entends déjà, mes chers amis *clubmedistes*, dire que cette température n'a rien de favorable après un si long et pénible déplacement. Or, nous savons que nous trouverons nos vingt-huit degrés idéals dès que nous atteindrons notre destination.

En attendant, les voyageurs doivent prendre leur mal en patience, car il reste encore huit heures de route à faire dans des régions comme Neiva, où ils endurent trente-cinq degrés et plus. La Colombie, c'est comme ça : montagnes, vallons, grandes villes et villages à températures et à tempéraments variés.

Des cactus aux sapins baumiers, des perroquets aux mésanges, on trouve de tout en Colombie. Pour la première nuit dans la ville d'accueil, ils ont réservé deux chambres. Une prévue pour cinq heures, le moment de leur arrivée, et l'autre pour Marce et Gabriel. Marce est l'aînée des trois enfants d'Angela et Gabriel, son petit-fils. Ils y sont depuis la veille, à l'hôtel Hostal Ullumbe, au centre-ville de Pitalito. Les deux chambres sont dans une petite auberge chaleureuse et bien aménagée, avec des meubles coloniaux espagnols et de grandes toiles très colorées. Les thèmes de ces belles toiles sont assez classiques dans cette région : natures mortes composées de fruits locaux, têtes de chevaux pure race, maisons typiquement latines en rangées. Au salon, étroit mais tout en hauteur, une grande toile montre une danseuse, vêtue d'une robe tango classique rouge, longue et à plis, dominée par une belle poitrine chaleureuse et arborant une chevelure noire et en santé. La tête tournée vers l'arrière, le personnage est sans visage, ce qui la rend encore plus mystérieuse et désirée. Comme la chaleur, la sensualité est partout. Inévitablement, Il faut sortir de cet envoûtement agréable et descendre dans la rue, avec sa poussière, ses bruits et ses gens, afin de chercher un logement pour quatre personnes. Au troisième étage d'un immeuble qui en compte cinq, la petite famille a le luxe d'un ascenseur, de gardiens de sécurité qui ouvrent l'accès à un parc composé de huit tours à immeubles, d'une piscine, d'un stationnement souterrain et d'une grande terrasse pour BBQ communautaire. Sur la page FB de Zacharie, nous lisons :

> Même mon épouse et sa fille sont dépaysées. Claudia-Patricia, la sœur du propriétaire de notre appartement, nous accompagne pour la visite des lieux. Elle est en compagnie de son fils et de sa fille, respectivement huit et douze ans. Les enfants sont fascinés par le *gringo* : « Comment dit-on mon nom en anglais? » « Apprenez-moi une phrase en français. » « Que veut dire "what the fuck!"? »

La *Reserva de la Candelaria* loge plus de trois cents personnes, des petites familles composées de deux enfants et d'un chien. C'est nouveau de voir les gens moyennement confortables adopter un animal de compagnie, ordinairement de pure race, pour vivre dans leur maison. Le milieu est très urbain, sans trop de personnalité typique. Nos nouveaux arrivants pourraient aussi bien être dans n'importe quelle grande ville nord-américaine ou presque. Seul le mode de construction des bâtiments, l'ouverture sur l'extérieur, les matériaux de construction (briques rouges, céramique et béton blanchi) et la musique tout autour gardent Zacharie dépaysé. Et être dépaysé, c'est bien ce qu'il préfère. Angela a trouvé cet endroit grâce à une amie d'enfance, Astrid. Elle vit dans l'une des huit tours du parc depuis un an avec son fils Nico. Elle a rejoint Angela par Facebook quelques semaines avant son départ du Canada pour l'informer de la disponibilité de cet appartement neuf et plutôt stérile, mais propre et confortable.

Astrid, la tireuse de cartes, a fait ce qu'elle appelle ses *études* avec les indigènes de la région. Elle connaît tout sur les traditions, les pratiques chamaniques, la psychologie des personnes et le tarot Visconti-Sforza. Notre gentille *bruja* parle beaucoup et prétend gagner sa vie avec ses compétences de *hechicera* (sorcière). Ses clients FB la consultent sur leur avenir, l'amour, l'argent, la santé et la famille.

Puisque Marce est en transition dans sa vie conjugale, elle aime bien consulter Astrid pour être rassurée quant à son avenir. Revenue à l'appartement, elle fait la part des choses avec sa mère et prend ce qui lui semble le plus plausible pour sa situation de futur parent unique. Marce a besoin de nouveaux repères. Elle profite de l'hospitalité d'Angela et de Zacharie tout en leur fournissant quelques articles ménagers. Marce a embauché des déménageurs professionnels qui doivent livrer sa douzaine de boîtes, des matelas, des sacs à ordures remplis de vêtements et de petits meubles le jour de leur arrivée. Surpris, les gardiens de *La Reserva de la Candelaria* ne laisseront pas entrer les déménageurs s'ils arrivent après dix-sept heures. Ils sont bloqués à l'entrée à dix-sept heures quinze et doivent attendre au lendemain matin pour apporter le butin, y compris les matelas, indispensables pour bien dormir après quelques jours de sommeil perturbé. Les femmes ne le prennent pas très bien. Angela et Marce laissent connaître leur désarroi aux déménageurs et aux gardes de sécurité avec des mots normalement prononcés à voix haute dans une église. Elles attendent avec impatience dans un appartement vide alors qu'Astrid arrive à leur rescousse. Deux vieux matelas, quelques couvertures et elles n'auront pas à dormir sur la céramique pour leur première nuit.

En peu de jours, ils font connaissance avec plusieurs personnes et reçoivent une première visite, un des frères d'Angela. Alejandro et trois de ses enfants, Natalia, Diego et Alejandra, sont là. À dix-sept ans, Natalia prépare son entrée à l'université, au semestre prochain, et rejoindra son frère qui est déjà à Florencia.

Jeune et insouciante, Natalia est loin de savoir tout ce que Florencia représentait pour sa grand-mère Zita : *La Violencia* des débuts de la guerre. Les petits-enfants connaissent encore des années de conflits, des prises d'otages comme celle plus médiatisée d'Ingrid Betancourt, mais, Dieu merci, il n'y a plus de tueries comme dans les années cinquante.

Pour le moment, Natalia travaille dans une boulangerie dix heures par jour, sept jours par semaine, pour un salaire quotidien de vingt mille pesos colombiens (dix dollars). Elle a peu de temps pour un petit ami, la famille et Noël, qui approche à grands pas. L'autre frère d'Angela, Libardo, demeure avec sa petite famille dans le département de Caqueta, près de Florencia, depuis quelques années. Angela et Zacharie promettent d'aller les visiter dans quelques semaines.

Plus de 80 % de la population est chrétienne et pratiquante. Le mois de décembre au complet est un mois de célébration, et le huitième jour est la fête de la lumière. Dans la soirée du sept, les gens sortent dans la rue avec une poignée de chandelles, qu'ils font briller sur l'accotement de la rue longeant le trottoir devant leurs maisons. Au menu, musique d'ambiance et discussions entre amis, et l'on se réchauffe à la lumière des chandelles. Il faut dire que le soir, à Pitalito, c'est frais : vingt degrés Celsius. Le dynamisme de la fête n'est pas à la hauteur des attentes d'Angela. Elle se rappelle cette fête de la lumière comme la plus belle sortie annuelle de son enfance, mais voilà que la poignée de gens de ce nouveau quartier, peut-être un peu guindés, est simplement là à discuter sans trop d'énervement. Zacharie note dans son journal :

> Nous allumons nos trois chandelles et faisons un souhait pour chacune d'elle. Comme dans nos soirées de feu de camp chez nous, nous nous assoyons et regardons nos chandelles *s'effoirer* lentement sur le béton de l'accotement pour ensuite rentrer à la maison prendre un *chocolate caliente con pan*.

Le lendemain, la fête de la lumière se poursuit à l'église. Tout le monde s'y rend, les fervents croyants, qui forment la majorité des gens, ainsi que les non-pratiquants comme les filles d'Angela, les agnostiques comme Zacharie et les gentilles *brujas*. La maison de Dieu est pleine à craquer. C'est aussi la première communion et la confirmation pour plus de deux cents enfants, filles et garçons, tous habillés de blanc. Ils sont beaux à croquer et les parents sont là, fiers de voir leurs petits qui font maintenant partie de la *casa de Dios*. Après la messe, quittée par Angela et sa petite famille avant la fin (trop long, deux heures), tous passent au restaurant. Au menu pour diner : *plátanos, garbanzos, arroz y pollo a la plancha*. Même si on ne comprend pas les mots, tout voyageur ouvert aux cultures et qui veut respecter son budget s'entend pour dire que dix dollars pour trois personnes, c'est très appétissant. Bien rassasiés, ils sortent marcher dans les rues bondées de gens, qui ont le cœur à la fête, pour faire une tournée des amis. C'est l'équivalent des vendredis noirs en Amérique du Nord. Sylvia et sa sœur les accueillent à bras ouverts dans leur magasin de bijouterie. Albenis, sa mère et sa patronne les reçoivent avec le même enthousiasme dans leur magasin de chaussures. Ce sont toutes des amies d'enfance d'Angela.

Chez Maria, l'ex-épouse d'Alejandro, ils retrouvent Diego, en congé d'études, qui profite de la fraîcheur de la maison à l'heure de la *siesta*. Maria est une employée, apparemment heureuse, d'une compagnie de mise en marché du café. Elle a obtenu ce travail grâce au concours d'Angela, qui était patronne chez Cadefihuila il y a de cela plus de dix ans. De retour à la maison, la petite Natalia apporte un beau gâteau de la boulangerie où elle travaille, qu'elle présente en cadeau à Zacharie. Il est touché par son geste, mais surtout par la réaction de Natalia lorsqu'il lui demande « porque? » Sa réponse est sans mots. Seulement un regard de jeune fille gênée qui hoche la tête en angle avec un petit sourire coquet. « Merci, Natalia. Je t'aime bien, moi aussi. » À la fin de la journée de la fête de la lumière, Zacharie note dans son journal :

> Un rendez-vous manqué est vite corrigé. La route vers un endroit peut aboutir dans un autre lieu ; c'est comme ça qu'une journée évolue. Plus tôt vous accepterez les surprises, plus vite vous intégrerez la vie colombienne.
>
> Nous sommes à vingt minutes de marche d'un grand centre commercial tout neuf, à trente minutes du centre-ville et à dix minutes de la campagne tout en

verdure, parsemée de petite fermes sans prétention. Après un premier bloc de cinq jours chaotiques, nous tentons de prendre un rythme de vie dit normal. Une chose qui nous aidera dans ce processus, c'est un service Internet. On a besoin de rester en communication avec les nôtres.

Dans la rue, le chauffeur d'une camionnette promotionnelle crie à pleins poumons dans un micro qui grésille : « *Servicio de Internet 33,000 pc por messe* ». Quel adon! Zacharie veut une connexion Internet et voilà qu'un représentant est là à sa porte. *Mentira*. La pub est trop alléchante pour être vraie. Marce fait son enquête auprès du fournisseur et constate qu'une fois installé, le service coûterait plus cher et serait trop contraignant. Quelques jours plus tard, la famille fait affaire avec un autre fournisseur.

Angela et Zacharie accèdent au centre-ville par autobus, moitié moins cher que par taxi, mille deux cents pesos (cinquante cents) chacun, et ils côtoient plein de gens qui vaquent à leurs occupations quotidiennes. Une connaissance confirme à Angela qu'elle a changé et, comme son mari, qu'elle ressemble plus à une étrangère qu'à une locale. Elle se voit surprise et confuse. Comment peut-elle avoir tant changé?

Ils demandent à Alejandro s'il serait disponible pour les conduire dans des marchés aux puces. Ils cherchent des meubles usagés. Pour une personne comme Alejandro, une faveur rendue en mérite une autre. Il accepte, mais à condition qu'ils passent aux pompes à essence pour couvrir ses dépenses. Il en profite et fait un petit détour d'une vingtaine de kilomètres pour présenter des amis.

Elena vit avec son beau-frère handicapé et ses deux jolies filles. Une *finca* avec une basse-cour et des chiens. Plusieurs chiens, dont un beau petit chihuahua, des poules, quelques dindons et des mandarines à profusion. La fermière prépare un grand sac de mandarines pour le plaisir de ses invités. Alejandro a le don de se faire des amies généreuses.

De retour en ville, Angela veut à tout prix que son frère oublie les marchés aux puces et qu'il ramène ses otages à la maison. Elle est furieuse, mais lui insiste pour un dernier arrêt. Ils se rendent chez de nouveaux arrivants à Pitalito. Un Texan, un vrai *gringo* cette fois, qui a décidé de prendre sa retraite à Pitalito avec un ami colombien. Des connaissances d'Alejandro. Le Texan et son amoureux ont fait le tour des Amériques en camionnette pour s'arrêter ici, acheter une maison et y prendre racine. Alejandro est évidemment fier de présenter des membres de sa famille qui parlent anglais. L'hôte demande à Alejandro : "And why are you here today?"
Chemin faisant, Angela explique à son frère que pour les Nord-Américains, il est mal vu de se présenter chez des gens sans avis préalable, à moins que ce soit de la famille proche. Angela tente aussi de comprendre les raisons d'Alejandro de rendre visite à ces gens, qu'il connaît à peine. Pas de réponse, mais Alejandro est comme ça, cousu d'agendas cachés et à la recherche constante d'occasions d'affaires.
Beaucoup sont comme en processus de survie et créent de petits boulots ou recherchent des opportunités rentables sur le vif. Ça fait un pincement au cœur pour Angela de faire partie de ces opportunités. Entre membres d'une même famille, elle se sent manipulée et abusée par son frère.
Mais voilà, la vie est comme ça, remplie de surprises ! Les meubles usagés du seul marché aux puces qu'ils visitent sont trop dispendieux, alors la famille passera chez Metro pour acheter un ensemble de table et quatre chaises de patio en plastique blanc pour moins de cent dollars. Ils devront faire sans frigo pour encore un certain temps.

∞∞∞∞

À huit heures, le soleil commence déjà à se faire

sentir. Au pied de la fenêtre de la chambre d'Angela et de Zacharie, un groupe de jeunes a fait la fête toute la nuit. C'est dimanche, et Zacharie, le premier de la famille debout comme à l'habitude, se rend à la fenêtre. De la rue, les jeunes l'aperçoivent et lui lancent un « Buena diciembre! » et lui offrent une bière. Angela et Marce, à peine éveillées, se joignent à Zacharie près de la fenêtre du salon pour voir ce qui se passe. En les voyant, les jeunes sympathiques lancent des « Mucha ropa » en invitation à la fête. Les femmes font semblant d'enlever quelques vêtements et tout le monde rit. Au fil d'un enchaînement de cigarettes (il est très rare de voir des fumeurs dans les rues), bières et musique provenant directement du poste de leur auto coulent à profusion. Ces quelques filles et garçons ont l'habitude de passer des nuits blanches pour célébrer à la moindre occasion.

Aujourd'hui, on célèbre décembre en préparation pour la *Navidad.* C'est la neuvaine. La fin de semaine prochaine, ce sera autre chose. Pour le moment, le chaud soleil du matin, la faim et le manque de sommeil poussent nos couche-tard à rentrer à la maison.

Astrid reçoit Angela et Zacharie pour le repas du midi. Elle a même pensé à souligner l'anniversaire de Zacharie en lui offrant un petit cadeau. Rien de magique, elle a appris sur Facebook que c'était son anniversaire.

Astrid lui tend un quartz blotti au fond d'une belle petite pochette en tissu aux couleurs folkloriques indigènes et lui dit que la pierre portera *buena suerte.* Il accepte avec gratitude ce cadeau venant d'une *bruja* avertie, même s'il n'y croit pas. Qui sait, dans ce pays de croyances et de superstitions, il préfère ne pas passer à côté d'aucun phénomène, réel ou surréel, qui lui serait favorable.

Après un copieux repas, Astrid et ses invités décident d'aller marcher. Les femmes s'en donnent à cœur joie quant aux souvenirs que leur rappellent les lieux. Zacharie suit derrière sans pouvoir ajouter un mot. Les gens qu'ils rencontrent regardent des pieds à la tête le *señor* étranger. Chemin faisant, ils marchent sur les pas de Zita pour refaire le trajet qu'elle parcourait chaque semaine avec ses enfants. Une visite chez Benito, qui vit à la ferme, pour rapporter des sacs de *guayabas*, de *plátanos,* de *naranja* et autres. Angela frémit de joie de retrouver la maison comme elle était, les terres, les animaux. Toute y est encore. Seule la petite cabane des employés de la ferme d'oncle Benito est transformée en belle maison habitée par des étrangers.

De retour à la maison, Zacharie note dans son journal les noms des membres de la famille d'Angela :

> Bon, aujourd'hui, j'ai pensé faire un portrait des personnes que nous rencontrons dans ma nouvelle famille élargie :
> Zita (mère d'Angela), décédée quelques années avant le départ d'Angela pour le Canada; Marce (fille aînée d'Angela); Gabriel (fils de Marce); Licet (fille d'Angela); Juanca (fils de Licet); Eduardo (ex-mari et père des filles d'Angela); Libardo (frère d'Angela); Estefanía (fille de Libardo et de Johana); Alejandro (frère aîné d'Angela); Diego, Natalia, Alejandra et Diego Catuche (enfants d'Alejandro); Maria (ex-épouse et mère des deux premiers enfants d'Alejandro); Javier (petit ami de Natalia); Benito (décédé, oncle maternel d'Angela); Silvia, (la bijoutière, une amie d'enfance); Albenis (la vendeuse de chaussures, une amie d'enfance); Astrid (la sorcière et connaissance); Nico (le fils d'Astrid).

Zacharie a une pensée pour sa petite Laurence, la plus jeune de ses petits-enfants :

> J'invite Gabriel à me faire un dessin pour Laurence. Le produit ressemble à Pac-Man. Je suis là à profiter de ce petit bout d'homme de trois ans en pleine santé,

mais mon cœur est avec Laurence, qui est différente. Un petit ange qui n'a pas encore eu ses ailes, la dernière de mes petites-filles. Je me console en tentant de croire que les enfants choisissent leurs parents, leurs parcours dans la vie. Du même coup, parfois ils offrent à leurs parents un grand défi.

∞∞∞∞

Durant les deux premières semaines en Colombie, nos voyageurs sont assez occupés. Plusieurs heures de route, l'organisation de l'appartement, les multiples visites avec la famille et les amis. Alors Zacharie propose à son amour de s'habituer à ne rien faire pour veiller à leurs économies. La solution, rester à la maison, goûter aux plaisirs de la bonne température, profiter de la présence des colocataires et aller au parc avec Gabriel.

Pendant cette période de l'année, les enfants sont en vacances pour deux mois. Quand Angela passe du temps à la piscine avec son petit-fils, Zacharie rentre à la maison pour se mettre à l'écriture.

Cette tranquillité ne dure pas très longtemps. Au bout de quelques jours, nos voyageurs ont déjà envie de prendre la poudre d'escampette. Alejandro leur propose plein de voyages tout autour : la montagne d'*El fin del mundo*, les plages de l'Équateur, Palermo et quoi encore... Angela dit ne pas être très aventurière mais au fond, elle croit que les invitations de son frère sont des paroles en l'air. Malgré tout, ils planifient une sortie de quelques jours chez Libardo et Johana avec leur nouveau chauffeur, Alejandro. Durant ce temps, Marce a besoin de gardiens pour Gabriel. Elle rencontre un employeur potentiel. C'est tant mieux puisqu'elle doit trouver un emploi bientôt, car elle est bel et bien décidée à refaire sa vie à Pitalito, à quitter son malheureux mari et à ne plus retourner dans les chaleurs atroces de Neiva.

185

Angela et Zacharie se contentent de quelques sorties en amoureux. Au restaurant San Martine, on fait les meilleurs poissons et viandes grillés sur feu de bois au monde. Après dix minutes de taxi à quatre mille pc (deux dollars), ils sont heureux de confirmer que le San Martine peut les accueillir sans réservation. Comme c'est un jour de semaine, ils ont la place entière à eux seuls. Les patates et la *yuca* sont froides, mais les viandes sont succulentes comme d'habitude.

En après-midi, le couple fait connaissance avec deux jeunes entrepreneurs, propriétaires d'une école de langues, le *American Land English Academy*. Ils explorent les possibilités de collaboration avec Victor, l'instigateur du projet. Zacharie désire s'occuper quelques heures par semaine, Victor veut son expérience dans son équipe. Ils verront en janvier comment leur collaboration prendra forme. Pour le moment, ils prennent un jus de fruits frais sur la terrasse d'un restaurant du centre-ville et regardent les belles femmes se pavaner sur les trottoirs.

À la suite de cette heureuse rencontre, Angela et Zacharie marchent vers le centre commercial pour y dépenser cent sept mille pc en dégustation pour le deuxième *party* de fête de Zacharie. Cette nourriture est un luxe dont la famille colombienne se serait passé mais le fêté y tient. Il veut leur offrir quelque chose de différent, un bout de sa culture. En attendant qu'Alejandro arrive à la fête, la coupe du gâteau est remise à plus tard. Finalement en soirée, presque tout le monde est là pour des amuse-gueules aux crevettes, des saucisses et de la bière. Bon soixante-dixième anniversaire! *No, setenta años, imposible*! De Maria, Diego, Natalia et son petit ami Javier, ainsi que leur demi-frère Catuche, qui sont tous là.

Durant la soirée, Marce doit ramener Alejandro à la maison; il n'est vraiment pas bien. On suppose une infection de la vessie. L'homme ne veut pas aller à l'hôpital. Alejandro a peur des injections et Angela croit qu'il ne veut tout simplement pas payer pour les médicaments. Il est déjà tard et le reste du groupe quitte les lieux, au bon plaisir de Zacharie qui s'endort alors que les fêtes filent normalement jusqu'au petit matin.

∞∞∞∞

Aujourd'hui, Zacharie conduit une automobile en pleine ville pour la première fois. Quel plaisir ça lui apporte d'avoir la voiture d'Alejandro pour emmener tout le monde à Palestina! La voiture pleine à craquer, ils font quarante-cinq minutes de montagnes et la moitié du trajet sur une route en terre battue. Il y a tellement de trous et de bosses à contourner que Gabriel se plaint d'avoir mal aux *quéquéculos* (testicules). Angela, Natalia, Diego et Gabriel suivent avec un peu de réticence. La conduite du Canadien ne les rassure point dès les premiers instants d'attaque de la course aux plus braves et aux plus agressifs à tenir la route. Seul Marce a confiance en son chauffeur. Elle a suivi des cours de conduite, gracieuseté de sa mère, et connaît l'attitude à prendre avec un apprenti chauffeur. Car ici, Zacharie est bel et bien un apprenti, même après plus de cinquante-cinq ans d'expérience. Dans ce pays, les règles sont chacun pour soi, tasse-toi et impose ton trajet un kilomètre à la fois.

Palestina est un petit village pas très joli mais accroché dans de très belles montagnes toutes cultivées : café, *lulos*, mandarines et ananas. Autre déception, le parc du centre-ville, lieu de rencontre et de relaxation, est un sentier de construction. Pour la première fois depuis l'arrivée en Colombie d'Angela et Zacharie, on peut dire qu'il fait chaud.

La petite balade au centre du village de Palestina attire les regards. Nos curieux voyageurs d'un jour ont tous une allure différente. Ils sont des inconnus, des étrangers pour ce petit village de *montañeros*. Angela se souvient d'une maison où vivaient la cousine de sa mère et ses petits-cousins. Elle y passait des vacances obligées qu'elle n'aimait pas tellement. La mère des petits-cousins faisait

187

travailler les enfants au pas militaire. Pour Angela, Palestina égale souffrance et travail forcé.

Une serveuse de la boulangerie du coin s'informe sur l'origine de nos voyageurs. Elle raconte l'arrivée de beaucoup de gens aisés financièrement dans son petit village depuis que le gouvernement colombien a cessé de faire la guerre aux narcotrafiquants. Elle croit que cette nouvelle richesse est, sans aucun doute, cuisinée dans des laboratoires de poudre blanche pas très loin de la ville. D'après la serveuse, cette arrivée en masse de nouveaux résidents fait augmenter la criminalité. Pourtant, le soir même à la télévision, nous voyons le président colombien, Juan Manuel Santos, recevoir son prix Nobel de la paix. Dans son discours, il assure les Colombiens qu'il continuera à tenter d'enrayer le trafic de la drogue et la corruption, les deux pires cancers de son beau pays.

Zacharie ramène sans problème ses passagers à la maison. Le nouveau chauffeur est déjà un peu plus habile sur les routes de la belle campagne entre Palestina et Pitalito. Il est donc motivé pour une deuxième journée de conduite, cette fois dans les montagnes agricoles longeant la *Rio Magdalena*. Ils disposent toujours de l'auto d'Alejandro et Maria les invite à se joindre à elle à San Jose de Isnos. Chaque année, une exposition est organisée dans ce village par différentes coopératives de café comme la Cadefihuila, ancien employeur d'Angela. Celle-ci veut bien faire la route, seulement elle doute de la générosité de son frère, qui leur laisserait l'auto encore une fois.

De Pitalito à San Jose de Isnos, c'est une heure de serpentins, cette fois bien pavés et assaillis par des voitures de tous genres, en direction des nuages. Zacharie connaît bien cette région pour y avoir déjà fait du rafting au fond du ravin creusé par la Magdalena depuis des millénaires. C'était lors d'un autre voyage accompagné de Felipe, quelques années auparavant. On y retrouve musiciens et troupes de danse dignes d'un spectacle de grande envergure comme ceux organisés par la petite communauté de Saint-Léonard. Pourtant, seulement quelques dizaines de villageois y assistent et profitent de ces très bons talents locaux. Zacharie pense à ses petites-filles, Océane et Mélodie, qui pourraient bien se joindre au groupe en s'habillant de costumes folkloriques multicolores. Tout un contraste avec le hip-hop qu'elles pratiquent.

Angela crie de joie à la vue de ces montagnes chargées de plants de café, d'ananas, de cannes à sucre et de différents agrumes en vente le long de la route. Les fruits se vendent plus cher qu'à l'épicerie, signe qu'il y a de plus en plus de touristes dans le coin.

    Mon amour, aimerais-tu qu'on achète une petite maison pour vivre dans ces belles montagnes?

    Oui, mon amour!

Angela et Zacharie rêvent. Les échanges durant le voyage portent souvent sur la vie au Canada. Diego, l'étudiant en chimie, s'intéresse à l'alimentation.

    Que mangez-vous pour être en si bonne santé?

Zacharie y va de ses meilleurs conseils :

    Ici aussi, vous mangez de bonnes choses, comme toutes les légumineuses présentes à chaque repas, la juca, les patates, les haricots. Mais attention aux quantités phénoménales de pain que vous consommez : *biscochos, achiras, roscas, pan de trigo, galletas,* et *buñuelos* sans compter les délicieux desserts.

Diego partage avec le groupe de passagers l'un de ses projets d'étude. L'eau potable dans la province de Huila, comparativement à celle de la région de Caqueta, reconnue pour ses belles rivières et pour la qualité de son eau. Diego veut démontrer par des tests d'eau, dans la région de Huila, qu'un degré anormalement élevé de mercure pourrait être lié à un taux inquiétant de cancer de l'estomac à Pitalito. Des compagnies comme Cadefihuila vendent des tonnes de fertilisants chimiques aux agriculteurs. Diego affirme que ces gens connaissent peu les dangers reliés à la manipulation de ces produits et les effets sur leurs cours d'eau. Alors cette belle nature, que nous apprécions chaque jour, cache un monstre sournois qui commence à faire des ravages. La première règle de prudence du jeune scientifique est de ne pas consommer l'eau du robinet, non seulement parce qu'elle peut vous faire vomir, mais aussi parce qu'elle peut vous faire mourir.

De retour à la maison, Angela propose de recycler les décorations d'anniversaire de Zacharie pour celui de la petite Alejandra. Elle a six ans et son père, Alejandro, en est bien fier. Ils coupent le gâteau provenant de la boulangerie où Natalia travaillait. Ensuite, ils déménagent chez Astrid pour le chocolat chaud. Gabriel et Alejandra jouent bien ensemble. Chaque enfant profite du contact de l'autre alors qu'il grandit normalement seul avec des adultes. Deux enfants qui produisent autant de bruit qu'une garderie de quinze bambins exaspèrent quelque peu Angela et lui rappellent ses années de travail dans ce milieu. Elle propose d'emmener les enfants au parc, où ils pourront se défouler sans déranger. Angela sort avec les deux petits en laissant les adultes à leurs discussions sur l'endroit où ils fêteront le 24 décembre : un hôtel à San Agustín, déjeuner compris; un *sancocho* à la ferme de l'amie d'Alejandro ou un BBQ à la *Reserva de la Calendaria*. De toute façon, Angela est très impatiente avec son frère et ses propositions. Elle le trouve inconsistant entre ce qu'il propose et ce qu'il réalise.

Zacharie note dans son journal :

> Le frère et la sœur se cachent mutuellement leurs douleurs, de vieilles blessures d'enfance, et ça m'attriste. Si nous allions à la plage en amoureux, Angela pourrait calmer ses douleurs. Les plages des Caraïbes ramènent de bons souvenirs lors de mon premier voyage avec Manuelito et Éveline. Cependant, le Pacifique du côté de l'Équateur serait nouveau pour nous deux. À suivre...

∞∞∞

Alejandro pose mille et une questions : « Comment obtenir un permis pour visiter le Canada? De combien de jours ai-je besoin pour voir le pays? Comment est la maison d'Angela et celle de mon frère Manuelito? Comment les construisent-ils? Pourquoi loger dans un sous-sol? Quelle est l'étendue de votre terrain? La ville est-elle près de la mer? Pourquoi Edmundston est-elle aussi grande que Pitalito pour si peu de gens? »
Zacharie tente de lui répondre d'un espagnol laborieux et à l'aide d'Internet et de photos en exemple. Il l'épuise, mais Zacharie aime qu'il soit si intéressé à ces choses. Zacharie en profite pour expliquer certaines différences entre les deux pays. Par exemple, au Canada, servir un verre de vin comble est impoli, alors qu'ici, ça signifie l'abondance. Alejandro ne comprend pas! De toute façon, il admet ne rien trouver de meilleur que dans son pays d'origine. Le Canada, c'est pour les Canadiens. Il dit être bien ici. Alejandro admet être curieux mais ne quitterait jamais son pays comme sa sœur l'a fait. C'est dit avec un petit air de reproche.

____ Dis-moi, Zacharie, que remarques-tu de différent dans notre beau pays?

____ Laisse-moi te raconter, cher *cuñado*. Nous sommes allés au centre commercial pour acheter un frigo. À trois cent cinquante dollars, Angela le trouvait un peu cher, mais Marce en profitera jusqu'à notre prochain retour en Colombie.

____ C'est bien d'aider Marce comme ça, c'est colombien.

____ Attends, Alejandro, mon point est que cette démarche a pris presque une heure et les signatures de quatre personnes différentes pour acheter un frigo. Je n'ose imaginer le temps que ça aurait pris si nous avions eu besoin de financement. Ce que je veux dire, c'est que la bureaucratie colombienne ressemble beaucoup à celle des Français. Le reçu de l'achat a l'allure d'un document légal avec sceau d'un notaire.

____ C'est vrai, les Français ont copié le modèle colombien! (rire)

___ Un autre exemple, Alejandro. En attendant qu'Angela et Marce finalisent l'achat du frigo, j'ai parcouru les allées du magasin avec Gabriel. Les gens sont coude-à-coude sans problème et je constate que les Colombiens, et bien sûr les Colombiennes, ont une bulle d'intimité beaucoup plus étroite qu'au Canada. Frôler une épaule, un sein, les fesses ou le long du corps d'un autre, étranger ou pas, en se croisant dans un passage étroit bondé de gens n'est pas rare et se fait sans scrupules. Et de belles épaules nues ne sont pas rares. Ce n'est tout de même pas désagréable pour une personne comme moi, qui aime les bains de foule. Et les bains de foule, tu en prends tous les jours, veux, veux pas.

____ Pourquoi ce serait différent au Canada, Zacharie?

____ À quarante-quatre habitants colombiens par kilomètre carré, comparativement à trois et demi au Canada, il est normal que les Canadiens préfèrent les grands espaces. Ici, les gens se touchent sans scrupules et sans en faire un plat.

Alejandro est encore là et s'amuse avec Zacharie à fouiller Google Map pour choisir dans quelle direction partir en voyage.

Le beau-frère doit conduire une connaissance à Coveñas, près de Cartagena : mille quatre cents kilomètres et vingt-deux heures de route. Il insiste pour qu'Angela et son mari se joignent à lui pour le voyage. Angela semble plus relaxe avec son frère et Zacharie aime taquiner ce robuste débrouillard, qui aime bien passer à l'appartement régulièrement. Le couple imagine une vie plutôt ennuyeuse pour cet homme qui vit seul avec sa fille Alejandra et qui n'arrive pas à garder une conjointe. À l'entendre, il a aimé beaucoup de femmes. Peut-être en aime-t-il plusieurs à la fois et qu'il serait père de plusieurs enfants qui ne portent pas tous son nom.

Les discussions portent sur des sujets comme le mari de Licet, qui, resté à la maison, en profite pour prendre un petit coup, l'ex de Marce, qui ne demande pas de nouvelles de son fils, et Libardo, qui n'a pas l'intention de sortir de Florencia pour un bon bout de temps. Zacharie continue de se morfondre avec ses rudiments d'espagnol de quatrième année avec Alejandro, alors que les plus jeunes proposent une sortie en ville.

La soirée au parc est féerique pour les petits comme pour les grands. Les personnages de Noël sont toujours là plus d'un mois après la visite des Rois mages. Leurs dimensions démesurées et les grands arbres tout en lumière ajoutent à la beauté des lieux.

Les gens sont encore à la queue leu leu pour la distribution de bonbons habituelle après les chants et les prières devant l'église. Ici, un beau petit couple sur un banc alors que la fille caresse les cheveux de son amoureux; là, un vendeur de jouets gonflables attire l'attention de Gabriel et tout autour d'eux, un millier de personnes vaquent à leur plaisir de ne rien faire d'autre que se laisser baigner par la noirceur de la fin de la *tardes* qui rampe dans la chaleur de la ville sans faire de bruit.

La famille passe au comptoir pour commander *empanadas, buñuelos, pollo con ensaladas* et bien sûr, des *arepas con caso*. C'est pour manger sur place, mais comme le petit Gabriel est brûlé de fatigue, tous rentrent à la maison.

La famille improvise un BBQ près de la piscine de la *Reserva*. Angela sort cinq kilos de steak de porc, Alejandro organise la musique et achète la *yuca* et les *papas*. Un vrai *potluck* à la canadienne. Ils font cuire la viande tôt dans la soirée alors que Zacharie propose de faire une recette de lanières de porc à la canadienne dans un grand chaudron. Licet fait cuire la douzaine de plantains dans un poêlon et, plus tard, Angela prépare le reste du *cerdo a la plancha*. Les hôtes attendent leurs invités pour dix-sept heures, mais tout le monde n'arrive qu'à vingt heures. Maria, l'ex d'Alejandro, a fait cuire la *yuca* et les *papas* chez elle. On lui demande aussi d'apporter de la vaisselle puisque Angela n'en a qu'une petite quantité à son appartement de fortune. La fête bat son plein au son d'une musique à la carte, rendue possible grâce à YouTube, à Bluetooth et à tous ces machins. Salsa, merengue, samba et cumbia s'enchaînent, alors tous dansent… boom, boom, boom, toute la soirée!

Chaque personne fait sa demande spéciale de musique. On demande à Zacharie quelle musique il veut bien écouter.

Une musique du Canada? Bizarrement, il ne pense qu'à Plamondon, Gerry Boulet et compagnie. Rien pour faire danser. Ils écoutent trente secondes de *Starmania* et Zacharie propose plutôt *Mi Tierra,* de Gloria Estefan. Il constate que son répertoire de musique a vraiment changé depuis qu'il vit avec Angela et qu'il n'entend que de la musique latino à la maison.

À minuit, on s'embrasse comme au Jour de l'an. Ils ont bien mangé, Zacharie a reçu des compliments sur sa recette de porc à la cocotte. Le vin était bon, les enfants, même ceux de trois et de six ans, se sont bien amusés. Ils ont ri, chanté et profité d'une belle soirée bien animée par Angela qui était drôle à craquer. Seul Alejandro a manqué les trois quarts de la soirée en courant vers d'autres prétextes, mais il est revenu pointer son nez très tard pour manger sa double portion froide de nourriture, mise de côté pour lui. La petite Alejandra dort déjà, enroulée dans la veste de son père. Celui-ci la prend délicatement sans la réveiller et rentre à la maison. Zacharie a une pensée pour ces gens qui vivent à l'étranger en ces temps festifs. Il reconnaît la peine que son épouse éprouve lorsqu'elle passe ses Noëls avec lui et sa famille canadienne dans la neige.

∞∞∞∞

*L*a *Reserva de la Calendaria* est calme, contrairement

à ce qui se passe ailleurs en ville. La musique jouant à tue-tête toute la nuit fait normalement partie des incontournables durant les fins de semaine et à chaque fête. La seule musique qui réveille la petite famille à sept heures, c'est le chant de leur voisine qui résonne dans sa douche. S'ils entendent leurs voisins, c'est généralement en raison du puits de lumière au centre de la tour à logements. Une cheminée de neuf pieds carrés laissant entrer la lumière. À chaque étage, elle est trouée de petites fenêtres qui permettent un changement d'air pour la salle de bain et la cuisine. Père Noël aurait pu y entrer facilement avec le traîneau, ses rennes et son sac de cadeaux au complet. Pas de suie, pas de feu ni de fumée pour l'incommoder. C'est l'explication que le beau-grand-papa donne à Gabriel, qui se demande comment il recevra ses cadeaux du père Noël. Il ne faut pas que Zacharie s'emballe trop avec le père Noël, car ici, il ne livre pas de cadeaux, il ne vend que du Coca-Cola. Noël, c'est pour Jésus, alors Zacharie demande à Gabriel et à Juanca « Si les cadeaux ne viennent pas du père Noël, d'où viennent-ils? » « De mis papás (de mes parents) », rétorquent-ils à l'unisson. L'arrière-grand-mère, Zita, serait bien fière d'entendre ça de ses petits-enfants.

Le dîner du lendemain a lieu chez Maria et les femmes s'en donnent à cœur joie. Leurs sujets préférés : les hommes en général, Alejandro en particulier et les produits de beauté. Allez comprendre ce qui pousse une ex-épouse, ses deux enfants, une sœur et deux nièces à parler souvent dans le dos de leurs *frère-oncle-père-ex-mari* délinquants!

Sur le divan, Juanca, désintéressé, a une poussée d'allergie. Il en fait régulièrement à Neiva alors qu'il n'en a pas fait du tout pendant son séjour à Pitalito. Pour nos amis consommateurs de services de santé, une visite à l'urgence s'impose. Il s'en sortira très bien pendant les quelques heures d'attente à l'hôpital et sa mère lui servira quand-même les médicaments prescrits par le médecin. Le diagnostic : le lait et les produits laitiers à éviter à Pitalito. Apparemment, tous les produits laitiers ne sont pas traités de la même façon. Dans la cour de l'hôpital, Zacharie s'intéresse aux ambulances et aux ambulanciers. Diego est là pour répondre à ses questions :

_____ Est-ce que les ambulanciers sont bien formés pour leur travail?

_____ Non, ce sont des chauffeurs de camion.

_____ Quoi? Pourtant, ils sont les premiers arrivés sur le lieu de l'accident ou dans un foyer pour assurer les premiers soins.

_____Il y a beaucoup de gens en Colombie. Ce n'est pas grave si on perd quelques personnes ici et là.

Zacharie est assommé, habitué qu'il est à penser que chaque vie humaine est importante. Il faut dire que Zacharie n'a pas connu la guerre; eux, oui! Une guerre laisse de profondes cicatrices. Certes, ce n'est plus la *Violencia* que Zita et sa génération ont connue, mais la FARC sévit toujours et des otages rescapés comme Ingrid Betancourt peuvent en témoigner.

Alejandro sort Zacharie de sa sieste quotidienne pour offrir à la famille d'aller faire un tour. Depuis deux semaines, il les invite à la ferme pour qu'ils voient comment on trait les vaches. C'est aujourd'hui le grand jour. L'auto est pleine à craquer : Alejandra et Gabriel, assis sur les genoux d'Angela et de Diego, Nadia, Zacharie et Alejandro, qui est au volant. Il n'y a pas de ceintures de sécurité pour tout le monde, et c'est pratique courante d'avoir sept ou huit passagers dans une petite voiture, ou encore quatre sur une motocyclette. Ils sortent de Pitalito et roulent pendant quelques heures sur une agréable route de campagne, direction sud. Ils admirent de petites fermes, surtout des chevaux et quelques superbes résidences secondaires de propriétaires riches qui vivent à l'extérieur de la région, mais toujours pas de vaches à lait. Ils reviennent sur leurs pas. Certains des plus jeunes sont frustrés par la désinvolture habituelle de leur père. Même Angela ne peut retenir son mécontentement. Zacharie ne dit pas un mot, comme à l'habitude.

Pendant ce temps, Alejandro n'abandonne pas sa recherche. Il décide, sans consulter ses passagers frustrés, de prendre la route vers la ferme de l'oncle Benito. Il pense surprendre sa sœur par ces lieux fertiles en bons vieux souvenirs. Angela a beau lui dire qu'elle est venue y prendre une marche dernièrement avec son amie Astrid, le frère aîné poursuit sa route.

Dépassé la maison d'oncle Benito, visité régulièrement par la famille d'Angela, ils retrouvent de vieilles connaissances

d'Alejandro, une famille élevant des porcs. Alejandro s'y invite sans scrupules. Angela et Zacharie sont mal à l'aise, mais les hôtes insistent pour qu'ils se joignent à eux. À l'entrée de la fermette, une affiche : *Se vende marrano pelado o en pie.*
Au moment où les visiteurs impromptus arrivent, la servante des lieux est en train de préparer le four à pain. La maîtresse de la maison masse le *pan de maïs con merengo.* Ce pain traditionnel est préparé à la demande de la fille aînée, revenue de Bogotá pour les Fêtes. Laura étudie pour devenir infirmière et ses parents sont visiblement fiers d'elle. Les parents de Laura vivent normalement seuls sur leur petite ferme d'élevage de cochons. En soirée, le père de Laura vend un cochon vivant et en abat un autre pour un deuxième client, alors que les femmes font du pain au four. Alejandro et sa famille sont invités à participer aux préparations et surtout à la dégustation de ce succulent pain traditionnel. Grâce au beau sourire permanent de Laura, à la meringue un peu alcoolisée et au cochon égorgé sous leurs yeux, Zacharie n'oubliera pas cette soirée.

∞∞∞∞∞

Établir un lien avec de plus jeunes enfants est souvent plus facile. Zacharie est déjà un *abuelito* pour Gabriel, un grand oncle pour Juanca, Natalia et Diego. Il espère que ça changera entre lui et les filles d'Angela, mais Zacharie ne force rien. Lui aussi les observe d'un air bizarre et curieux. Surtout Marce, qui parle beaucoup pour ne rien dire. Elle est probablement souffrante, qui sait?
_____Quoi, mamie, Zacharie ne prend jamais de médicaments?   La famille d'Angela, au contraire, consomme les services de santé n'importe quand et pour n'importe quoi, sauf Alejandro qui a peur des médecins.
_____Quoi, mamie, Zacharie fait des exercices en jeans dans la rue à la vue de tout le monde?
Zacharie constate de plus en plus que les filles, comme la plupart des gens ici, passent beaucoup de temps à soigner

197

leur apparence, leur image même entre membres de leur famille. Courir ou marcher doivent se faire avec le vêtement convenable et élégant.

______Quoi, mamie, Zacharie! Ah, laissez tomber! Il peut faire ce qu'il veut mais attention à sa sécurité. Zacharie trouve très déconcertant aussi de voir combien les gens peuvent rapidement paraître indifférents. Il est étonné de voir à quel point les gens arrivent à passer outre une déception et même la désolation. Nous entendons souvent : *Ha no es importante*!

∞∞∞∞∞

Alejandro passe prendre sa sœur et son mari pour une petite randonnée à la campagne. La ferme est en pleine montagne, à vingt minutes de Pitalito. Une fois sur la montagne, ils distinguent à peine la ville au fond de la vallée, perdue dans la verdure dense. Malgré ces nombreuses visites à la ferme, il ne faut pas croire que tous les Colombiens vivent de la terre dans des logis rudimentaires. Près de 80 % de la population colombienne est urbaine et vit dans des maisons collées les unes sur les autres.

Malgré le travail intense dans les vergers de plantain, le propriétaire de la ferme, son épouse et ses enfants accueillent généreusement leurs visiteurs. Collation de viande de porc grillée et *juca,* café et chocolat chaud, et ils ne les laissent plus partir. Aussi au menu, combats de coqs, poules, vaches, chevaux et chiens; plusieurs chiens tournent autour d'eux. Surtout, une vue splendide du haut de la montagne. La maison et les bâtiments tels poulaillers, séchoir à café et moulin de cannes à sucre sont construits collés les uns sur les autres. Dans cette efficacité désordonnée, ces gens semblent autonomes et comblés. Pour eux, Zacharie est un phénomène. Les enfants veulent apprendre quelques mots d'anglais. Maria, l'adolescente, veut savoir si Gabriel est le garçon de Zacharie et d'Angela et s'il parle espagnol. Au détour d'une pièce de la maison, Maria approche Zacharie. Elle veut discuter avec lui mais

198

pas devant les adultes. L'homme de la maison contrôle tout; il commande sa femme, qui ne le prend pas au sérieux. L'ambiance est relaxe, très amicale et les gens ont un côté inquisiteur.

_____Zacharie, veux-tu acheter ma ferme?

Le propriétaire semble sérieux. Il veut partir pour le Nevada, aux États-Unis d'Amérique, où il a des amis. Zacharie lui dit qu'il ne connaît pas la culture du café, de la canne à sucre ou du plantain. Il dit être trop vieux, qu'il ne connaît pas le travail difficile de la terre. Le propriétaire, un ami d'Alejandro, répond par un geste du chapeau, qu'il prend comme ventilateur, en signifiant « Tu paies la main-d'œuvre pas cher et tu t'assois ici, avec la belle vue, à relaxer ». Elle est combien, la ferme de quatre hectares? Six…Alejandro confirme en montrant six doigts. Aussitôt, Angela comprend pourquoi son frère les a conduits sur cette ferme sans raison autre que profiter de la campagne. Il cherche un acheteur pour son ami. Zacharie divise par deux et comprend que ces gens demandent trente mille dollars pour cette grande ferme. Zacharie demande à Angela de dire au propriétaire qu'il ne devrait jamais vendre sa terre à ce prix, car l'acheter serait un vol. L'hôte reprend en disant que le *gringo* riche a mal compris. Il demande plutôt trois cent mille dollars, soit six cent millions de pesos.

_____Zacharie, vends ta maison au Canada et achète ma ferme.

Ils rient et rigolent en regardant un petit combat de coqs maison et passent à table pour prendre du pain rôti dans l'huile et un deuxième chocolat chaud.

Sur la route de retour en ville, Angela et Alejandro parlent d'aller visiter leur frère et sa famille à Florencia. Zacharie est silencieux, alors qu'il prend des notes sur sa journée en campagne. Il se demande comment un étranger pourrait bien s'installer sur une ferme et faire bon ménage avec ses voisins. De quel oeil les Colombiens des montagnes verraient-ils l'arrivée d'un Canadien sur leurs terres?

$\mathcal{U}$n peu d'eau pour l'auto, car le radiateur coule

comme un panier, et Alejandro a préparé le transport en route vers chez son frère Libardo. Pour se rendre à Florencia, il choisit d'emprunter un raccourci dans les montagnes, censé épargner quelques kilomètres, mais la route prendra une heure de plus que l'itinéraire principal. Les montagnes de San Isidro sont superbes. Elles présentent des surprises généralement plaisantes à chaque kilomètre qui rapproche nos voyageurs graduellement du ciel.

Parmi toutes ces merveilles naturelles où pousse le bon café qu'Angela sert régulièrement à sa famille au Canada, le plus grand plaisir d'Alejandro est un cimetière de vieilles motocyclettes. Ils s'arrêtent à la cour à ferraille, raison principale pour laquelle Alejandro voulait prendre cette route. Encore une fois, il a décidé d'emmener ses invités là où il le veut bien sans les consulter. L'attitude de son frère met Angela furieuse, mais elle se retient pour ne pas gâcher le plaisir que Zacharie semble avoir avec la désinvolture de cet homme. Se laisser porter par l'aventure n'est pas la force d'Angela. Comme sa mère Zita, elle préfère être en contrôle total de son destin. Elle sait bien que c'est illusoire de penser ainsi, comme lui répète souvent son amour de mari, mais elle jure dans son for intérieur ne plus accepter aucune proposition venant du meilleur manipulateur qu'elle connaît.

Une cour à ferraille n'est pas le lieu préféré de magasinage d'Angela, mais elle y descend avec les deux motards pour se dégourdir et prendre l'air. La police arrive sur ces entrefaites, attirant l'attention de plusieurs curieux. Un jeune homme affirme avoir vu dans ces lieux la débroussailleuse qu'on lui a volée quelques jours auparavant. Preuve d'achat en main, la police l'accompagne pour chercher l'engin parmi des dizaines d'autres outils semblables. Ils en retirent une du lot, vérifient le numéro de série et bingo!, le jeune homme a raison et récupère son gagne-pain.

Le propriétaire du cimetière est arrêté pour avoir acheté un outil volé et avoir eu en sa possession une arme illégale. Malgré l'état d'esprit du contrevenant, qui doit suivre la police, Alejandro l'approche en marchant vers l'auto-patrouille pour demander un conseil à ce mécanicien d'expérience.

____ J'ai un problème avec mon auto. Le radiateur perd continuellement son eau. Dois-je ajouter de l'eau et laisser le réservoir sans bouchon ou avec bouchon pour continuer ma route?

____ Avec son bouchon. monsieur!

∞∞∞

À haute altitude la pluie tombe, la visibilité est presque nulle et nos voyageurs frissonnent. Ils doivent arrêter faire le plein d'eau dans le radiateur de l'auto d'Alejandro. Quelques minutes plus tard, une fois les cinq tunnels traversés, le soleil sort de la bruine et réchauffe le pied des montagnes d'un air tropical. Alejandro demande aux passagers s'ils veulent s'arrêter pour prendre des photos. Le paysage est époustouflant, mais Zacharie dit avoir déjà pris plusieurs clichés lors de voyages précédents dans la région. De toute façon, assise sur la banquette arrière, Angela laisse entrevoir son impatience et son désir de rentrer chez Libardo le plus vite possible.

Ils arrivent chez Libardo sains et saufs, et dès que les valises sont déposées au pied du lit, ils enfilent leurs maillots de bain et descendent à la *quebrada* avec les enfants. Libardo est occupé à brancher une petite pompe pour transférer l'eau de pluie du réservoir extérieur dans le nouveau réservoir à douche de la salle de bain. Il les attendait depuis quelques semaines et voulait que la maison et les commodités essentielles soient installées.

Demain, ils pourront se doucher à l'intérieur. Entre-temps, la rivière fera l'affaire, au grand plaisir des enfants qui

202

adorent s'amuser avec *tia* Angela dans l'eau cristalline coulant à travers les veines de la Cordillère dans le Caqueta.

La soirée venue, les voyageurs passent chez oncle Jesus pour une petite visite. Le frère de Zita, qui n'a jamais quitté sa région, vit avec sa fille et sa petite-fille dans la même maison qu'il possède depuis des années. Jesus semble bien apprécier leur présence, particulièrement celle de sa nièce Angela et de son mari canadien. Plus tard, la noirceur et la fatigue affectent nos voyageurs et les portent à s'excuser pour une si courte visite, mais ils rassurent le vieil oncle : une rencontre familiale se prépare et ils pourront se revoir et discuter plus longuement.

Chez Libardo, Johana dort avec sa fille Sophia, et Libardo, avec Estefanía. Alejandro a apporté son petit matelas et couche sur le plancher. Angela et Zacharie sont traités aux petits oignons avec le lit des maîtres et tout le monde dans la même pièce. Chacun des lits est équipé d'une moustiquaire. Ils sont en région rurale et la maison n'a pas encore ses *ventanas*, ces fenêtres décoratives protégeant un peu des moustiques. Pour une meilleure protection, les moustiquaires sont très efficaces et les voyageurs, rassurés, passent une bonne nuit. Enfin, ils peuvent dormir une fois que les grands et les petits cessent leurs échanges en pleine noirceur sur toutes sortes de sujets.

______ Tia, comment on fait pour partir en voyage avec toi?

______ Tia, pour se rendre au Canada, c'est loin?

______ Tia, combien de jours allez-vous rester avec nous à la campagne?

Au petit matin, il mouille à boire debout. Imaginez le vacarme sur le toit de tôle galvanisée! Ça réveille tout le monde. Enfin presque tous, sauf Alejandro qui ronfle profondément. Mais on ne l'entend plus, avec ces cordes de pluie qui s'abattent sur la maison de Libardo. Ils ne perçoivent ni le bruit du trafic sur la route principale, ni le chant du coq du voisin. Ils ont même de la difficulté à s'entendre parler. Mais quel plaisir de rester au lit dans ces conditions! Sauf pour Libardo, qui est déjà à l'extérieur pour s'assurer que sa réserve d'eau de pluie reste propre. Zacharie sort lui offrir un coup de main. Ils échangent sur les différentes possibilités et les types d'installation plus efficaces que la récupération de l'eau de pluie. Un puits artésien, un puits de surface avec pompe : deux possibilités coûteuses. Finalement, Zacharie comprend que son installation est temporaire. Le réseau d'aqueduc public sera accessible dans quelques mois. La récupération de l'eau de pluie est sans doute la méthode temporaire la plus économique, en plus d'être écologique.

Zacharie est fasciné par l'ingéniosité de son beau-frère, qui construit sa propre maison. Il a même dû apprendre la soudure pour fabriquer les portes et les fenêtres en barreaux de métal solides à l'épreuve des voleurs. C'est une maison de trente pieds sur quarante, sur plaque de béton avec des murs tout en blocs de terre cuite et un toit de tôle galvanisée. Pour la plupart des Canadiens, il s'agit là d'un simple chalet, mais pour Libardo, c'est sa maison et il en est très fier.

Le déjeuner est assaisonné d'une copieuse discussion sur l'importance de respecter sa parole et de faire attention de ne pas promettre des choses que nous ne pouvons pas livrer. Les conseils sont surtout dirigés vers Alejandro, qui se sent pris dans un engagement qu'il ne veut plus tenir. Il doit reconduire un ami et sa famille à la Côte, mille quatre cents kilomètres de route et de dépenses inutiles pour lui. Libardo tente de lui faire comprendre une affaire de mauvaises énergies venant de personnes déçues devant des promesses non tenues. Souvent, par trop de promesses, trop de déceptions nous affectent et nous rendent irritable envers les autres. Sur cette note, chacun vaque à ses tâches : Angela à la cuisine, Johana au ménage, Libardo à la construction, Alejandro à l'entretien de son auto et Zacharie à l'écriture.

La petite Estefanía demande à Zacharie *que dibujo*. Il ne comprend pas et lui montre ce qu'il fait. Elle est fascinée par les mots d'une langue qu'elle ne connaît pas.

Angela et Zacharie rêvent d'un petit chalet sur des poteaux sous les arbres, à deux pas de la rivière qui longe le terrain de Libardo. Zacharie fait un petit plan et il « marche » le terrain avec son épouse et Libardo, qui se réjouit de leur idée. Ils discutent d'attentes mutuelles, de possibilités futures. Ils y croient mais ne promettent rien, seulement d'y penser sérieusement. Un petit chalet au pied de la Cordillère, pas mal comme projet, non?

Après le soleil de plomb du midi et la sieste, la famille organise une sortie. Comme d'habitude, Alejandro propose une chose, ils y consentent avant de partir de la maison, mais l'homme s'empresse de faire des détours le long de la route. L'objectif principal est de passer du temps avec oncle Isidro, sa fille Teresa et ses petits-enfants. Libardo reste à la maison. Il souhaite que ses invités aient de l'eau, une douche et une toilette fonctionnelles avant la fin de semaine. Toutes ces commodités sont en chantier depuis des mois, malgré les nombreuses instances de Johana. Elle est de nature patiente avec son beau mari, mais ils préparent une réunion familiale, une occasion pour montrer l'œuvre de Libardo sous son meilleur jour.

Le long de la route vers Belen, une petite ville tranquille où demeurent Isidro et quelques membres de sa famille, les maisons en rangées, d'apparence plutôt austères, cachent dans leurs enceintes de petits jardins divins. Depuis qu'Oncle Isidro s'y est installé, il a retrouvé sa mobilité. En effet, lorsqu'il vivait dans la chaleur insupportable de Neiva, il croulait sous le poids de ses quatre-vingts ans. Il fait de la politique, aime sa région et vante ses beautés. Mieux encore, il se souvient du visiteur canadien. Isidro raconte à Zacharie que, jeune homme, il a préparé tous les documents nécessaires pour partir en voyage au Canada. Lorsqu'il a découvert que ce pays est congelé plus de quatre mois par année, il a abandonné son projet. Encore aujourd'hui, il se demande comment les gens peuvent fonctionner, travailler et conduire une auto malgré des températures inférieures à zéro degré et des mètres de neige.

La visite est de courte durée, tout comme celle chez Jesus, et encore une fois, Angela s'empresse de rassurer son vieil oncle qu'un *party* aura lieu dans quelques semaines chez Libardo et que toue la famille y sera.

De retour chez Libardo, tout le monde saute de joie, car la douche et la toilette fonctionnent. Libardo est au salon avec cinq de ses amis, qu'il présente à sa famille du Canada. Invitée à participer à la discussion, Angela réalise rapidement qu'il s'agit d'une rencontre de prières et de discussions sur la parole de Dieu. Sans rien dire, elle suit Johana vers la cuisine pour l'aider à préparer le chocolat chaud. La religion est un sujet qu'elle préfère garder pour elle-même. Zacharie, agnostique qu'il est, se dérobe poliment et demande plutôt à Estefanía d'aller écrire leur journal. Ils quittent le salon ensemble, main dans la main, et la petite lui demande « Que dibujo? » Quel dessin Zacharie aimerait-il qu'elle fasse? « Dessine l'amour que tu as pour ta famille. » « Impossible », qu'elle répond, puisque c'est impossible pour elle de dessiner Dieu. Estefanía est comme ça, plutôt réfléchie pour son âge, et Zacharie l'aime bien. Elle compose des bandes dessinées qu'Angela et Zacharie lisent avec grand intérêt tout en vantant l'immense talent de la petite. Ils l'encouragent à continuer et à conserver précieusement tout ce qu'elle fait.

Durant la nuit, les chiens sonnent l'alarme. La famille se lève dans la noirceur et chuchote à la fenêtre, cherchant à voir ce qui se passe. Dans la pluie battante, un passant qui longe la route en face de la maison crie à l'aide. Il dit avoir manqué d'essence pour sa moto. Des personnes apparemment en difficulté en pleine nuit finissent parfois par arnaquer ceux qui s'arrêtent pour les aider. La famille préfère se retenir et passe un moment dans la fenêtre pour voir le dénouement des événements. Un couple surgit de nulle part pour secourir l'homme en détresse. Ensemble, ils poussent sa moto hors de la route et un taxi s'arrête, les prend et disparaît dans la campagne noire et imbibée d'eau de pluie. La famille, soulagée, retourne se coucher tout en discutant de l'événement. Tous rassurent Zacharie qu'il faut être vigilant même lorsqu'on aimerait pratiquer la générosité chrétienne. Angela et Zacharie se chuchotent à l'oreille qu'ils devraient repenser leur projet de construction dans le Caqueta. Les gens sont moins méfiants à Pitalito ou encore à San Agustín.

Le lendemain, la famille de Libardo attend quelques cousines et leurs maris, invités pour discuter de la grande réunion familiale qui doit avoir lieu bientôt. Tous sont impressionnés par les travaux de construction de Libardo et le félicitent pour son grand courage dans ces moments difficiles. Teresa, accompagnée par son mari Pepe, et deux de ses sœurs sont toutes des filles d'oncle Isidro. Avec eux se trouvent quelques-uns de leurs enfants et petits-enfants. Dans un coin du jardin, à l'ombre des buissons, ils discutent de la famille, de la construction du chalet d'Angela et Zacharie et de leur vie au pays de l'ours blanc. La plupart d'entre eux disent préférer vivre au chaud, ajoutant que le Canada est bien mais qu'ils sont très heureux de vivre dans la plus belle province du pays, Caqueta. Le froid tue, la chaleur non, selon un des maris. Zacharie apprécie l'intérêt que la famille d'Angela porte envers son pays.
La grande réunion familiale est planifiée en deux temps, trois mouvements. Ils veulent que les gens se rassemblent dans un mois autour d'un bon *sancocho,* ici-même chez Libardo et Johana. La fête est remise plus tard que prévu pour permettre aux cousins de Medellin de s'y rendre. Ils sont indisponibles avant.

Le lendemain, il fait très chaud. Tous passent une bonne partie de la journée à la rivière. Les enfants sont charmants et Angela sait les amuser. Elle ne manque pas une occasion de les corriger à la canadienne, c'est-à-dire qu'elle prend le temps d'expliquer pourquoi, lorsque les parents disent non, c'est non! Ici, l'éducation des enfants est bien différente, un peu comme c'était dans les années cinquante au Canada.

Les punitions corporelles ne sont pas rares sauf chez Libardo, où l'autorité est normalement appliquée avec douceur et amour. Ça reste encore une autorité sans explication et parfois suivie de coups. Le traitement réservé aux chiens, quant à lui, est digne d'une dénonciation à la SPCA.

En soirée, la famille au complet marche prudemment le long de la grand-route, une artère principale qui traverse la très belle province de Caqueta jusqu'aux frontières de l'Équateur. À quelques petites fermes familiales de chez Libardo se trouve le chalet d'une cousine, Rocio (joli prénom signifiant « rosée »). Elle reçoit ses frères et sœurs, les enfants d'oncle Jesus. La famille étant grande, c'est parfois difficile d'en suivre les liens. Du côté maternel de la famille d'Angela, seulement une tante, *tia* Lidia, qui n'a pas d'enfants mais qui a élevé ceux de sa sœur, Maria-Elena, et deux oncles sont encore vivants. Un des petits-cousins parle assez bien l'anglais et s'en donne à cœur joie avec Zacharie. Il est étudiant universitaire et sa famille vit à la Côte, près de Cartagena. Son père fait du vélo de montagne, il entreprend des affaires avec des gens des États-Unis et conduit une Toyota à sept passagers. Ces gens sont visiblement à l'aise. Que ce soit pour les enfants de la famille d'Isidro ou pour ceux de la famille de Jesus, le couple canadien fait l'objet de questionnements et de curiosité. Mais dans les deux familles, les plus vieux sont persuadés qu'il est mieux de vivre en Colombie qu'au Canada, alors que les petits-cousins de la deuxième génération veulent voyager soit du côté de l'Australie ou du Canada et constater les choses par eux-mêmes. Le petit-cousin bilingue, Santiago, confirme que son grand-père, Jesus, est un conservateur, bleu de *bord en bord*. Les hommes qui participent à la conversation confirment que la politique était dure, à l'époque, et que conservateurs et libéraux se faisaient littéralement la guerre : prise d'otages, assassinats et déchirements entre membres d'une même famille. L'accusé est sans mots. Jesus reste de marbre dans son siège. Cette charpente d'homme de quatre-vingt-quatre ans doit refouler de nombreux souvenirs déchirants et impossibles à pardonner même s'il n'en a été que témoin. Pour changer l'air, Libardo et quelques cousins se rendent à la rizière de la forêt, y cueillir quelques tiges de canne à sucre. Cette culture est pratiquée partout, soit de manière artisanale ou commerciale. Certains, mieux équipés, font le commerce du sucre de canne, appelé *la panela*. Comme le sucre d'érable, mais beaucoup moins cher, *la panela* en bloc ou en poudre est consommée dans tous les foyers. Contrairement à la sève de l'érable, le jus de canne avec un peu de citron est *delicioso*.

∞∞∞∞

Le séjour chez Libardo et Johana s'est avéré très plaisant. Les filles, Estefanía et Sofia Nicole, ont aussi contribué à rendre cette visite très agréable. Même les chiens, Chiqui et Zeus (prononcer *céousse*), ont apporté leur contribution de bonheur. Ils font leurs adieux au petit matin et les Canadiens promettent de revenir bientôt sur les terres de Caqueta pour le *sancocho* familial.
À six heures trente, il fait frais et derrière eux, le levant étend ses rayons d'or sur la végétation et les pâturages. L'astre céleste dessine des fantaisies avec la sérénité et la bruine entre les arbres et les cultures de café accrochés aux flancs escarpés de la Cordillère de l'autre côté de la vallée. La voie est plutôt calme; seulement quelques motos et plusieurs taxi lleno (taxis remplis) qui ne peuvent pas prendre plus de passagers. Au bord de la route interprovinciale de Caqueta, nos voyageurs attendent une heure pour du transport en commun en direction de Florencia. La plus grande prison à sécurité maximale de Colombie est plantée là, dans les champs de vaches, à deux kilomètres de chez Libardo. Apparemment, le signal cellulaire est brouillé volontairement dans les environs pour empêcher les prisonniers fédéraux de se servir de leurs appareils. Y aurait-il un lien avec la présence de la FARC et de la plus grande prison dans le Caqueta?

209

Pas de signal cellulaire, pas d'Internet. Donc, pas moyen de commander un taxi. Ils doivent attendre et espérer qu'un transport en commun passera dans ce coin rural bientôt, car leur autobus pour Neiva quitte à huit heures quinze. Le meilleur transport pour Florencia qui s'arrête pour les prendre avec leurs grosses valises est une Chiva. Zacharie voulait, depuis longtemps, faire une randonnée en Chiva et voilà que ce matin, l'occasion se présente. C'est un gros camion sur lequel est construit une plateforme de bois plus large que la normale, environ huit à dix pieds. Sur cette plateforme, on installe des supports pour une couverture arrondie qui servira au rangement des bagages, normalement des poches de plantain ou de limes, parfois des poules, mais rarement des œufs en raison des vibrations. La Chiva, décorée religieusement dans tous les sens du mot, est très colorée comme pour participer à un défilé de festival.

La Chiva, adaptée aux chemins de terre escarpés, descend des montagnes ces gens cultivateurs ou ces familles de cultivateurs que l'on surnomme les *montañeros*. Angela aime être parmi ces étrangers de nature calme et sans complexe, contrairement aux gens de la ville. Nos voyageurs montent la haute marche pour prendre place parmi une trentaine de *montañeros* qui les ignorent. Libardo monte avec eux pour les accompagner jusqu'au terminal de Florencia, vingt minutes de route plus loin. Ils doivent se séparer. Angela est en avant, juste derrière le conducteur, dont le volant est étrangement au centre de la cabine. Libardo et Zacharie prennent les seules places restantes sur le dernier banc de bois dépeint, près d'un chargement de plantains et de limes. Zacharie observe les chignons devant lui, ne pouvant s'empêcher de penser aux années de guerres atroces que ces gens ont connues, surtout dans le Caqueta, le fief de la FARC qui recrutait ses soldats parmi les familles de la campagne. On forçait les mères à abandonner leurs fils et leurs filles au service de la révolution. Des villages entiers ont été réduits en bain de sang par différents groupes armés. Soit que la FARC les accusait d'avoir aidé l'ennemi, soit vice-versa. Ils sont en retard de cinq minutes pour l'immense autobus *DubleYo* à deux étages, bien confortable et climatisé. Tout un contraste comparativement à la Chiva. Ils doivent donc se contenter d'un petit véhicule express de trente passagers mais qui fera bien l'affaire. Quatre heures et demie seront nécessaires pour faire les quelque deux cent onze kilomètres entre Florencia et Neiva.

∞∞∞∞

Neiva longe l'Amazone et la température ressentie est de deux à quatre degrés de plus qu'à Florencia avec un taux d'humidité de 62 %. C'est comme passer dix jours de vacances à Montréal un 15 juillet lorsqu'il fait trente-deux degrés Celsius. La visite chez Licet et Cesar sera donc de courte durée. Nos voyageurs cherchent un moyen de se rendre à la mer, à la piscine ou même dans un tout inclus. Un forfait de cinq nuits à San Andrés, petite île de la Colombie dans la mer des Caraïbes, coûte un tiers plus cher à partir d'ici qu'à partir du Canada. Notre couple laisse donc tomber l'idée de San Andrés. Zacharie décide d'écrire à sa sœur Loulou :

Bonjour, ma chère sœur.

J'ai pensé que tu pourrais être intéressée de connaître davantage le milieu où a grandi ta belle-sœur. Dans ma dernière lettre, j'étais désespéré devant le manque d'intérêt que les Colombiens semblent avoir envers les étrangers.

En région rurale comme en grande ville, tout le monde est occupé à son petit train-train et ne s'intéresse guère aux étrangers, qu'ils soient Colombiens venant d'autres régions du pays ou d'outre-mer. Le comble de cette indifférence envers les étrangers, je l'ai vécu avec une agente de voyage que nous avons récemment rencontrée.

211

Nous sommes quatre autour d'une table et après les présentations, elle prend les noms des personnes en note et ajoute qu'elle ne demande pas mon nom puisqu'elle ne saurait pas comment l'écrire de toute façon. En Afrique, un étranger entre au village et c'est la fête. Le village entier participe à ton accueil alors qu'ici, seuls les petits voleurs s'intéressent à tes va-et-vient.

Je crois vivre les étapes d'intégration que tous nos nouveaux arrivants vivent en arrivant au Canada, de là ma frustration devant certaines différences culturelles. C'est étrange que je veuille être considéré comme un immigrant, de courte durée, mais un immigrant tout de même.

Je cherche, à la fois, à passer inaperçu dans la foule pour éviter l'attention des petits voleurs et à être reconnu pour mes différences par les proches. Je suis Canadien, fier de l'être, ici, à l'étranger, alors que chez moi, je tiens ça pour acquis. En même temps, je veux m'imprégner de cette culture et parler espagnol sans cet accent gringo que l'on entend dans certains films américains. J'aime bien la nourriture colombienne, mais je manque le jambon au sirop d'érable. Ici, ce qu'on appelle du jambon ressemble plus à du *baloney*.

À bientôt, chère Loulou.

Entre-temps, Angela, pleine d'énergie, aide Licet dans son ménage, sa lessive, à la cuisine et elles gâtent leurs maris. Cesar est habitué à se faire gâter :
_____ Licet, j'ai faim; Licet, j'ai besoin d'une chemise repassée;
 Licet, Licet...
Zacharie est mal à l'aise de se faire servir mais profite juste un peu de la situation puisque son épouse insiste pour qu'il

se laisse gâter. Angela s'amuse à jouer l'épouse colombienne tout en mettant son mari au travail quand elle en a l'occasion. Juanca passe la presque totalité de ses vacances dans sa chambre avec sa guitare, son ordinateur et ses cubes de Rubik. Il est très bon : quatorze virgule deux secondes pour solutionner son Rubik.

L'objectif d'Angela et de Zacharie de venir vivre dans un sauna pour huit à dix jours est bien sûr de passer du temps avec la famille, Licet, Juanca et Cesar. Ils en profitent pour visiter la belle-mère de Licet, quelques cousins et les amies d'Angela.

Bien manger devient le passe-temps principal. Des fruits en abondance pour le petit déjeuner vers sept heures; petits pains frais et chocolat chaud pour déjeuner; un bon *sudado* (poulet, *yuca,* patates, riz, petits pois et maïs dans un bouillon de tomate) pour dîner et finir la journée à une cantine-trottoir pour une bonne *pastel* et un chorizo au clair de lune. Tous ces repas pour moins de dix dollars pour deux personnes font bien l'affaire de Zacharie, qui surveille son budget de près. Après le souper à la cantine, en revenant à la maison, nos amoureux remarquent que les deux policières toujours installées au coin de la rue y sont depuis six heures ce matin. Angela suggère à Zacharie de pratiquer son espagnol avec ces deux belles femmes en uniforme en leur demandant pourquoi elles sont là depuis tôt ce matin.

_____*Buenas noches. ¡Una pregunta! ¿ Porque están aquí todo día?*

_____*Presentía señor.*

Au Canada, on dirait qu'elles font acte de présence. Ici, leur présence décourage les petits voleurs.

Tia Maria-Elena, l'enquêteuse et enseignante, n'est plus. En sa mémoire, ils visitent la mal-aimée, *tia* Lidia, qui n'en mène pas large, au lit presque toute la journée. Lors du dernier voyage des deux Canadiens en Colombie, *tia* Lidia vivait encore dans sa maison. Autonome, elle recevait ses invités et ils tenaient de longues discussions sur la famille, les souvenirs et un peu sur l'avenir. Elle se renseignait sur chacun des neveux et ne laissait pas facilement partir ses rares visiteurs. Lidia est la dernière sœur vivante de Zita. Une génération de Colombiens qui ont passé la moitié de leur vie à subir la révolution et vécu la *Violencia*.

Lidia, la célibataire, n'a pas d'enfants. Elle a élevé ceux de Maria Elena qui était occupée à éduquer les enfants des autres comme enseignante. Depuis quelques années, ses neveux encourageaient *tia* Lidia à vendre sa maison pour aller vivre avec sa sœur Maria Elena. Après avoir longtemps résisté, Lidia a décidé de vendre pour déménager avec sa sœur, ses trois chiens et la servante. Elle a apporté très peu de meubles, mais surtout sa chaise de bois recouverte de cuir de vache tanné comme la peau d'une vieille de plus de quatre-vingts ans. Ici les vieux dépendent de leurs enfants. Pas possible de s'en débarrasser en les plaçant dans une institution ou un hôpital. Si, comme Lidia, vous n'avez pas d'enfants, vous faites confiance aux neveux.

_____Tia Lidia, qu'est-il arrivé avec la vente de votre maison?

_____Rien, mais on me dit que les acheteurs n'ont pas encore payé.

Moins de six mois après son déménagement, Lidia perd sa sœur, Maria Elena, et elle n'a toujours pas l'argent de la vente de sa maison.

_____Tia Lidia, pourquoi gardez-vous les trois chiens de Maria Elena? Ils empestent la maison et jappent tout le temps.

_____Pour me protéger des voleurs, répond-elle. Je les aime, ces chiens.

Pour se rendre chez *tia* Lidia, le couple doit attendre son autobus au coin d'un boulevard très achalandé. Il observe un petit chihuahua noir circuler seul comme la majorité des chiens. Il s'amuse à traverser la rue entre chaque changement de lumière. Comment cette petite bête arrive-t-elle à survivre en jouant à la roulette russe quotidiennement?

Angela pense au chien et admet que cette visite chez *tia* Lidia est sans doute la dernière. Elle risque donc la fameuse question qu'elle garde depuis des années avec tous les autres non-dits de sa famille.

‗‗‗‗‗ Tia, que sais-tu au sujet de mon père, Manuel?

Lidia prend une grande inspiration en haussant la tête vers le ciel, vers Dieu, comme pour lui demander la permission de parler. Ce n'est pas une femme qui normalement mâche ses mots, mais elle voit l'importance que cela a pour sa nièce préférée. On dirait qu'elle a peur de quelque chose. Angela insiste, se disant prête à tout. Elle sait bien que son père n'était pas un ange. Angela lui donne un peu de munitions en parlant des excès de son père dans beaucoup de choses, la boisson, le sexe et les dépenses. Elle lui rappelle les soirées où elle attendait son père, qui ne rentrait pas, des chicanes et des journées où elle se faisait emprisonner dans la chambre avec sa mère. Lidia lui demande d'arrêter, que ça ne lui servira à rien de brasser tous ces mauvais moments de la vie. Finalement, elle amène sa nièce et son mari dans un passé lointain, toujours avec le visage tourné vers Dieu.

‗‗‗‗‗Maria-Elena et moi étions farouchement contre l'idée du mariage de ta mère et de cet inconnu. Mais Zita, que son âme soit en paix, étant ce qu'elle est, a fini par marier ton père envers et contre tous. Elle aimait cet homme de tout son être et l'aura aimé toute sa vie. L'enquête que moi et Maria-Elena avions lancée a duré des années. Ce n'est qu'après la naissance de Manuelito que nous avons découvert l'impensable. Comment cet homme pouvait-il bien laisser ta mère seule pour nourrir sa marmaille? C'était très rare qu'il lui payait une sortie. Au début de leur mariage, oui, mais tout a cessé à la naissance d'Alejandro. Zita lui demandait souvent de l'aide pour payer l'école des enfants.

‗‗‗‗‗Il a aidé pour les études de Manuelito.

Lidia voit dans ce commentaire qu'Angela tente de défendre son père, le père qu'elle connaît, mais n'en fait pas de cas. Elle ne reculera pas, car elle a autant besoin de se vider le cœur qu'Angela a besoin de se le faire remplir.

_____ Zita faisait tout pour votre survie. Pour elle, ton père était plus souvent un fardeau qu'un poteau.

Lidia prend un longue respiration pour laisser tomber ce qu'elle pense être une vraie bombe pour sa nièce. Ça l'a été pour elle et sa sœur, alors qu'elles découvraient finalement pourquoi Manuel était si souvent absent de la région. Il prétextait son travail de journaliste, mais il y avait pire.

_____ Que Dieu te garde, ma belle Angela, et que le diable emporte avec lui ton écœurant de père! Manuel, l'étranger d'Antioquia, était déjà marié avant de prendre ta mère devant les hommes et devant Dieu. Il maintenait à petit feu deux familles, deux femmes et huit enfants. Tu as donc quatre demi-frères ou demi-sœurs quelque part entre Medellin et Cali.

Sur ce, elle regarde sa nièce avec pitié, alors qu'Angela ne paraît pas du tout surprise. Même mort, son père aurait pu la dévaster mais rien de tout ça ne survient. Angela a plutôt de la reconnaissance pour sa tante, qui semble libérée d'un lourd secret. Les deux femmes se consolent, se promettant de ne plus jamais accorder autant d'attention à ce misérable de Manuel.

∞∞∞∞

C'est vendredi, et les vendredis, tout le monde fait la fête. Toutes les raisons sont bonnes et la meilleure, c'est de prendre un coup. Mieux, se saouler au son de la musique. Ces fêtards ne se gênent pas pour déranger le quartier avec une musique forte jusque tard dans la nuit. Au contraire, si le troisième voisin n'entend pas bien la musique du fêtard, il ne se gênera pas pour lui dire qu'il est avare avec son plaisir. Même en campagne, on vit dans un constant mélange de cigales, de crapauds, de motos, de dix-huit roues et de musique. Faut s'y faire et après un certain temps, on réussit à faire une écoute sélective. Il ne faut pas oublier qu'ils sont quarante-quatre citoyens par kilomètre carré.

La Colombie et ses multiples visages se voient aussi dans le climat. Lors des trois premiers jours de nos visiteurs à Neiva, il pleut durant plusieurs heures chaque nuit. Zacharie demande donc à Licet s'il s'agit de la saison des pluies pour la Colombie. Elle hésite pour ensuite expliquer que ce n'est pas normal, pour la région de Neiva, d'avoir autant de pluie en janvier, que la Colombie n'a pas un climat, ou plutôt une saison uniforme à travers tout son territoire.

Le Pacifique, la Côte, le sud, les lieux en altitude ou les plaines : chaque région a plutôt son microclimat. C'est comme si elles fonctionnaient indépendamment l'une de l'autre. La région à la frontière de Panama peut connaître une sécheresse alors que le sud de Huila est inondé, et tout ça en même temps. Le pays paraît semblable à un arbre indigène qui peut être en fleurs, mais en même temps, avoir une partie de ses feuilles en train de sécher comme des érables en automne.

La Colombie est considérée comme le pays le plus méga diversifié par kilomètre carré au monde, autant pour sa nature que pour sa culture. Il y a la Colombie moderne, disons laïque sur le plan des rapports humains, et la Colombie figée dans le *statu quo* patriarcal et catholique romain.

Angela et Zacharie ont régulièrement de longs échanges, tous les soirs avant de s'endormir. Par cette belle soirée pluvieuse, d'un ciel peint bleu-vert par les éclairs, ils admirent ensemble le spectacle en appréciant l'amour qu'ils ont l'un pour l'autre. Zacharie note que son épouse n'est jamais aussi tranquille et bien assise dans son affection pour lui que lorsqu'ils sont en Colombie. Plus tard, il notera dans son journal :

> Ne cherchez pas de définition cartésienne, rectiligne ou normale sur n'importe quel aspect de la Colombie. Il n'existe pas une Colombie mais plutôt *des* Colombies.
>
> Dans ma tentative de cerner cette région du monde, le pays de mon amour, je rencontre autant de défis que

lorsque je tente de comprendre mon épouse. La Colombie est une femme et comme mon amour d'Angela, il faut aborder les deux avec le cœur et non la tête.

C'est comme l'explication de Licet sur le climat, la saison des pluies. Il faut plutôt imaginer une carte géographique et sociale de la Colombie peinte de ses trente-deux différents départements en autant de couleurs. Même chose pour les rapports humains entre hommes et femmes, entre patrons et employés, entre parents et enfants : ça dépend des régions et des générations. Dans certaines familles, une bonne majorité de femmes sont vouées à faire carrière au foyer. Entre autres tâches, elles doivent repasser la chemise du jour juste avant que son mari la mette, encore chaude, sur son dos pour ensuite enjamber sa moto et quitter pour le travail.

Zacharie fait son enquête et demande à Kelly, une amie de Licet qui est technicienne de laboratoire à l'hôpital général de Neiva, si son patron lui demande de lui apporter du café en entrant au travail. Elle lui répond que oui et qu'elle le fait avec plaisir. Par contre, elle affirme être une femme moderne et libérée des machos. Si elle apporte le café au patron, c'est par esprit de camaraderie, car au travail, ils sont une petite famille heureuse de travailler ensemble.

∞∞∞∞∞

Cesar, son frère jumeau, Juan Carlos, et leur mère Olga veulent faire goûter le meilleur *sancocho* de la Colombie aux deux Canadiens. Ils invitent la famille dont la sœur, Marta, et son mari, qui parlent français, anglais et bien sûr espagnol.

Rien de mieux qu'un dimanche après-midi pour préparer un *sancocho* et accueillir la grande visite du Canada. À quelques pas de la maison d'Olga, Angela sort sa montre de ses poches et la passe à son poignet. Pas question de traverser un quartier entier sans se préoccuper des voleurs.

218

Elle cache donc ses bijoux pour les sortir seulement lorsqu'elle se sent en sécurité, une fois arrivée à destination. Pas question non plus de se présenter sans quelques *bling-blings* chez les beaux-parents de son gendre Cesar.

Les hommes sont au salon à surveiller une partie de foot (soccer) pendant que les femmes, dans la cuisine ou au patio, discutent de choses importantes, comme commander par catalogue, tout en préparant les aliments. Zacharie a déjà eu droit à un petit entraînement sur l'importance de l'apparence en toutes circonstances. Les femmes sont fières de leur apparence et entre elles, la concurrence est forte. Elles sont aussi fières de leurs hommes, chemise fraîchement repassée, bons souliers, et s'il faut absolument sortir un mouchoir, qui doit être bien repassé lui aussi, il faut le faire délicatement et loin des regards.

En ville comme en campagne, un *sancocho*, ça se cuit sur un feu de bois. Cesar est venu avant tout le monde pour aider sa mère. Un peu comme le frigo de poulet accompagné de *ployes*, le *sancocho* est le repas par excellence pour recevoir et pour servir dehors.

De toutes les religions les plus pratiquées après le catholicisme, la danse l'emporte. Olga, la mère de Cesar, a plus de quatre-vingts ans et bouge comme une jeune cinquantenaire. Elle connaît toutes les danses et leur provenance, la plupart d'influence africaine des côtes Pacifique et Atlantique. Quand Olga avait dix-sept ans, un de ses amis *negro* (personne d'origine africaine) lui a appris tous les secrets de la danse. Aujourd'hui, elle apprend quelques pas à son invité canadien et les deux s'amusent bien.

Le service à table est simple. Il n'y a que cinq places, alors il faudra faire une rotation des invités. En premier, les amis canadiens et les plus vieux hommes, ensuite les plus jeunes et les femmes. Certains couples se servent mutuellement le repas, alors que pour d'autres, c'est l'homme qui bénéficie de toutes les faveurs. Les discussions vont bon train dans tous les sens. Certains s'emballent sur des sujets comme avoir ou ne pas avoir d'enfants. « Si vous avez plus de deux enfants, avez-vous les moyens de les envoyer à l'école privée? » « Pourquoi privée? Nous avons de bonnes écoles publiques. » Certains prétendent que non, d'autres oui. Marta, qui enseigne dans une école publique, les défend. Angela, qui a toujours envoyé ses enfants dans une école privée, ne jure que par ces établissements où l'on retrouve moins de mauvaises influences, de drogues et de criminalité.

Olga souffle à l'oreille de Zacharie :

___ Quand j'ai élevé mes enfants, cette maison était de plancher de terre battue et munie d'un panneau de tôle comme porte principale. Regarde ce que cette maison est devenue, pas mal?

Les membres de la belle-famille de Licet sont de bons vivants, aiment prendre un petit coup et font beaucoup de pression sur les brus. Ils ont leurs idées sur le rôle d'une bonne conjointe au service de son mari, sur une bonne mère qui donne tous les enfants que son mari veut et sur la gestionnaire du foyer qui assure que la famille est bien. La pointe vise Licet, qui n'a qu'un fils, Juanca. Licet résiste à ces idées qu'elle considère archaïques. Angela soutient sa fille en ajoutant que mettre des enfants au monde, c'est l'affaire de la femme. C'est son corps, donc son choix d'avoir ou de ne pas avoir un deuxième enfant.

∞∞∞∞∞

Le lendemain, Cesar reprend la route vers le bureau après quelques semaines de vacances. La chemise fraîchement repassée et enfilée, il enfourche sa motocyclette très tôt pour se rendre à l'agence d'assurance où il travaille depuis déjà quelques années. Cet homme brillant, armé de ses trois diplômes de maîtrise en finance, arrive tant bien que mal à conserver un emploi stable. Tout un défi dans ce pays d'incertitudes. Rares sont les gens qui arrivent à faire le même boulot ou à travailler pour le même employeur pendant une période raisonnablement longue, disons de trois à cinq ans, sauf bien sûr pour les médecins, les avocats ou les propriétaires d'entreprises.

Les hommes et les femmes bien instruits, et surtout bien assis dans leur carrière, marchent et parlent d'un air particulier. Ces personnes, qu'Angela rencontre et salue avec véhémence, parlent de façon articulée et d'un air digne ou presque noble. Disons qu'ils font un peu bourgeois, mais c'est plus que bourgeois; c'est de la noblesse, probablement un héritage espagnol.

Chez les professionnels, l'intelligence et une bonne éducation permettent aux femmes autant qu'aux hommes de briller et de faire leur chemin, et les rapports entre femmes au travail sont très compétitifs. Une femme se veut belle et toujours sexy sans être vulgaire, avec en tête d'impressionner, surtout de concurrencer les autres femmes. Si la femme colombienne de moins de cinquante-cinq ans (après, elle est considérée vieille) marche dans la rue sans bijoux pour des raisons de sécurité, elle mettra alors ses plus beaux atouts en valeur en commençant par les pieds, montés sur des chaussures à talons aiguilles qui laissent entrevoir un pédicurage impeccable. Les jambes, munies de mollets fermes, s'engagent dans une articulation des genoux permettant une démarche souple et gracieuse. Les cuisses, socles fidèles, annoncent un fessier prononcé, avec des bourrures s'il le faut, qui ferait rougir plusieurs belles Africaines pour qui les fesses ont une importance majeure comme outils de séduction. Puis il y a, bien sûr, chez toute belle Colombienne, une poitrine à attirer le regard du plus sage des moines bouddhistes. Mais l'atout que la femme passe le plus de temps à soigner, ce sont les mains. Elle veut de belles mains élancées, des doigts de pianiste équipés de têtes de flèches vernies souvent de couleurs arborant de fins dessins qu'elle aura pris des heures à réaliser. La femme colombienne passe beaucoup plus de temps avec une esthéticienne qu'avec une coiffeuse. Son beau visage basané est percé d'yeux, en forme de perles rares, généralement bruns foncé ou noirs, balayés par de longs cils et couronnés de sourcils peints avec attention à l'allure de hiéroglyphes chinois. Sa tête est couronnée d'une coiffure ébène très fournie, qui tombe naturellement sur ses épaules jusqu'au bas du dos ou qui est montée et attachée pour dégager un long cou à faire baver. Et dire qu'un bon nombre de ces très belles Colombiennes ont comme image de la femme idéale une grande et mince blonde aux yeux bleus, comme celles qu'elles voient dans les publicités et les catalogues de vêtements. Plusieurs ont recours à des artifices pour sortir du moule commun et se rapprocher du *look* nord-américain. Teinture, maquillage, vêtements et jeans avec fausses fesses sont parmi les moyens doux faisant partie de leur arsenal pour charmer. Parmi les moyens plus durs, elles ont recours à des implants mammaires, à des chirurgies faciales, ou pire, à des liposuccions, même chez les adolescentes. Manipuler le vrai et le faux est présent dans d'autres sphères de la vie, outre celle de la beauté physique. La réputation des personnes est un enjeu fortement soigné. Lors de visites chez les vieux oncles et les vieilles tantes, Angela demande à son mari de ne pas avouer qu'il ne pratique aucune religion. Le savoir de nature agnostique pourrait décevoir au plus haut point ces gens. Si une amie demande des nouvelles de Felipe, on évite d'ajouter aux informations qu'il vit avec sa blonde. Si quelqu'un questionne sur l'emploi d'Angela, on dit qu'elle embellit son travail de réparation de vêtements pour en faire un travail de création sans pour autant mentir. Ici, la vie est plus intéressante sous un maquillage, un embellissement, en évitant de donner trop de détails.

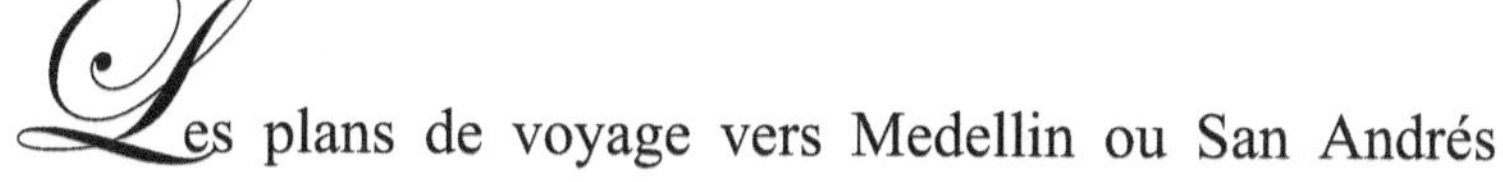

sont menacés. Tantôt ils y vont, tantôt ils restent. Pas tout le monde a les fonds nécessaires et Angela se demande pourquoi tant de voyages, de route et de fatigue.

______*Trenquila me amor.* Restons à la maison et relaxons, si tu veux bien.

Après quelques jours de repos, nos voyageurs et quelques membres de la famille reprennent la route. Douze heures d'autobus entre Neiva et Medellin. Les transports en commun doivent respecter la limite de quatre-vingts kilomètres à l'heure. Les routes étroites serpentent les montagnes, souvent avec des falaises époustouflantes et des chemins pratiquement sans garde-fou. Ce sont toutes des raisons pour conduire prudemment et prendre le temps nécessaire. C'est sans compter les milliers de voitures de tous les genres, des chevaux, des charrettes, des transporteurs lourds flambant neufs qu'ils croisent durant le voyage. Sur la route, le couple canadien observe les écarts entre la survie, fondement de la plupart des éléments de la criminalité tels vols, violence entre voisins et même meurtres, et la pauvreté tolérable que Charles Aznavour dit plus facile à vivre au soleil. À l'autre extrémité, ils découvrent aussi la vie confortable de plusieurs et le grand luxe des riches, qui font partie du club mondial des mieux nantis sur Terre. Zacharie note dans son journal que les multiples visages de la Colombie et ses Colombiens restent insaisissables :

> Ils sont 80 % catholiques. Il y a les *bruja,* les *Hechicera*, ceux que les catholiques ont fait monter sur des bûchers devant les grandes cathédrales du monde pendant plusieurs siècles, et il y a les autres comme Cesar, le gendre, qui dit que nous sommes Dieu.

Les choses ne sont jamais ce qu'elles paraissent être. Un rendez-vous manqué est vite corrigé, la route vers un endroit pouvant aboutir dans un autre lieu. Un *T-bone* au menu finit par être de la vache enragée. Plus tôt vous acceptez les surprises, plus vite vous intégrez la vie colombienne.

Medellin se réveille dans la noirceur à douze degrés Celsius et bouge lentement à cette heure matinale. Le terminal est digne de celui d'une ville moderne et prospère, plus que Toronto ou Vancouver. Le voyage ne s'arrête pas dans cette métropole, mais à une heure trente de route dans une station balnéaire près d'un petit village, El Peñol. Ils auront le temps de revenir à Medellin dans quelques jours. Tout le long de l'autoroute à quatre et cinq voies, entre Medellin et El Peñol, se trouve un chapelet de petites villes dortoirs qui grandissent à vue d'œil selon Kelly, l'hôtesse de ce voyage. L'amie de Licet a offert à nos Canadiens cette escapade. Sa tante exploite une petite auberge dans cette région touristique aux abords d'un grand lac. C'est très impressionnant de découvrir une tout autre Colombie que celle de Huila et de Caqueta. De très grands parcs industriels poussent comme des champignons au même rythme que ces villes dortoirs. La richesse de Medellin déborde de ses frontières. Prise en étau entre de très hautes montagnes, elle peine à loger ses quelque quatre millions d'habitants. Alors que les gens du Huila et du Caqueta sont plutôt ruraux et agricoles, ceux d'Antioquia sont de nature industrielle et économiquement très moderne.

Dans El Peñol, nos voyageurs quittent le bus pour monter à bord d'une jeep. Si vous voyagez dans une région inconnue et que pour vous rendre à destination, vous devez prendre une jeep, c'est signe que les routes seront plutôt périlleuses. Cependant, préparez-vous à voir le paradis presque chaque fois. Les routes sont impraticables, mais elles sont quand même sollicitées.
Derrière eux, six ou sept autres jeeps bondées de *gringos*. De beaux et jeunes *gringos* s'y rendent chaque jour pour

visiter cette très belle région, mais aussi pour voir une des résidences en ruine de Pablo Escobar, car ici se trouve le fief de la famille Escobar. Malgré sa longue histoire sur l'existence de cartels de la drogue, la richesse de cette région est aussi fondée sur un peuple apparemment très rigoureux au travail et connu pour ses ambitions. On nomme ces gens les *Pailas,* dont l'accent est propre à l'Antioquia.

En soirée, il y fait plutôt frais pour un pays du sud. Les copains de voyage de Zacharie et Angela, Licet, Juanca, Kelly et sa cousine Lady, tremblent dans leurs culottes. Ils sont gelés comme des *crottes de nez* et les Canadiens en rient. Autour de la table, ils parlent de mille et un sujets : l'économie, la pratique religieuse qui change chez les jeunes, la nourriture, l'environnement, l'effet du plus grand barrage hydroélectrique de Colombie dans cette région et, bien sûr, des comparaisons avec le Canada.

Le chalet de la tante de Kelly ne convient même pas pour une auberge de jeunesse bas de gamme. Des cordes de pluie leur tombent dessus dans la soirée et le toit coule comme un panier. Malgré toute cette eau, il n'y a plus d'eau courante. Donc, pas de douche ni de toilette, à moins de se rendre au lac. Les matelas sont durs comme de la roche et les couvertures, trop petites pour coucher à deux. Le comble du comble, un des quatre chiens du voisin pleure à la porte depuis tôt ce matin et s'attend peut-être à ce qu'on lui donne à déjeuner. Il s'est faufilé dans la cuisine au cours de la nuit pour manger le souper que Juanca a mis de côté pour le lendemain. Le groupe de campeurs désabusés se demande s'il restera deux nuits de plus dans ce *pura mierda*. Ce sera une décision de groupe. Pour le moment, les premiers debout aimeraient bien que le soleil réchauffe un peu leur couenne, mais le temps est au beau gris. Angela et Zacharie ont dormi dans leurs grabats à dix-huit degrés toute la nuit. Zacharie réfléchit à leurs conversations avec les jeunes le soir de leur arrivée :

À Medellin, il y a cinq filles pour un garçon et cela vise les vingt-cinq à trente-cinq ans. Ces jeunes admirent leurs grands frères, qui ont travaillé comme tueurs à gage pour l'armée de Pablo Escobar. Plusieurs sont devenus des *Sicarios* pour continuer dans la vague de criminalité et la quête d'argent facile. Ces *Sicarios,* ou tueurs à gage montés à motocyclette, forment l'un des héritages laissés par Escobar à sa région. Alors, ils meurent par milliers et laissent la population de filles et de jeunes femmes dominer les recensements.

Quelle répercussion ce déséquilibre dans les sexes aura-t-il sur l'économie déjà forte à Medellin, sur les rapports homme-femme, sur la croissance démographique? Un anthropologue pourrait nous le dire. Pour le moment, je suis ici, gelé jusqu'aux os dans ce chalet *pura mierda* avec quatre femmes.

Les femmes se lèvent l'une après l'autre et prennent un café sur la *terrace*. Zacharie les rejoint pour se réchauffer le cœur. Elles semblent bien reposées et leur moral est contagieux. Le soleil finit par éloigner les nuages et la formule est parfaite pour faire oublier les désarrois et l'inconfort de cette première nuit du El Peñol. Les sujets de discussion des premiers voyageurs matinaux sont, bien sûr, d'intérêt féminin. Quels sont les meilleurs produits pour soigner la peau du visage? Comment arriver à se couper les cheveux soi-même? Quelles activités désirent-ils faire de leur première journée de visite? En aucun temps, il est question de l'inconfort de ce chalet *pura mierda*. Zacharie a un problème avec l'endroit, mais il ne dit rien à Kelly pour ne pas l'attrister. Il n'en fait part qu'à son amour, qui lui réplique qu'ils n'ont pas le choix de rester un soir de plus puisque la réservation est non remboursable.

Une fois l'eau revenue comme par enchantement, tout le monde prend une douche et savoure un bon déjeuner. N'ayant toujours pas décidé d'une activité précise, nos fanfarons se lancent à l'exploration des lieux à pied. Kelly, Licet et leurs invités sont installés au chalet depuis un peu plus de vingt-quatre heures. Ils comptent au moins une dizaine de jeeps bondées de jeunes touristes qui passent devant leur porte pour se rendre voir *La Manuela*. Ces jeunes connaissent probablement un peu d'histoire sur la famille Escobar et savent que Manuela est le nom de la fille *del Patron*, Pablo Escobar.

Notre groupe fera comme ces jeunes touristes venant de tous les coins du monde pour visiter cette région. Il se rend donc voir les ruines d'une des nombreuses résidences de Pablo Escobar, *La Manuela*.

Pablo a nommé *La Manuela* cette petite résidence de vacances établie sur plusieurs acres. Sa famille y passait les fins de semaine régulièrement. Difficile de composer avec le désir de voir ce lieu et en même temps de ne pas accorder trop d'importance à ce criminel. Les jeunes touristes, qui arrivent par trentaines chaque jour, sont invités à participer à une compétition de *paintball* parmi les ruines de *La Manuela*. Est-ce un pied de nez ou un sacrilège à l'endroit d'Escobar et de son œuvre cruelle?

Curieux, Zacharie cherche à savoir d'où viennent ces touristes. Il s'adresse à quelques-uns d'entre eux pour connaître leur origine et savoir comment ils ont découvert ces lieux. Un est d'Australie, le second d'Irlande et un autre du Canada. Ces jeunes disent avoir été approchés par des auberges de jeunesse qui recrutent à travers le monde pour visiter ce beau pays, la Colombie.

Main dans la main, Angela et Zacharie se baladent entre les ruines de *La Manuela,* très impressionnés par la solidité des bâtiments et le nombre d'édifices qui ont été construits. Une vraie forteresse! Nos visiteurs apprennent de leur guide et après un peu de lecture sur le sujet que dans les années quatre-vingts, un groupe du cartel de Cali, surnommé *Los Pepes,* en guerre contre le cartel de Medellin, dirigé par

Escobar, a été aidé par le FBI américain pour tenter de dénicher Escobar. Une bonne nuit, ils sont arrivés à *La Manuela*, espérant y capturer le chef.

Or, l'organisation d'Escobar l'ayant informé du complot monté par *Los Pepes,* il avait fui les lieux juste avant leur arrivée. Une fois sur place, le groupe *Los Pepes* a mis feu à différents bâtiments et a lancé une bombe sur la terrasse de la piscine. Malgré plusieurs morts et blessés dans la confrontation entre *Los Pepes* et les hommes d'Escobar, la famille du narcotrafiquant s'en est sortie indemne encore une fois.

Nos visiteurs marchent au cœur de ces lieux noircis par les feux et le temps, dont la piscine, qui loge maintenant une colonie de crapauds. Ils pensent à tous ces gens qui y ont laissé leur vie et tout l'argent consacré à cet endroit. La gardienne du site s'appelle Yolanda. Elle confirme que *La Manuela* appartient toujours au responsable des lieux et à la famille d'Escobar. Ni le gouvernement, ni les pilleurs n'y ont trouvé de cachettes d'argent et les autorités n'ont pu faire le lien entre *La Manuela* et l'argent sale de la drogue. En conséquence, les propriétaires sont libres de gérer ce lieu avec sa marina, toujours opérationnelle, son bar, ses champs de *paintball* et ses agréables jardins.

Yolanda s'occupe aussi de louer de belles petites résidences d'été autour des lieux. Le site enchanteur que représente la péninsule d'El Peñol pourrait éventuellement être la résidence temporaire de nos Canadiens. Entre une cabane à Florencia, sur le terrain de Libardo, un appartement au centre de Pitalito ou une maison meublée dans la très belle péninsule d'El Peñol, que choisiriez-vous?

Après la visite de l'étonnant lieu qu'est *La Manuela*, nos touristes, Angela, Zacharie, Juanca, Licet et ses amis partent pour Guatapé et la Piedra.

Un monolithique rare et très imposant domine toute la péninsule d'El Peñol. Ils quittent le chalet pour rejoindre la grande route à bord d'une jeep pour quinze minutes de brassage. Ils attendent trente minutes pour monter dans l'autocar suivant vers Guatapé et parcourent trente minutes de route plus facile, cette fois. Dans cette superbe région, beaucoup de BMW, de Mercedes, de Toyota SUV roulent autour d'eux et la circulation est très différente. Plus calme, elle est du style « nous sommes en vacances ». Dans cette région balnéaire la route, les gens et les constructions font penser à Old Orchard, Maine.

Le chauffeur de l'autocar les laisse descendre au pied de la montagne, dans une cour de petits commerces attrape-touristes. On y trouve des pompes à essence, des restaurants et des kiosques à souvenirs. Le carrefour bourdonne de petits moto-taxis à trois roues munis d'une boîte blanche pour deux passagers à l'arrière. Chacun refuse de payer les cinq mille pesos pour se faire conduire sur le petit monticule d'à peine cinq cents pieds. Cette butte de sable jaune parsemée d'arbres de plus de soixante pieds sert de socle à la *Piedra*, comme un gros Bouddha silencieux.
Le groupe suit avec réticence les conseils de Kelly et entreprend de gravir les centaines de marches qui conduisent à un deuxième site attrape-touristes. Cette fois, les visiteurs peuvent toucher le ventre du monolithique, qui ressemble à une immense roche noire ou à un œuf de dinosaure tombé du ciel. Si vos genoux sont fragiles, cette montée à pied est déconseillée, mais l'effort en vaut la peine, car la vue d'en haut est encore plus époustouflante lorsque vous avez le souffle court.
À travers les kiosques à souvenirs, les nombreux touristes sont sollicités par quelques employés de restaurants qui n'ont pas la tâche difficile. Il est trois heures et notre groupe n'a pas encore dîné. La nourriture est passablement bonne, les touristes abondent et la magie de la *Piedra* flatte l'âme.
Plusieurs visiteurs attaquent de front les milliers de marches pour se rendre dans la tour d'observation. Celle-ci ressemble à une couronne sur la tête de la *Piedra*, le fameux Bouddha silencieux. Au pied de cet attrait s'étend à perte de vue le lac Embalse d'El Peñol, comme un gros

serpent qui façonne les monts et les vallons couverts d'un tapis vert tout autour.

∞∞∞∞

Après une deuxième nuit, nos campeurs ne se lèvent pas plus reposés que le matin précédent. Les plus jeunes du groupe se sont rendus au bar de *La Manuela* et sont rentrés vers deux heures. En attendant leur retour, les cent chiens de la rue ont tenu bonne compagnie à Angela et à Zacharie avec un concert d'aboiements dès plus irritants.
Apparemment l'une des chiennes, la *perra*, est en chaleur et convoitée par plusieurs mâles beaucoup plus gros qu'elle. Zacharie imagine que Kelly, Lady et Licet, une fois rendues au bar, ont rencontré autant de mâles enthousiastes parmi les nombreux grands blonds aux yeux bleus qu'elles ont croisés sur le terrain de *paintball* le jour précédent.
De plus, une des juments pure race du riche voisin met bas cette nuit-là. Angela et Zacharie se lèvent tôt pour voir le petit nouveau-né qui tremble encore sur ses quatre pattes. Il n'a que cinq heures et déjà, il vaut deux cent cinquante millions de pesos. La jument en vaut autant et Zacharie suppose qu'elle est traitée aux petits oignons, comparativement à la *perra* en chaleur, qui fait des pieds et des... pattes pour ne pas être montée par tous ses courtisans. De retour au chalet, le couple fait ses valises avec enthousiasme. Non pas que le duo n'aime pas la région, au contraire, mais une tente roulotte au Canada aurait fait davantage l'affaire en matière de logement.
Un coup de téléphone de Gloria, cousine d'Angela et fille d'oncle Jesus, et ils apprennent qu'elle désire les recevoir à Medellin. L'autre bonne nouvelle, c'est qu'ils n'auront pas à prendre un autobus pour rentrer au cœur de la métropole de quatre millions d'habitants, suivi d'un taxi pour se rendre chez les cousins. Gloria, Jorge et leur fils Daniel ont proposé de passer les prendre en auto. Au centre d'El Peñol, les autobus abondent. Nos Canadiens se croient au terminal de Montréal. Chaque jour, le village accueille plus

230

de touristes et d'itinérants qu'il y a de population résidente. Dans une pareille foule, nos deux voyageurs tentent habituellement de passer inaperçus, mais aujourd'hui, sur le trottoir avec leurs valises, ils cherchent à se faire voir de leurs hôtes afin que ceux-ci les prennent en charge.

Le petit hybride Suzuki déborde, avec ses cinq passagers et les bagages, et les voilà en villégiature une autre fois. Gloria et son mari adorent venir passer une journée dans la région de Guatapé et d'El Peñol. Ils veulent aussi emmener leurs invités jusqu'au barrage, une montée sur chemin de terre comme pour se rendre au barrage du premier lac sur la Rivière-Verte.

Depuis deux jours, Zacharie *achale* Angela pour aller au barrage de Guatapé.

___ Pas possible, mon amour, lui disait-elle. C'est loin et il n'y a pas de transport pour s'y rendre.

Mais voilà qu'aujourd'hui, son souhait se réalise. Ils passent la journée à découvrir plein de belles qualités à cette région qui ne finit pas de les impressionner, y compris le barrage.

Serrés, les uns contre les autres dans la Suzuki avec Jorge au volant, ils se rendent chez une amie de Daniel pour planifier la sortie vers le barrage. Angela et Gloria se racontent l'une et l'autre grâce au grand bonheur des retrouvailles. Avec son cellulaire, Daniel leur montre des photos de l'hôtel que la firme pour laquelle il travaille construira dans cette région.

Devant eux, la route de terre battue est empoussiérée par l'auto des amis de Daniel, qui se sont joints à l'aventure. Déception, la centrale hydroélectrique que Zacharie aurait bien aimé voir est très bien surveillée. Située à presque un kilomètre au bas du barrage, elle n'est pas visible de leur point de vue. De plus, le niveau du lac est tellement bas qu'il n'y a pas d'eau dans les pelles du barrage, cette grande glissade de béton menant normalement vers une belle chute en pleine forêt. Zacharie demande à Jorge si ce barrage produit beaucoup d'électricité. Il affirme avec déception que le barrage produit une énorme quantité d'électricité, en grande partie vendue aux pays voisins alors que beaucoup de Colombiens en manquent ou payent trop cher pour cette énergie propre. Un des grands bienfaits du barrage a été de donner un nouveau visage, une deuxième vie à Guatapé. Son économie fleurissante est dynamisée par le lac, qui a métamorphosé la ville et ses habitants. Il a aussi folklorisé sa culture pour en vendre des produits dérivés bien présents dans les boutiques attrape-touristes.

Après la visite du barrage hydroélectrique, les cousins chrétiens amènent leurs invités dans un monastère bénédictin. Zacharie aime les lieux fort relaxants, l'histoire des Bénédictins et leur approche de la vie monastique. Le groupe y passe quelques heures et assiste aux prières du soir. Ce lieu sans barreaux, sans sécurité excessive sort nos deux Canadiens de la Colombie du sud. Zacharie renoue avec son plaisir de la vie sereine des lieux et son expérience avec les ashrams hindouistes du Mont-Tremblant.

Au monastère, comme dans les rues des villes et des villages du département d'Antioquia, la qualité de vie est tout autre que dans les départements de Huila et de Caqueta. Angela adore sa région, mais il faut admettre qu'ici, dans le nord, malgré la mauvaise réputation que Pablo Escobar et les différents cartels de drogue lui ont donnée, les gens se sentent en sécurité. Des signes rassurants tels l'opinion des gens, les autos qui passent la nuit stationnées dans la rue, la devanture des maisons exempte de clôtures barbelées, l'économie visiblement plus développée et apparemment favorisée par le gouvernement central font d'Antioquia une région attirante.

∞∞∞∞∞

Guatapé est aussi très belle avec son folklore, ses artistes peintres dans les rues, des musiciens dans chaque restaurant et une église impressionnante. La noirceur tombe tôt, mais la ville reste animée jusqu'à tard dans la nuit. Le groupe marche paisiblement dans les rues commerciales, qui ressemblent beaucoup à celles du Petit Champlain de

Québec, version latino. Au bas des murs extérieurs des maisons, des grands immeubles d'appartements et des boutiques de la rue commerciale, on retrouve des reproductions en relief de scènes historiques. À ces scènes s'ajoutent les couleurs et quelques détails de construction qui rendent la ville fort attrayante. Les fresques ornant les murs de ces commerces sont toutes aussi belles les unes que les autres. Plus loin, ils découvrent le studio d'un artiste dont les peintures sont très intéressantes. Après un léger goûter dans l'un des nombreux restaurants de Guatapé, le groupe doit dire adieu à cette belle ville pour rentrer à Medellin deux heures plus tard, brûlé de son énergie mais très heureux de l'accueil de ses hôtes. C'est une première très bonne nuit en quatre jours, soit depuis leur arrivée à Antioquia. Gloria et Jorge sont des gens très généreux et malgré un certain âge, leurs fils Daniel et Juan-Pablo vivent encore avec eux. Ils ont aussi la visite de deux cousins de Baranquilla, Vicky et Julio, qui sont en voyage vers le sud de la Colombie. Dans un petit appartement de trois chambres, les hôtes arrivent à coucher neuf personnes sans trop de problème. Et ce ne sont pas les Canadiens qui couchent sur le divan non plus!

Autour de la table, dès le lever du jour, ça discute fort. Tous rient et se racontent leurs aventures. Zacharie n'arrive pas à suivre toutes les conversations. Les différents accents lui donnent un peu de fil à retordre, comme le *paisa* de Medellin, parlé par les fils de Gloria, le *costeño* des régions de Cartagena et de Barranquilla, parlé par Jorge, Vicky et Julio, et l'*opita* du Huila, parlé par Angela et sa cousine. Zacharie a l'impression de n'avoir rien appris de ses classes d'espagnol. De surcroît, l'humour est culturel, et humoristes, ils le sont. Zacharie prend au moins deux jours à s'y faire. Dès leur première sortie en ville, ils arrêtent au coin d'une artère où l'on trouve, comme dans bien des villes, un amuseur de rue. Jorge lui dit « Montre-nous ce que tu sais faire. » L'amuseur s'exécute et jongle avec tellement de balles que Zacharie ne peut les compter. Au changement des feux de circulation, le jeune se présente à

la porte du conducteur pour recevoir une généreuse récompense de Jorge. Zacharie a remarqué cette même générosité chez Gloria le jour où elle, son mari et son fils les ont récupérés en bordure de la rue à El Peñol. Une vieille dame vendait quelques avocats trop mûrs dans un sac en plastique noir et Gloria lui avait acheté le tout par générosité.
Gloria aime organiser. On la qualifierait d'un peu « Germaine », mais elle gère si bien la visite d'Angela et de Zacharie qu'ils n'ont rien à dire. Sa générosité déborde, allant au-delà de leurs espérances.

Ils viennent à Medellin en touristes pour voir des lieux et des monuments, mais voilà qu'ils sont invités à vivre avec des gens dans leurs activités quotidiennes. Ce qui est différent depuis leur arrivée en Colombie, c'est qu'ici, à Medellin, ils vivent au rythme d'une très grande métropole. Zacharie a même l'impression d'être n'importe où au monde. L'urbanisme de son appartement de Pitalito n'est rien comparativement au dépaysement qu'il ressent à Medellin. Du haut de la tour de douze étages de l'appartement de ses hôtes, Zacharie voit d'un premier coup d'œil cette ville. Au fond de la vallée bleutée par un semblant de smog, Medellin se chauffe au soleil. Prise dans une serre entre deux chaînes de montagnes très abruptes, elle peut difficilement grandir autrement qu'à la verticale.
Gloria demande s'il y a des tours à logements de plusieurs étages au Canada. Zacharie lui explique que c'est moins nécessaire, puisque le Canada est un très grand pays qui peut s'étendre à l'horizontale plutôt qu'à la verticale comme Medellin. Mais oui, il y a des gratte-ciels dans des villes comme Toronto et Montréal, mais il n'y a pas de métropole de plus de quatre millions d'habitants comme en Colombie. Pour fuir la métropole de temps à autre, les gens à l'aise ont un chalet en campagne. Jorge et Gloria sont de ces gens à l'aise qui possèdent un chalet aux abords d'un petit village de vingt-cinq mille habitants. San Pedro de Milagro est situé à quatre mille cinq cents pieds d'altitude et à une heure de Medellin.

En serpentant la route vers San Pedro, nos voyageurs ne quittent pas des yeux, pendant près d'une heure, la vue spectaculaire sur Medellin. C'est le temps qu'il faut pour sortir de la ville en gravitant graduellement autour de l'air frais de la Cordillère. Une halte sur le faîte de la montagne et Jorge offre à ses passagers de la *panela caliente* avec un *almojábana* tout en admirant la vue. Derrière eux, dans une deuxième voiture, Gloria et ses cousins apportent tout ce qu'il faut pour faire un bon *sancocho*. À leurs pieds, Medellin disparaît graduellement dans la bruine. Au-dessus des leurs têtes, ils aperçoivent des adeptes de parapente qui voient probablement la ville en un seul bloc et dans toute sa splendeur.

San Pedro de Milagro est bien plantée sur la montagne dans une région populaire pour ses produits laitiers. Les nombreuses fermes laitières qui fleurissent dans ce coin pourraient faire rougir les plus importants producteurs laitiers du Canada. Ici, ça ne sent pas le fumier, ça sent l'argent. Les gens de cette région sont visiblement à l'aise. Le village peut même se payer une basilique, très belle en plus. Cette église pourrait rivaliser avec plusieurs vieux superbes bâtiments que Zacharie a visités en Europe.

Carlos, le frère de Gloria, vit à San Pedro depuis une bonne vingtaine d'années avec sa famille. Zacharie rencontre Carlos pour la première fois la journée précédente, mais il a l'impression d'avoir toujours connu cet homme sympathique. Il monte des vélos de toutes pièces selon les désirs et les ambitions de ses clients. En plus d'avoir des fils champions de vélo acrobatique, Carlos et son épouse font visiblement de bonnes affaires avec leur commerce.

Une fois rendus au chalet, ils sont plantés au beau milieu de fermes laitières et les vaches, de race Holstein, sont partout autour d'eux. Le voisin d'en face garde une partie de son troupeau et ses nouveau-nés sur une parcelle du terrain à Jorge. Ce dernier plaisante en disant que ces vaches sont à lui. Il est un bon plaisantin, avec son humour de *costeño,* mais Zacharie le comprend rarement. Jorge le sait bien, mais ça ne l'empêche pas de taquiner le *gringo* constamment. Depuis quelques jours, Zacharie n'est plus branché sur une culture en particulier, celle qu'il a connue dans le Huila ou le Caqueta. Il est plutôt plongé dans l'acculturation, dans la modernité occidentale. Pourtant, Medellin est aussi la ville des arts, des musées et de la création culturelle. Ici, c'est Botero qui domine avec une bonne quinzaine de ses grandes œuvres, des personnages gros, noirs et durables.

Zacharie vient de comprendre que cette ville, Medellin, est plus que l'œuvre maléfique d'Escobar, plus que les cartels de la drogue ou que les *Sicarios*, ces criminels qui tuent pour cent dollars. Medellin, c'est aussi des cousins qui y vivent en paix, des professionnels qui y travaillent et des gens qui adorent leur ville.

*U*ne fois revenu à Neiva, Zacharie note quelques commentaires dans son journal :

J'ai vu au centre-ville de Medellin, sur la façade de l'hôtel de ville, une affiche bilingue (espagnol-anglais) adressée spécifiquement aux touristes.

> Il est fortement recommandé aux hommes de porter une chemise dans le centre-ville et les femmes doivent porter un blouson suffisamment long pour cacher le ventre. Pas de chemise nombril ici.

À Neiva, c'est pourtant permis de vaguer sans chemise en public.

Allons-y d'une comparaison entre Neiva et Medellin.

> Neiva ou Medellin, Medellin ou Neiva. C'est comme comparer Toronto et Québec. La première est une grande métropole, l'autre est une ville pure laine. À Medellin, on découvre une Colombie des plus modernes, presque aseptique, alors qu'à Neiva, nous découvrons des gens typiquement colombiens, des « pure laine ».

Mais alors, c'est quoi être typique?

___ Mon amour, qu'en penses-tu?

___ Les gens de Medellin disent que cette ville leur appartient. Ils l'aiment et en prennent soin. Alors que ceux de Neiva pensent que le gouvernement corrompu est propriétaire de la ville. Conséquence de ces deux points de vue : à Medellin, la municipalité investit beaucoup dans la modernisation des moyens de transport, dans les routes et la propreté de la ville. À Neiva, la municipalité passe beaucoup de temps à remplacer ce que les citoyens indifférents cassent, volent ou pillent.

Le plus évident pour nos deux amoureux c'est, bien sûr, le climat qui marque leur perception des deux villes. Medellin est belle, alors qu'à Neiva, ce sont les femmes qui sont belles.

___ Angela, pourquoi les femmes de Neiva exposent tant le corps sans pudeur?

___ C'est parce qu'il fait chaud, alors rince-toi l'œil, mon amour.

La différence de végétation entre les deux villes est aussi très frappante. Dans les montagnes de Medellin, on a l'impression d'être au Canada. Les pins sont très semblables, juste un peu plus relax, mous, alors que le Huila, dont Neiva est la capitale, déborde de fruits. Les mangues pourrissent sur le sol tellement les gens n'arrivent pas à tout manger. Les comptoirs de vente de salades de fruits sont partout et la région est un très important exportateur de fruits tropicaux. Pour le prix d'une grenadine au Canada, on peut en acheter une douzaine ici.

Les dimanches à Neiva, de nombreuses boutiques sont fermées. Ce qu'il faut comprendre, c'est que les boutiques fermées appartiennent à des *opitas* de Neiva, les paresseux, alors que celles ouvertes sont aux vaillants *paisas* d'Antioquia. Le service à la clientèle est aussi un autre trait caractéristique de ces deux villes. Dans un magasin de Medellin, on dit *A la orde* avec beaucoup plus de sincérité et c'est suivi d'un sourire contagieux et d'une attention totale. À Neiva, on dit aussi *A la orde* avec un accent *opita*, mais surtout derrière une attitude détestable comme pour le service de table dans les restaurants québécois des années quatre-vingts.

∞∞∞

Angela et Zacharie accompagnent leurs amies, Mireya et Andrea, en pleine campagne dans les montagnes de Rivera. Au loin dans la vallée, ils aperçoivent la ville de Neiva. La mère et la fille aiment cette région qui abonde d'arbres fruitiers de tous genres. Contrairement aux montagnes de Medellin, qui sont plutôt forestières et reconnues pour leur production de fleurs, à Rivera, ça sent le tropical et en plus, on y trouve plusieurs bains thermaux. Étant donné que Mireya cherche une maison de campagne pour elle et son mari, ils passent en revue les propriétés à vendre et, au pif, s'arrêtent devant deux domaines à vendre par le propriétaire. En composant les numéros de téléphone indiqués sur les pancartes, ils réussissent à se faire ouvrir les barrières des propriétés, les deux très différentes. Le premier propriétaire est entouré de trois petits chihuahuas adorables, alors que le deuxième nous conseille de rester dans l'auto, le temps qu'il attache son genre de gorille noir, un pitbull gardien de sa propriété. La première résidence est un vrai petit bijou. Sur deux acres de terre, la maison est encerclée, sur ses quatre faces, par un perron. À l'intérieur se trouvent quatre chambres à coucher, cinq salles de bain, une grande cuisine et un immense salon. Bordée d'une piscine et d'une deuxième cuisine extérieure avec son four à pain, cette propriété sent le... très cher.

___ Combien coûte votre propriété, chère madame?

___ D'abord, fais le tour et ensuite, fais une offre! répond-elle. Les petits chiens suivent les visiteurs partout. Les arbres sur le terrain sont, comme le reste du parterre, impeccables. La construction est propre et réalisée avec minutie, une qualité rare dans cette région de la Colombie. Combien vous vendez, encore? Le monsieur donne un chiffre : sept cent millions de pesos (trois cent vingt-cinq mille dollars). Très raisonnable, comme prix. Une propriété de cette envergure coûterait cinq cent mille dollars au Canada. Les trois femmes veulent acheter et toutes veulent y vivre. Cependant, ce n'est pas tout à fait ce que Mireya et son mari ont en tête, loger dans une commune.

Ils passent au deuxième voisin. Un style traditionnel pas en très bon état, mais un jardin d'arbres fruitiers matures et impressionnants. Même le coq de la maison est de race pure. À quatre cent cinquante millions, c'est un peu cher puisque beaucoup de réparations sont indispensables. Dans les deux cas, les maisons sont un peu grandes pour un couple à la retraite. Mireya et son conjoint possèdent déjà des propriétés en ville, mais ils aimeraient bien se retirer en tranquillité.

Dans la soirée, nous sommes invités au restaurant pour un souper avec l'amie d'Angela, Mireya et son mari Elias. Ce couple est à l'aise. Avocat à la retraite, Elias est un intellectuel qui aime bien recevoir les amis canadiens. Ils sont conduits au nord de Neiva dans un quartier tout neuf avec un superbe centre commercial haut de gamme. Le restaurant se spécialise dans la nourriture péruvienne et italienne. Fruits de mer et bouteille de vin de qualité, un luxe superbe, mais normalement hors de la portée de nos deux Canadiens. Parce qu'ils sont invités, ils acceptent le cadeau puisque Elias et Mireya insistent. Ils célèbrent leur amour l'un pour l'autre et la décision d'attendre pour ce qui est de l'achat d'une maison de campagne.

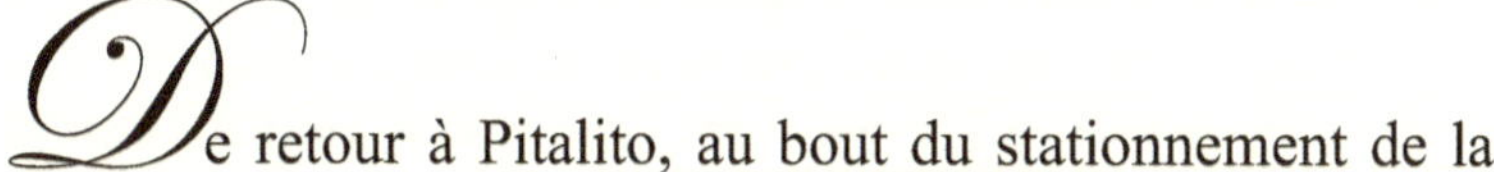

e retour à Pitalito, au bout du stationnement de la

Reserva de la Candelaria, où Zacharie prend sa marche matinale en tentant de rester en forme, il y a un sentier de construction. Une autre série de tours à logements prend forme. Zacharie prend quelques photos et apprécie les méthodes de construction employées dans cette partie du monde. Angela dit des maisons au Canada qu'elles sont construites en carton. Pour elle, qui est habituée à ne voir que du béton, du mortier, de la brique et des dalles en céramique sur les planchers, elle peut bien trouver que des maisons de bois sont fragiles et qu'il est facile d'y entrer pour qui le veut bien.

Zacharie note que le pays tout entier est fait de culture, de montagnes entières de café, d'arbres fruitiers, etc. Il n'y a presque plus de forêts matures procurant du bois de construction, une denrée rare et réservée à la fabrication de meubles. De plus, le besoin de grande sécurité amène les gens à construire de vraies petites forteresses difficiles à pénétrer. Les gens qui en ont les moyens se barricadent dans de jolies petites maisons collées l'une sur l'autre et encerclées de barbelés comme une prison. D'autres se sentent davantage en sécurité au troisième étage d'une tour à logements. Seulement les fermiers, les pauvres et les criminels ont le luxe de vivre librement dans des unifamiliales rudimentaires en bordure du chemin ou en pleine campagne. Un couple interpelle Zacharie, qui prend des photos, pour connaître ses intentions. Après explication, et une fois que l'on comprend que Zacharie est un étranger, on lui permet de continuer. Ce couple doit être le responsable de l'administration des logements et Angela explique plus tard que ces personnes avaient probablement peur que Zacharie soit un inspecteur ou un concurrent cherchant à trouver des mauvaises pratiques de construction.

Zacharie trouve tout de même ingénieux de voir comment ces constructeurs arrivent à monter des édifices à bureaux ou à logements de quatre ou cinq étages en briques et en béton avec les outils du bord. Comment arrivent-ils à faire tenir debout ces logements dans une région de tremblement de terre? Comment passent-ils les conduits électriques, le gaz et l'eau, difficiles à atteindre une fois les conduits de plastique coulés dans le béton? Les hommes travaillent en hauteur, sans garde-fou fiable, pendant de longues journées avec comme seule protection un grand chapeau de paille pare-soleil.

Le produit fini est pratique et parfois joli. L'intérieur est frais et les appartements sont assez insonorisés. Il fait bon vivre dans le petit logis qu'occupe Angela, Zacharie, Marce et Gabriel, mais lors de leur prochain séjour en Colombie, nos Canadiens opteront pour la liberté des fermiers, des pauvres et des criminels, peut-être à *La Manuela*. Ce ne sera définitivement pas chez Libardo dans la rafraîchissante *quebrada* de Caqueta.

Zacharie retourne à son journal et passe en revue les types de maisons rencontrés sur sa route et les compare avec ce qu'il connaît. Les maisons canadiennes sont d'abord de style coupe-froid, bien isolées, donc aussi à l'abri des bruits de l'extérieur. Elles isolent des voisins et habituent les gens à vivre en solitaire. En Colombie, les habitations sont plutôt de style antivol, avec ces clôtures barbelées et ces grillages, mais ouvertes sur l'extérieur, sur le bruit des voitures et la musique des voisins, dont la présence est presque constante.

Au Canada, les matériaux sont multiples et la structure, fondamentalement de bois. Ici, le béton, le mortier, les poutres d'acier, la brique et la céramique prédominent. Pour monter une maison colombienne, il faut avant tout être maçon ou soudeur plutôt que charpentier. Règle générale, les détails de finition sont négligés, à moins qu'un propriétaire veuille bien investir dans une finition plus raffinée : moulures en plâtre, plancher de marbre, eau chaude dans les douches (un luxe), porte de fer forgé, plafond en gypse décoré et patio agrémenté d'un beau jardin de verdure. Quel que soit votre choix de résidence, vous y trouverez des matériaux de finition de base considérés comme des produits luxueux en Amérique du Nord. De la céramique partout, des comptoirs en granite souvent, l'air climatisé rarement. Alors, il faut éviter les régions tropicales, proches de l'Amazone et à basse altitude, à moins que vous ne recherchiez des trente-cinq degrés humides nuit et jour.

Le prix des propriétés varie selon l'endroit. Cependant, il semblerait que la tour à appartements soit très accessible même en grande ville comme Medellin. À Pitalito, un appartement de trois chambres à coucher et deux salles de bain se vend entre quarante-cinq et soixante mille dollars. Les unifamiliales sont plus dispendieuses que les appartements en ville, sauf si elles sont construites en rangée. Les belles maisons en campagne sont généralement très chères, entre deux cent mille et six cent mille dollars. Il existe aussi des haciendas de renom de plusieurs millions avec de grands terrains, des animaux et des employés. Cependant, un jeune couple qui souhaite construire sur un grand terrain nu, comme a fait le beau-frère Libardo, peut réaliser son rêve pour moins de soixante mille dollars. L'avantage, c'est que la propriété pourra être améliorée et le terrain, planté d'arbres fruitiers de tous genres pour en faire un milieu frais et agréable en moins de quatre ans.

∞∞∞∞∞

Février, c'est la rentrée scolaire dans plusieurs régions de la Colombie. Après deux mois de congé, les enfants et les parents ont fait leur choix : école privée ou publique, quart d'études le matin ou l'après-midi. Puisqu'il n'y a pas suffisamment d'écoles pour accueillir tout le monde en même temps, la programmation permet aux élèves de choisir entre les classes du matin, de sept heures à midi, et celles de midi trente à dix-huit heures.

Les rues de la ville sont envahies par des milliers de jeunes heureux, enfin pour la majorité, de retrouver les amis et de reprendre la route en uniforme arborant les couleurs de l'école.   Plusieurs marchent, d'autres prennent un des différents transports publics. La plupart des régions n'ont pas d'autobus scolaires, sauf dans les grandes villes comme Medellin pour les écoles publiques, écoles des pauvres. Certaines bonnes écoles privées fournissent le transport des élèves. Rassurez-vous, les parents payent pour ces avantages.

À voir ces hordes d'élèves se ruer dans l'entrée de l'école, Angela a une pensée pour sa mère, qui a vu son père pour la première fois dans ce contexte. Elle prend le temps de raconter à son mari les circonstances de la rencontre de ses parents. L'accident, la chute de Manuel, la foule d'étudiants et sa mère à ses côtés qui l'électrise par sa beauté.

C'est aussi la rentrée pour Zacharie avec la American Land. Le propriétaire, Victor, est très heureux d'apprendre que Zacharie est disposé à passer quelques heures par semaine dans son école pour accompagner ses meilleurs étudiants en classe de conversation. D'ailleurs, cet entrepreneur astucieux en a profité pour faire de la publicité sur l'arrivée d'un enseignant canadien parmi son personnel. Merveilleux, Zacharie n'a presque rien à faire. Seule sa présence, trois heures par semaine, est déjà très bénéfique pour la réputation de son école. Zacharie veut bien prêter main-forte mais ça l'embête un peu, car il n'est pas professeur de langues.

___ Tu parles anglais? Tu es diplômé universitaire? Ça suffit! rétorque Victor.

Nombreuses sont les écoles privées à travers le pays. La concurrence est forte, alors Victor sait combien l'image de son entreprise est aussi importante que la qualité de son enseignement. L'American Land accommode environ une cinquantaine d'élèves à la fois dans cinq ou six petits groupes, au rythme de deux heures par jour, quatre jours par semaine. Il y a des classes tôt le matin et en soirée.

Zacharie obtient l'attention totale de ses étudiants. Ensemble, ils arrivent à entreprendre une conversation en anglais assez réussie, même si les participants n'ont que six mois de scolarisation. Il leur parle de lui, de sa vie au Canada, de son lent apprentissage de l'espagnol et les étudiants avalent chacune de ses paroles. Ils en veulent plus, alors Zacharie offre de revenir la semaine suivante avec son épouse et une présentation visuelle sur le Canada. Le défi du couple canadien est de limiter le nombre de sujets pour présenter sans arrogance ni prétention un pays aussi grand que le leur. Qui est votre président? Pourquoi cette vieille femme sur votre billet de vingt dollars? Faites-vous des *partys* et quelles sortes de musique écoutez-vous? Comment pouvez-vous marcher dans la neige? Quels genres de relations existe-t-il entre hommes et femmes? Comment est le niveau économique du pays? Combien coûte une maison? Y a-t-il beaucoup de maisons en campagne? Comment? Vous faites sécher le linge sur une corde à l'extérieur? On ne vous le vole pas? Quelles sont vos pratiques religieuses? Et la classe avance avec enthousiasme au-delà des deux heures prévues.

___ Bonsoir Caroline, Daniela et Charly.

Ils ont sûrement des ambitions du côté des pays anglophones, avec des noms pareils.

___ Angy, j'espère avoir répondu à tes questions.

___ Non, monsieur!

Elle manque de mots mais approche Angela pour lui parler en espagnol. Son désir est de venir à la maison pour approfondir les sujets et pratiquer son anglais. Elles échangent les numéros de téléphone et quittent la classe satisfaites de leur soirée.

∞∞∞

*L*es racines de Zacharie le tirent par le bas, ou plutôt vers le nord. À toutes les bonnes aventures vécues ces derniers temps vient s'ajouter le mal du pays. Partager son temps entre le Canada et la Colombie, comme Zacharie et Angela le font ces dernières années, rend quelque peu nostalgique. La famille au Canada leur manque. Un enfant en douleur, un chien qui s'ennuie, des frères et des sœurs qui suivent leurs correspondances avec attention, des enfants et des petits-enfants qui demandent pour quand le retour est prévu.

Angela et son mari cherchent à passer le plus de temps possible avec Licet, Marce et leurs fils. De belles rencontres ont aussi eu lieu avec les cousins, les oncles Jesus et Isidro, *tia* Lidia et bien des amis. Marce et son fils Gabriel partagent toujours l'appartement de Pitalito. Grand-maman profite donc davantage de son petit-fils, Gabriel, qui passe des journées entières avec elle. Mais maintenant, c'est l'heure de la rentrée. Les écoles et les garderies reprennent leurs activités après deux mois de vacances. La jeune maman a un peu de difficulté à jongler avec le travail, les loisirs et son rôle parental. Son travail évolue lentement. Une personne monoparentale qui gagne à peine vingt-cinq dollars par jour et qui doit payer un loyer, l'épicerie et la garderie de son enfant doit être aidée soit par le gouvernement, soit par l'ex-conjoint ou d'autres membres de la famille. L'aide tarde à se manifester, alors grand-maman est là en attendant que les choses se tassent. Ici, pas d'aide sociale ni d'assurance emploi, ni de plan de retraite pour la totalité des citoyens, sauf pour ceux qui travaillent régulièrement, mais ces chanceux sont rares. Les jeunes parents qui perdent leur emploi dépendent des grands-parents. Les vieux sans pension, et parfois dont la santé décline, dépendent de leurs enfants. Placer un vieux parent en institution est tout à fait impensable. D'ailleurs, les résidences de vieillards sont rares et réservées aux gens très pauvres. Dans ce contexte de grands défis, les grands-parents font leur possible pour la transition de Marce et s'assurent que Gabriel gagne une expérience de vie à l'extérieur de la maison, ce qu'il n'a pas connu depuis sa naissance.

Aujourd'hui c'est le grand jour. *Vamonos a la escuela.* Pour Gabriel, la garderie, c'est la première journée d'école. Parents et grands-parents sont fébriles autant que les enfants. Cependant, Marce manque le premier jour de classe de son fils. La rentrée est à dix heures alors que son travail débute une heure avant. Gabriel attend ce jour avec enthousiasme et les parents aussi. À l'entrée de la garderie, quelques enfants pleurent le départ de leurs parents. Gabriel est calme et observe autour de lui. Angela le laisse vaquer à ses nouvelles expériences. Elle a le cœur gros mais soulagé de son rôle de gardienne. C'était bien le temps de laisser toute la place à Marce avec son fils. Qu'elle s'organise seule, puisque c'est définitif : elle ne retournera plus jamais vivre avec Alex.

∞∞∞∞

Angela trouve que depuis leur arrivée en Colombie, elle et son mari se sont perdus de vue, alors une sortie s'impose. Leur choix est de passer quelques jours à San Agustín, un incontournable pour les friands de sites archéologiques. C'est aussi le village préféré de nos amoureux chaque fois qu'ils sont en Colombie. C'est cependant la première fois qu'ils y mettront les pieds seuls, en amoureux pour la Saint-Valentin. Pour cette belle occasion, ils choisissent de s'installer dans une auberge de qualité supérieure. La vie de petit hôtel sympathique comme ils aiment, où les propriétaires vous accueillent à leur table et dans leur quotidien.
La propriétaire de la *Hostal La Casona de San Agustín* accueille chaleureusement nos deux amoureux même sans réservation. Angela, qui a découvert le plaisir des B&B avec son mari au Canada, est toujours un peu sceptique. Mais une fois la tournée de la maison et les formalités d'enregistrement complétées, ils déballent leurs sacs à dos, prennent un rafraîchissement et adoptent les lieux avec un grande respiration.
Dans les rues de la ville, ils sont bien, comme chaque fois qu'ils y sont venus par le passé. Les gens, indigènes et occidentaux confondus, sont particulièrement relax et habitués aux nombreux touristes. Des hippies, aux *dreadlocks* à la Bob Marley, sont partout. Ils marchent comme s'ils étaient des habitants permanents de San

247

Agustín. Zacharie et Angela s'approchent d'un groupe de hippies dans un café pour prendre un *chocholate caliente con treze buñuelos*. À la table voisine, une jeune femme qui parle anglais présente ses amis : il est d'Argentine, elle est Colombienne, lui Français, l'autre Péruvien. La marijuana circule librement et tout le monde est heureux. À l'étonnement d'Angela, les jeunes invitent nos deux Canadiens à se joindre à eux au cours de la soirée dans un restaurant végétarien. L'étonnement n'est pas d'être invité par ces étrangers, mais plutôt de constater qu'il existe un restaurant végétarien au fin fond de la Colombie.

Angela est dégoûtée des viandes malpropres d'ici et veut changer ses habitudes alimentaires. Zacharie ne demande pas mieux, lui qui a déjà été végétarien dans sa jeune vie. Une fois sur place, la cuisinière veut bien répondre aux nombreuses questions qu'Angela lui pose :

___ Depuis combien de temps êtes-vous installée ici, avec votre restaurant? Pourquoi avez-vous quitté l'Europe pour venir en Colombie? Avez-vous des clients colombiens?

À cette dernière question, la réponse est un non catégorique.

Les hippies qui les accompagnent ont un Westfalia 1977. Le propriétaire du véhicule est de Bogotá et vend des bijoux, ses propres créations. Angela profite de leur savoir-faire, elle qui aime bien faire ses propres produits artisanaux.

De retour à l'auberge, la propriétaire invite le couple dans son salon. Zacharie veut faire une sieste mais Angela souhaite parler. Zacharie découvre, après neuf ans de vie conjugale, que sa femme aime faire la *jasette* et faire connaissance avec des étrangers. Ça lui paraît nouveau pour elle, qui est de nature plutôt réservée. Il remarque que bien des changements s'opèrent chez Angela. Elle semble aller plus facilement vers des étrangers, comme les jeunes hippies avec qui ils ont partagé un repas végétarien. Elle semble aussi ambivalente à l'endroit de son pays d'origine : elle aime ou n'aime plus, pas facile de savoir.

Neuf ans auparavant, Angela arrivait au Canada pour la première fois le jour de la Saint-Valentin. Nos amoureux veulent célébrer cette occasion en se rendant sur les lieux de *la Shakira*, un des nombreux sites précolombiens de cette région. Sur le site, ils se laissent porter par la magie des deux cordillères, l'Orientale et la Centrale, divisées par la Rio Magdalena quatre mille mètres plus bas. L'observatoire est libre de visiteurs, alors Angela et Zacharie en profitent pour étendre une couverture au sol et sortir le pique-nique. Ils se laissent imprégner par la magie des lieux dans un silence presque total, qui rendrait n'importe qui zen.

Redescendre à pied vers San Agustín est un peu exigeant, mais exaltant. Dans les rues du village, la vie continue comme si de rien n'était. La grande question reste sans réponse : San Agustín, six mille ans d'histoire, y vivre, s'y construire des racines, une petite maison, oui ou non? La liste des lieux possibles s'allonge et le sujet se complique.

En retournant à la maison dans les rues vides de la ville sur le point de s'endormir, Zacharie réfléchit sur l'avenir de la Colombie. Elle évolue, elle a même beaucoup changé depuis que Zacharie l'a rencontrée pour la première fois. La paix est revenue et les gens doivent soigner les séquelles d'une guerre qui a duré plus de cinquante ans. De petits voleurs, il y en aura tant que les gens ne pourront pas gagner leur vie et nourrir leurs enfants. Des gens y travaillent, créent de l'emploi et font rêver au-delà du simple contentement d'être né pour un petit pain.

∞∞∞

Angela et Zacharie se rendent chez un ami afin d'acheter du café en bonne quantité pour rapporter au Canada. Don Elias accepte volontiers de faire visiter ses nouvelles installations. *Cafetero* depuis quelques générations, la famille de Don Èlias a toujours tout fait manuellement. De l'ensemencement d'un plant de café à sa première récolte, il peut s'écouler entre trois et quatre ans.

Pour en faire la récolte et la mise en marché, une fois par année, plusieurs mains auront manipulé cette plante si convoitée. Justement, pour réduire la main-d'œuvre requise, Don Elias a mécanisé plusieurs étapes de la production. Il produit plusieurs tonnes de café chaque année et il est très heureux de son nouvel investissement. Zacharie lui demande quels sont les plus grands avantages à mécaniser la préparation de son café. Il répond que cette méthode assure une meilleure consistance dans la qualité et le séchage du café. L'autre avantage, c'est la nécessité de moins de main-d'œuvre, donc moins d'erreurs humaines. Il faut savoir qu'ici, en Colombie, les gens boivent le pire des cafés, celui dont le grain flotte à la surface de l'eau et auquel les compagnies de mise en marché ajoutent du remplissage pour lui donner du volume. Le meilleur, celui qui cale au fond de l'eau, est pour les marchés internationaux, plus payants.

Don Elias a sa propre pépinière et du petit plant, lui et ses employés renouvellent ces centaines d'hectares de montagne pour assurer des récoltes impressionnantes chaque année. Il est fier de dire que la région de San Isidro produit le meilleur café de la province de Huila et que cette région est le plus gros producteur de tout le pays. À partir des centaines de variétés de café qui existent dans le monde, seulement quatre sont cultivées en Colombie. Le climat, le terroir, les engrais donnent le bon goût si recherché de cette éponge. Oui, Elias parle du café comme d'une éponge qui absorbe tout ce que l'on introduit dans son entourage. Il dit que si l'on transporte un chargement de café à côté d'un chargement de poisson, le café prendra le goût du poisson en un rien de temps. Comme le bon vin, le café est l'empreinte de son territoire, de ses gens et de l'amour que l'on donne à sa terre. Leur territoire de San Isidro, Elias et ses employés l'aiment beaucoup.

En septembre, ce sont les vendanges. Enfin, c'est comme des vendanges. À la main, chaque fruit bien rouge et sans maladie est cueilli, chargé dans des camions et transporté à l'usine de Don Elias. Cette usine n'est pas construite à cet emplacement par hasard. Pour traiter le fruit ou la cerise rouge mûre, beaucoup d'eau est nécessaire. Sur le site de l'usine d'Elias, l'eau pure et propre de la montagne coule à flot. Elle est canalisée au besoin dans l'usine pour toutes les étapes de lavage et ensuite traitée dans un champ d'épuration avant d'être retournée à sa mère, la rivière. Dans les cuves, à l'entrée du cheminement, le café qui descend est le meilleur. S'il flotte au milieu de la cuve, ce café sera vendu dans les grands magasins du pays. S'il flotte à la surface de l'eau comme la canneberge, il sera alors seulement assez bon pour les pauvres petits Colombiens.

Le séchage au soleil est plus long, mais reste la meilleure façon de faire. Pour produire de grandes quantités de café, on a trouvé une façon de garder le meilleur des deux techniques, soit le séchage au soleil pour commencer et le séchoir mécanique pour terminer tout en gardant la gerbe au cœur du grain de café vivant afin d'assurer une qualité durable. De cette façon, Don Elias arrive à suffire à la demande tout en assurant un café de qualité.

Nos Canadiens sont accompagnés de Don Miller (dit Migère), un ancien collègue de travail d'Angela à la coopérative de café, la Cadefihuila. Il leur propose de se joindre à son épouse, à sa mère de quatre-vingt-quatre ans, qui ne les fait pas, et à sa petite-fille de deux ans, Ami-Paula, en visite de Bogotá.

Don Miller est vendeur pour Cadefihuila. Il est, lui aussi, *cafetero* de deuxième génération. Sa mère est fière de nous accueillir sur la terre de son défunt mari. De la maison paternelle, il ne reste que les fondations et les bâtiments des employés. Sept personnes travaillent la terre de Don Miller et y vivent, alors que la famille Miller a sa résidence principale à Pitalito. Une fois sur les lieux, Zacharie est intrigué par le son des scies mécaniques qui retentit dans les montagnes. La senteur du feu de bois se mêle aux bonnes odeurs de la nourriture qui est préparée dans la cuisine. La cuisinière se frotte les mains à son tablier presque blanc et met des ustensiles pour une douzaine de personnes sur les grandes tables qui longent les murs de la salle à manger. Des bancs de bois usés seront un grand soulagement pour les jambes fatiguées des travailleurs qui bossent depuis six heures ce matin. Zacharie se pense au Deuxième-Sault, plus précisément au camp 52 à la Rivière-Verte. Même senteur, même ardeur au travail, même joie de vivre.

Les employés se présentent pour dîner : du riz, de la *yuca*, du poulet et un bon grand verre de jus de *vadeja* froid. Tous des produits de la ferme familiale, sauf le riz, bien sûr, qui provient des plaines chaudes de Neiva. Sourire en permanence, machette à la ceinture et bottes vaseuses jusqu'aux genoux, les hommes comme les femmes prennent place à table dans une belle cuisine de campagne toute faite de céramique blanche aux motifs bleutés. Malgré les lieux rustiques, la cuisine est très propre et invitante.   Tout le monde passe à table pour s'asseoir devant un bol de soupe fumante et une assiette de bûcheron bondée de nourriture. La petite Amie se lie d'affection avec Angela. Zacharie se dit que bien des gens tombent sous le charme de ce cœur de femme, alors qu'elles regardent la seule photo de famille qui pend de travers sur le mur de la salle à manger.

___ Amie, que vois-tu sur la photo?

___ Grand-maman, répond-elle malgré la présence de sa petite face remplie de deux grands yeux bleus qui occupent le premier plan de la photo.

La grand-mère en profite pour raconter la mort de son mari, ce bonhomme, bon mari et bon père. De son côté, Don Miller transmet des instructions à ses employés sur l'utilisation des produits d'épandage, qu'il a rapportés de la ville, pour les plants de café. En se tournant vers ses invités, il s'empresse d'ajouter qu'ils doivent utiliser des produits chimiques malgré eux, mais généralement, ils sont biologiques dans la mesure du possible.   Contrairement à son voisin, ici, chez Don Elias, tout est fait à la main, de la récolte au séchage des grains de café. De grandes serres sont installées sur le toit des bâtiments. Sur le deuxième plancher, ils étendent les grains de café qui peuvent prendre de huit à douze jours pour sécher. Pour rôtir le grain séché, le grand *cafeteros,* tout comme le petit, doit l'apporter chez un rôtisseur.

Comme ce grain est encore vert, il reste toujours très spongieux et doit être manipulé avec toutes les précautions nécessaires. On ne veut pas qu'il perde de sa qualité originale, ce qui déterminera sa valeur marchande et assurera sa réputation de *mejor café del mundo*.

Sɪxɪème partie

Une perception erronée peut créer une infinité de problèmes. Toutes nos souffrances proviennent en fait que nous ne reconnaissons pas les choses pour ce qu'elles sont. Nous devrions toujours nous demander humblement : « En suis-je certain? », et laisser ensuite un peu d'espace et de temps pour permettre à nos perceptions de devenir plus profondes, plus claires et plus stables.
(Récupéré le 11 septembre 2019, de : https://villagedespruniers.net/enseignements/transcriptions-des-enseignements-de-thay/ de Thich Nhat Hanh.)

*T*oute cette histoire de vouloir se construire un logis en Colombie pour y vivre à plus long terme commence à exacerber nos deux amoureux. Même Angela n'est plus aussi certaine de vouloir vivre des périodes de quelques mois dans son pays d'origine, alors que Zacharie se demande toujours comment on fait pour quitter tout, les siens, les lieux, le rassurant et le connu, pour l'étranger. Il leur faut prendre du recul. Zacharie et Angela cherchent, depuis un certain temps, un lieu de vacances au bord de la mer, n'importe laquelle. Dans un premier temps, ils considèrent San Andrés, une île colombienne au large de Panama. Beaucoup trop cher. Le prix demandé pour un tout inclus de cinq jours et quatre nuits aurait permis de faire deux voyages à Cuba à partir du Canada.

La deuxième option considérée, c'est Isla Margarita, Venezuela. Pour accéder à cet endroit, ils doivent se rendre à Cúcuta, à la frontière vénézuélienne, pour prendre le transport inclus dans le forfait. Cependant, le prix est très alléchant vu la crise économique qui sévit au Venezuela. Ils s'apprêtaient à signer une entente de service, mais tout a éclaté. C'était prévisible. Depuis des mois, le président vénézuélien, Maduro, tente de remettre l'économie désastreuse de son pays sur la bonne voie. Un des moyens que son gouvernement, durement contesté, a récemment instaurés, c'est un programme d'aide familiale généreux pour contrer la vulnérabilité des Vénézuéliens, qui ne trouvent pas grand-chose à manger sur les tablettes des magasins en raison de ces nouvelles mesures austères. En plus de toutes ces raisons, Angela apprend que les Colombiens se voient refuser l'entrée au pays. Ce ne sera donc ni San Andrés, ni l'Isla Margarita. Le regard de nos deux aventuriers se détourne du nord vers le sud, apparemment plus près et atteignable par voie terrestre.

______ Vous voulez vous rendre sur les côtes du Pacifique? Pas de problème, leur dit Alejandro, le frère d'Angela. J'y suis allé à moto et c'est une merveilleuse région à découvrir. Les Équatoriens n'aiment pas les Colombiens, mais ils apprécient notre argent.

Qu'en est-il des tremblements de terre, phénomène presque quotidien là-bas? Par où passer? Comment sont les conditions routières? Est-ce bien loin de Pitalito? Vous avez déjà vérifié Google Map pour connaître les distances à parcourir? Faites Pitalito, Huila, puis *Itinéraire* et tapez Mompiche! Pas d'info sur les trajets ni sur les transports en commun, mais Google indique huit cent trente-six kilomètres en seize heures cinquante-six minutes. La frontière entre la Colombie et l'Équateur, à la hauteur de Tulcán, est intéressante pour différentes raisons. À Las Lajas (Les Pierres), on y trouve un très beau sanctuaire à visiter. Tulcán possède le plus beau cimetière d'Amérique. Mais pour se rendre à la mer, la route paraît très longue; seize heures d'autobus. Nos Canadiens feront donc le voyage par étape, pas d'engagement à se rendre au Pacifique. La veille du départ, le couple rêve de jolis paysages, mais possiblement sans coucher de soleil sur la mer.

∞∞∞

À chaque ville son terminal de transport en commun, à chaque terminal son écurie. Tôt le matin, dans la noirceur, Angela et Zacharie sortent dans la rue pour attendre le taxi. Avec chacun un sac à dos comme seul bagage, ils ont définitivement le *look* et le cœur de jeunes globe-trotteurs.

Pitalito a son terminal bien ancré à son extrémité nord, comme la plupart des villes visitées depuis le début de l'aventure. Le premier défi est de trouver un transporteur convenable, autant pour le confort que pour le prix. Ils s'y rendent pour choisir leur transport, car il y en a pour tous les goûts et tous les portefeuilles.

______ Pasto, Pasto; Neiva, Neiva; Bogotá, Bogotá.

Chaque fournisseur dépêche un crieur qui vous agresse avec sa destination en espérant que vous choisissiez son transporteur. En passant d'un guichet à l'autre, Angela se renseigne.

_____ Vous allez à Pasto?

_____ ¡Si Señora!

_____ Vous partez quand?

_____ Dans quinze minutes.

Quinze minutes qui se transforment souvent en trente, car le bus doit être rempli avant de partir. Seuls les grands transporteurs par autoroute respectent leurs horaires.

_____ C'est combien, monsieur?

_____ Pour Pasto, c'est cinquante-deux mille (vingt et un dollars) chacun.

_____ Par quelle route, monsieur?

_____ Par Mocoa madame. C'est plus court que par Popayán, deux heures de moins.

_____ Mais la route de Mocoa est dangereuse, qu'on nous dit.

_____ Pas du tout madame, nos voitures sont équipées pour la condition et nos chauffeurs, expérimentés.

Pourtant, le soir d'avant, Monica, une cousine d'Angela vivant à Quito et qui vient voir sa famille à Florencia régulièrement, a suggéré de prendre la route de Popayán, plus longue mais plus sûre.

____ La durée du voyage, monsieur?

____ Six heures, madame !

____ Il y a des toilettes à bord?

____ Non, mais le chauffeur arrête pour soulager les besoins. Les hommes le long de la route et les femmes dans des relais où il y a des toilettes.

Malgré les conseils de Monica, Zacharie et Angela sont anxieux et gourmands. Ils choisissent la route de Mocoa et le regretteront amèrement. Le petit couple a beau avoir l'allure d'un duo de globe-trotters, au fond, ils ne sont que de petits voyageurs plutôt du genre à préférer les vols d'avion et les Club Med.

Une fois les billets achetés, en attendant l'annonce du départ du transporteur, Zacharie et Angela font la tournée de la vingtaine de petits kiosques à nourriture, pour des collations, dans un terminal bondé de voyageurs.

Biscochos, arequipe, empanadas, liqueurs, puis ils retournent dans la salle bien climatisée en attendant que l'autocar soit rempli de passagers.

En route pour Mocoa, c'est une vraie montagne russe. Nos Canadiens n'ont vu ce genre de conditions que dans les films d'Indiana Jones. La première heure est assez régulière : route à deux voies asphaltées bordée de résidences ici et là et vrais garde-fous. Les passagers, habitués, ne portent aucune attention à l'époustouflant paysage. Ils parlent entre eux. Zacharie a le regard fixé sur les falaises, la végétation et les montagnes, à la fois merveilleuses, époustouflantes, parfois carrément et ridiculement dangereuses.

Puis ça se corse. La route à deux voies se réduit à une seule en terre rocailleuse. Le chauffeur arrête et dégonfle ses pneus, qui passent de quarante-cinq à trente livres d'air. Les points de rencontre sont des taches noires, ici et là, comme celles parsemant le cou d'une girafe. Les six heures de route prévues se transforment en neuf heures de cauchemar. Les passagers confirment que cette route s'appelle *el trampolin de la muerte.* Seule la danseuse hawaïenne sur le tableau de bord du bus semble avoir du plaisir.

_____ Maudit Alejandro! Pourquoi ne pas nous avoir dit avant de partir qu'il s'agit de la route publique la plus dangereuse au monde?

_______Si nous survivons pour raconter notre histoire, plus jamais nous ne passerons par Mocoa pour nous rendre à Pasto.

C'est décidé, le retour se fera par la route la plus longue, par Popayán, comme Monica l'avait conseillé. Avec ses *biscochos, arequipe, empanadas* et liqueurs encore intouchés, le couple descend à Pasto avec l'envie de s'agenouiller pour embrasser le sol, comme le pape fait en descendant d'un gros avion Boeing confortable.

Pasto est une ville au pied d'un volcan bien endormi, et après la difficile épreuve de la *trampolin de la muerte,* nos deux touristes veulent dormir aussi. Ils sortent du terminal de Pasto et marchent directement vers l'hôtel le plus proche.

___ Combien pour une nuit, señor?

___ Quarante mille, madame!

___ Chaque personne?

___ Non madame, pour vous deux.

Le Niko est un édifice tout neuf qui sent bon. À moins de vingt dollars la nuit, cela présage une bonne affaire. Une fois déchargés de leurs sacs à dos, rendus passablement lourds en cette fin de première journée de voyage, Zacharie et Angela sombrent tout habillés sur le lit molasse et un peu étroit pour une éternité de sommeil profond et sans rêves.

___ Mon amour, que dirais-tu si nous nous contentions de visiter le sanctuaire de Las Lajas et le cimetière de Tulcán, demain? De cette façon, nous aurions traversé la frontière en Équateur, passé au bureau des douanes pour renouveler ton visa et après, nous pourrions simplement rentrer à la maison?

___ Oui mon amour, tu as raison.

La nuit fait disparaître presque tous les plis et les courbatures du pénible trajet de la journée précédente. Reposé et chargé d'énergie après une bonne nuit de sommeil, le couple se rend à un joli petit centre commercial annexé au terminal d'autobus pour y trouver un bon déjeuner et un service de renseignements. Le duo questionne la serveuse du restaurant sur la façon de connaître les attractions touristiques de sa belle ville.

___ Hum, je n'en sais rien, mes chers. Peut-être pouvez-vous vous informer auprès de l'agence de voyages qui se trouve au deuxième étage du terminal.

La personne qui les reçoit au Traveling Tours Viajes y Turismo n'a pas de suggestion pour Pasto. La belle et gentille agente de voyages veut plutôt leur vendre un forfait tout inclus pour Mompiche! Elle pointe une grande affiche au mur, avec des photos d'un superbe hôtel sur le bord de la mer, le Royal Decamerón, parmi les plus beaux établissements de l'Amérique du Sud et peut-être de l'Amérique centrale aussi.

______ Oui mais, mon amour, nous venons juste de dire Tulcán et on retourne à la maison.

Ils s'asseyent quand même pour entendre ce que la petite dame a à leur offrir. Une belle promotion, à moitié prix, pour trois jours et deux nuits au Mompiche.

Elle s'appelle Gabriela Burbano. Elle a de belles lèvres rouges, un teint basané et porte des bottes et un manteau d'hiver pour travailler. Il faut dire que c'est un peu frais, tôt le matin, à Pasto. Tout un contraste avec Neiva, autant sur le plan climatique que vestimentaire. Ici, les femmes ont moins de chances de se dénuder pour montrer leurs bijoux.

Zacharie se lance, malgré un espagnol tranchant :

___ Madame, portez-vous toujours vos vêtements d'hiver pour travailler?

Face à son ordinateur, Gabriela sourit gentiment tout en faisant mille et un contacts pour trouver une chambre avec vue sur la mer. Un tout inclus pour deux personnes qui vaut normalement un million quatre cent mille (sept cent cinquante dollars) pour la moitié seulement. Nos deux amoureux se regardent sans rien dire, mais avec un beau *nos vamos* écrit dans le front. La vendeuse s'empresse de les informer que le transport n'est pas compris.

___ Ne vous en faites pas pour le transport. C'est facile et ça coûte à peine cent cinquante mille pesos. D'abord, vous vous rendez à Ipiales, à peine à une heure trente de bus.

___ En heure colombienne, ça fait comment ça, madame? Google me dit deux heures six minutes en auto.

___ Ensuite, vous prenez une petite navette pendant dix minutes pour vous rendre au pont international de Rumichaca. Assurez-vous de passer d'abord aux douanes colombiennes pour obtenir votre étampe de sortie du pays.

___ Après, vous traversez la frontière et passez aux douanes de la *Republica de Ecuador*. Attention, en sortant des douanes, plusieurs personnes vous offriront d'échanger vos pesos colombiens en dollars US. Oui, l'Équateur utilise comme monnaie le dollar américain, mais ces personnes peuvent vous vendre des faux. Vous devez plutôt vous rendre à un guichet d'échange officiel tout près des douanes.

___ De combien de billets aurons-nous besoin?

___ Pas plus de cent dollars pour le transport aller-retour de la frontière à Mompiche. Sur place, vous n'avez pas besoin d'argent. Votre carte de crédit fera très bien l'affaire. À l'hôtel Royal Decamerón, vous pouvez vous inscrire pour midi, recevoir votre bracelet d'entrée, dîner et attendre que votre chambre soit prête vers deux heures. Bon voyage!

Le couple change donc son plan de voyage et remet à plus tard la visite du sanctuaire Las Lajas et du cimetière.

Résumons. Un bus d'une heure pour Ipiales, un taxi pour Rumichaca, un autre taxi pour Tulcán, Équateur, et à Tulcán, un bus pour Esméralda, mais attention, il faut prendre la Routa del Sol, plus courte. À peine six heures de route. Google confirme quatre cent soixante-et-un kilomètres en sept heures trente-deux minutes. Vu que le couple part un mercredi, il devra coucher à Esméralda pour ne pas arriver un soir d'avance. Jeudi, ils n'aura plus que deux heures de route à faire pour rentrer à Mompiche.

___ Merci, mon amour.

Depuis le début, Zacharie voulait ça, aller pisser dans le Pacifique alors que souvent, il propose et Angela dispose. C'est comme ça entre eux depuis toujours. Pas de chicane! Il a bien dit « pisser dans le Pacifique ». Il aime laisser sa génétique un peu partout dans le monde, comme sur les plages Parlee, à Daytona, sur les côtes du Sénégal ou encore au Mont-Saint-Michel ou au pied du Palais des papes à Avignon. Zacharie a aussi laissé sa génétique en Méditerranée, à la frontière espagnole et dans les Caraïbes, sur les plages de Santa Marta.

Zacharie est remonté comme un ressort d'horloge, excité comme lorsque sa grand-mère Adèle disait : « Piton, j'ai lavé tes hardes, fais ta valise, nous partons en voyage pour La Malbaie demain. » Le couple de Canadiens va au lit sans avoir sommeil. Ont-ils fait la bonne affaire? Trouveront-ils le bon transport? Et si on leur refusait l'entrée en Équateur?

Ils traversent la frontière comme des centaines d'autres personnes avec eux et sont accueillis par des dizaines d'échangeurs d'argent. Se rappelant le conseil de la vendeuse de l'agence de voyages à Pasto, ils cherchent le guichet d'échange officiel pour des dollars américains. Au comptoir, Zacharie trouve la valeur de l'échange assez élevée, alors il propose de ne prendre que quelques dollars pour se rendre à la prochaine ville, où ils pourraient retirer de l'argent directement d'un guichet automatique. Ils paieraient le dollar moins cher, 2,800 au lieu de 3,000 pesos colombiens.

Avec dix dollars en poche et deux passeports estampés, ils prennent la route. À Tulcán, les guichets automatiques refusent de cracher les cent dollars nécessaires pour continuer. Les nerfs au vif et comme des poules pas de tête, ils cherchent la personne qui voudrait bien vendre cent dollars américains pour trois cent mille pesos colombiens. Comme il n'y a personne en vue et que les banques sont fermées, nos touristes désabusés se présentent à la billetterie d'autobus en espérant qu'elle prendra la carte de crédit. Il n'en est pas question. Un billet de Tulcán à Ibarra et ensuite à San Lorenzo n'est que six dollars pour deux, alors ils payent comptant.

Pour se rendre à San Lorenzo, ils n'ont que quatre dollars pour manger en chemin, une route apparemment de moins de sept heures. La Routa del sol ne brille pas autant que son nom laisse entendre. Les monts sablonneux d'Ibarra sont impressionnants, mais pas assez pour les rassurer. À ce stade, leur première impression de la *República del Ecuador* est drôlement teintée de nervosité. Que feront-ils au bout de la ligne? Toujours repousser plus loin les possibilités d'échange de monnaie ou de guichets bancaires? À San Lorenza, ils doivent prendre un autre transfert. Ils ont un million de pesos colombiens en poche qui ne servent à rien ici.

Zacharie et Angela sont dans la région côtière où vivent un million d'Afro-Équatoriens. Notre duo de Canadiens est donc une minorité très visible. La pauvreté les désole, les autobus, qui arrêtent tous les dix kilomètres, sont délabrés et bondés de gens. Il n'y a pas de toilette et comme un chat en voyage, notre couple garde tout en dedans, la pisse et la peur de ce qui pourrait lui arriver.

Après neuf heures d'autobus, ils ne sont toujours pas rendus à Esméralda. À San Lorenzo, leur connexion les attend même s'ils sont en retard de trente minutes. Pas d'argent, pas de guichet, dans un petit village où il fait noir comme sous la terre. On ne distingue à peine que les yeux et les dents de nos voisins. Zacharie suggère de monter dans l'autobus, pas question de rester plantés là, sur le bord de la route. Ils s'arrangeront pour payer en pesos une fois dans l'autobus. Les voyageurs prennent la route et Angela prend les nerfs. C'est la faute de Zacharie, il aurait dû l'écouter et acheter les cent dollars américains à la frontière. Le responsable de la billetterie s'avance dans l'allée de l'autobus. Fatigués, nos voyageurs tremblent à l'idée qu'il refuse d'être payé en pesos.

____ Mais señor, nous n'avons rien d'autre.

____ Vous auriez dû me le dire avant de monter! dit-il sur un ton assez agressif.

____ Et quoi, nous serions restés là au bord de la route en pleine noirceur?

____ Si je pouvais, je vous le ferais gratuitement, ajoute-t-il d'un air sarcastique. Je dois demander au chauffeur, il pourrait décider de vous faire descendre sur-le-champ.

Au moment où le responsable de la billetterie retourne à l'avant de l'autobus, un bon samaritain colombien derrière eux, qui a entendu la conversation, propose de leur vendre dix dollars pour trente mille pesos, le prix du billet de San Lorenzo à Esméralda. Quel soulagement! Angela lance à son mari :

____ La prochaine fois, tu m'écouteras, lance-t-elle d'un ton @#$%?&...

____ Oui mon amour, tu as raison!

Ils respirent un peu mieux, mais ce n'est pas fini. Il faut dormir à Esméralda et le lendemain, se rendre à Mompiche. Ils descendent du bus maudit, qui a pris plus de cinq heures pour arriver en ville. Depuis le départ de Pasto, le matin, ils ont fait quatorze heures de route infernale qui s'est avérée, même si c'est difficile à croire, pire qu'*el Trampolín de la muerte* entre Mocoa et Pasto. Épuisés, ils entrent dans le premier hôtel en vue. Au comptoir, deux jeunes filles, dont une très jolie, nous accueillent d'un air réticent.

___ Señorita, nous n'avons pas de dollars, que des pesos. Vous prenez la carte de crédit?

___ Non, madame.

___ Écoutez, nous avons eu une journée d'enfer et nous avons besoin d'une chambre. Je vous donne nos bagages et nos passeports en guise de sécurité et demain, nous nous rendrons à une banque pour acheter des « hostie » de dollars américains!

Angela retient ses larmes. La réceptionniste appelle sa patronne, lui demande pardon de la déranger si tard dans la soirée, et lui explique la situation. Accepte-t-elle de louer aux deux étrangers qui supplient, presque à genoux, pour avoir une chambre? L'employée de l'hôtel raccroche le téléphone et reste stoïque pendant une éternité. Enfin, elle annonce que la patronne accepte de louer la chambre, mais un cellulaire doit rester en garantie.

Angela lui tend avec empressement l'appareil de Zacharie, qu'elle lui a arraché brusquement en lui jetant un regard chargé de balles de calibre 45. En silence, ils montent dans une chambre sans fenêtres, mais climatisée, et ils tombent sur le lit comme des bûches sans même se déshabiller, encore une fois.

Au petit matin, la tendresse revient avec une promesse d'Angela. Plus jamais elle ne s'aventurera dans un pays étranger. Elle déteste les imprévus et, par-dessus le marché, elle avait conseillé à Zacharie de prendre suffisamment de billets américains à la frontière.

___ Oui, mon amour, je t'écouterai la prochaine fois. Plus jamais nous ne nous aventurerons dans un pays étranger sans suffisamment d'argent en réserve au cas où les cartes ne valent rien.

___ Non, mon amour, plus jamais d'aventures à l'étranger.

Zacharie et Angela descendent dans la rue pour découvrir Esméralda, qui sort à peine de son sommeil. Cette petite ville fait penser à Saint-Jean au Nouveau-Brunswick. Une ville portuaire, un peu grise et puante, parsemée de raffineries de pétrole. Un taxi les aborde et pour une promesse de payer le chauffeur deux dollars, il conduit ses passagers au centre-ville, où ils pourront acheter des dollars. Après quelques essais de guichets automatiques qui résistent toujours, ils trouvent une banque et des guichets extérieurs qui fonctionnent. Avec l'argent en main, c'est comme si le monde venait de passer du gris au multicolore. Le chant des oiseaux est au rendez-vous, alors qu'il n'y était pas depuis quelques jours.

Nos amoureux remettent au chauffeur le double du montant promis, un gros quatre dollars américains, puis retournent à l'hôtel pour payer la chambre et récupérer le cellulaire. Une fois les bagages faits, ils retournent au terminal sans regarder derrière eux, sans porter de jugement sur la qualité de l'hébergement.

Ils entreprennent avec enthousiasme la dernière étape avant d'entrer au paradis, le Mompiche, et d'aller pisser dans le Pacifique au plus vite.

∞∞∞∞

À la barrière de l'hôtel, le gardien confirme que les clients ne peuvent pas s'enregistrer avant trois heures, au cœur de l'après-midi. Il n'est que onze heures trente, ils sont éreintés de leurs derniers jours, ils ont faim et ne se sont pas lavés depuis le début de cette aventure équatorienne, alors Angela est furieuse!

Gabriela, à l'agence de voyages, avait bien dit qu'ils pouvaient s'inscrire à midi et attendre pour la chambre, normalement disponible à partir de trois heures. Dans ce genre de situation, Angela se souvient de bien des détails, comme le nom des personnes à contacter.

___ Oui madame, mais il y a des frais!

___ Nous voulons parler à notre personne contact, Maris Vallecilla.

Le gardien entre en communication par walkie-talkie avec la gérante de l'hôtel, qui permet de laisser passer les

265

Canadiens. Ils sont reçus dans le lobby de l'hôtel. Enfin, la civilisation! De vrais meubles et un vrai décor, digne des gens riches et célèbres. C'est très joli, mais nos touristes désabusés n'ont pas encore le cœur aux réjouissances. Maris, la gérante, confirme qu'il y a des frais additionnels pour entrer à midi. Angela refuse et exige que Maris parle avec Gabriela à Pasto, ce qu'elle fait sur-le-champ. À ce stade, Angela, la tête appuyée sur le comptoir de la réception, pleure sans faire de bruit. Les employées sympathisent avec eux sans rien dire et les écoutent attentivement.

___ On nous avait assuré que la route serait rapide et facile, mensonge. On nous avait assuré que notre forfait était pour trois jours et deux nuits, à partir de midi le jeudi jusqu'à midi le samedi. Mais ça ne fait pas trois jours. Angela demande pour des *Kleenex*. Personne ne comprend sauf Maris, qui lui en trouve. Après avoir grondé la menteuse de Pasto pour toutes ses promesses, elle ordonne à son employée de la réception d'inscrire le couple.

Angela et Zacharie reçoivent leurs bracelets-passeports au poignet. Ils peuvent aller manger, ce qu'ils n'ont pas fait depuis presque vingt-quatre heures. La chambre viendra plus tard. Pour le moment, il peuvent se remplir le ventre, passer à la piscine, un verre de piña colada en main. Ils sont presque heureux.

Angela pardonnera Zacharie de ne pas l'avoir écoutée et de ne pas avoir acheté suffisamment d'argent pour faire le trajet de la frontière équatorienne au Mompiche. Mais elle ne pardonnera pas Gabriela, qui leur a vendu un bon forfait mais sur des mensonges quant à la facilité de se rendre sur les belles plages du Pacifique.

Les gens arrivent à l'hôtel par vingtaines, en beaux autocars avec air climatisé en partance de Quito, la capitale. Même l'hôtel Royal Decamerón fournit, pour une modique somme, du transport jusqu'à l'aéroport d'Esméralda alors qu'Angela et Zacharie sont passés par la porte d'en arrière. Un peu trop globe-trotteur pour Angela.

Comme prévu, à trois heures pile, l'attente est terminée et ils reçoivent les clés de leur belle grande chambre.

Transformés, ils sont très satisfaits des lieux. L'hôtel Royal Decamerón, fort attrayant, est une architecture inspirée des pyramides aztèques. C'est intéressant de circuler d'un palier à l'autre pour profiter de la vue époustouflante et du coucher de soleil sur l'eau. En soirée, la cafétéria principale avec buffet à volonté est fermée et nos voyageurs, redevenus amoureux, passent dans l'une des trois salles thématiques pour être servis comme des princes. Un merveilleux souper. Ni Cuba, ni le Mexique n'arrivent à rivaliser avec ce site, ses merveilleuses plages et sa bonne nourriture.

Le lendemain, guéris de leur mésaventure, avec serviettes, crème, et chapeaux, ils font la petite traversée en bateau, gracieuseté de l'hôtel, pour se rendre sur de longues plages qui bordent la pleine mer. Cette navette est préférée, car la petite plage devant l'hôtel donne sur un bras de mer plutôt ordinaire. Mais plus loin, de l'autre côté, c'est du sable à perte de vue et des vagues de bouillon blanc à ramener tout le monde en enfance. Angela adore ces vagues et y joue pendant des heures. Zacharie raffole de la voir si heureuse. Les vagues du Pacifique enveloppent Angela, qui est redevenue petite fille. Elle n'a jamais connu ce genre de mer, même pas à Santa Marta, et s'y plaît beaucoup.

En soirée, ils ont droit à tout un spectacle dans le cadre des fêtes nationales. Un groupe de danseurs folkloriques, en multiples costumes de couleurs, raconte des histoires d'ici. De vrais acrobates et de belles femmes, comme des fleurs tropicales *Ecuatorianas.* C'est une charmante sortie en amoureux. Ils en ont grandement besoin. Ils auraient bien aimé prolonger leur séjour à Mompiche, mais c'est une fin de semaine spéciale, car on célèbre la fête nationale et l'hôtel est plein à craquer. On attend huit cents personnes.

∞∞∞

Aucun regret, la route tumultueuse est déjà derrière eux et ils ont appris de cette expérience. C'est déjà l'heure du retour vers la frontière, le cimetière de Tulcán et le sanctuaire Las Lajas. Zacharie fait ses recherches et note :

> La *Republica del Ecuador* est composée d'une dizaine d'ethnies différentes. Sur douze millions d'habitants, 80 % vivent dans la zone montagneuse, plutôt froide. Tout le monde est toujours habillé chaudement. Nous avons froid la nuit lors de nos déplacements. C'est sur la côte, comme à Mompiche, que le climat est merveilleux.
>
> Ici, on parle le castillan, un espagnol difficile à comprendre même pour mon professeur de langues. Parmi la dizaine de langues autochtones, deux sont retenues, avec le castillan, comme langues officielles du pays. Nous faisons tout un plat pour deux langues officielles au Canada, imaginez donc...

Au marché de Tulcán, on plonge dans la culture, le quotidien des gens de cette belle région. La population est composée d'une majorité de personnes de petites tailles, au visage bronzé malgré le froid, habillées chaudement qui circulent dans un très beau marché de fermiers, propre et qui sent bon. Du jamais-vu en Colombie. Viandes, fruits et légumes de toutes sortes y sont frais et invitants. Ne pouvant pas s'approvisionner, Angela et Zacharie mangent avec les yeux. Ils frôlent la foule de gens qui font comme si ces touristes n'existaient pas. Pas de vente sous pression, pas de regards curieux, même pas de *buenas*! Ces Équatoriens vivent intensément leur vie comme dans un univers clos.

Enfin, Las Lajas, un sanctuaire catholique dont la construction a débuté en 1916. Sur les lieux du pèlerinage, Zacharie remarque qu'ici, l'église n'est pas sur un monticule, à la vue de tous, mais bien au fond d'un ravin avec les maisons des villageois accrochées aux flancs des falaises tout autour, comme en admiration de leur sanctuaire. Les lieux rappellent le Mont-Saint-Michel, en France, ou encore Sainte-Anne-de-Beaupré avec ses boutiques souvenirs et ses restaurants. Le couple désire manger. La nourriture dans un petit présentoir sur le bord de la rue leur fait signe d'entrer. La serveuse qui les accueille a un visage rond et les joues brûlées par le froid, comme les femmes du peuple innu dans le Grand-Nord canadien. Pleine de santé mais figée, sans sourire, elle offre le menu. Angela tente, tout au long du repas, de soutirer un sourire à notre très jeune serveuse. Lorsqu'elle y arrive, elle est heureuse de sa réussite, car soudainement, la serveuse est radieuse. Dans la rue passent des gens de toutes sortes. Zacharie les observe avec intérêt. « Regarde cette femme aux souliers à talons hauts qui se lance dans les collines du sanctuaire, pauvre elle! »

Au sanctuaire, on dirait une messe en boucle qui joue toute la journée. Les prêtres semblent se remplacer pour vendre leurs bénédictions. Les gens qui ont acheté - toujours une plus grande, une plus belle que les autres - leur statue de la Vierge, la présentent devant la nef pour la faire bénir. La dévotion chrétienne est forte dans cette partie du monde. Il n'est pas rare de voir les gens, même de très jeunes, se signer de la croix lorsqu'ils passent devant une église.

Les pierres grises, encadrées de mortier peint de blanc, en font un édifice à caractère particulier. D'autant plus que le sanctuaire est accroché à deux falaises, rendant les lieux vertigineux et presque féeriques, comme certains châteaux des films de Disney. Angela et Zacharie aiment bien ces lieux et sont satisfaits d'y être venus. Angela en rapporte une belle sacoche de cuir, un cadeau de son amour de mari.

∞∞∞∞∞

Encore une nuit, cette fois à Ipiales, et ils se préparent pour le dernier sprint : Pasto-Popayan-Pitalito. Vous vous souvenez de la *Trampolín de la muerta* en direction de Mocoa? Pas question de risquer leur vie une deuxième fois en revenant sur leurs pas. Au lieu de durer neuf heures, le passage vers Popayan est de quinze heures, mais pas de problème, ils en ont l'habitude. De plus, ils voyageront le jour dans de bons autobus colombiens et même si les routes sont plus montagneuses et tortueuses, la verdure, les villes et les villages leur paraîtront plus beaux que leur aventure équatorienne. Il faut dire que là-bas, ils voyageaient plutôt la nuit et dans des régions isolées du grand public, un peu comme l'Allagash au nord du Maine. Chaque région comporte ses charmes, mais ils n'ont pas eu le temps de trouver ceux de la Routa del sol.

De Quito à Popayan, il fait remarquablement froid. Ça devient un problème, surtout la nuit, puisque les maisons et les hôtels ne sont pas chauffés. On peut difficilement imaginer avoir plus froid en Amérique du Sud qu'au Canada, même l'hiver. Eh bien oui, Zacharie et Angela gèlent comme jamais ils n'ont gelé, même pas chez eux! Ils sont à la fois heureux de retourner à leur port d'attache, Pitalito, et nostalgiques d'une vie nomade. C'est plaisant de simplement passer et d'observer les gens dans leur train-train quotidien.

Dans l'autobus payé d'avance, et avec leurs victuailles, *biscochos, arequipe, empanadas* et liqueurs, les amoureux réfléchissent aux derniers jours vécus. Angela remarque combien on tient souvent notre confort pour acquis. Elle trouve spéciale cette capacité à s'habituer à des conditions de vie difficiles. Ipiales-Popayan, c'est l'occasion de prendre du recul quant à cette aventure de huit jours, dont presque la moitié investie à se rendre d'un endroit à l'autre. Ils avouent que se déplacer par la route entre ces frontières n'est pas de tout repos, mais faisable.

∞∞∞∞

Zacharie raconte son dernier rêve :

Nous sommes toujours en Équateur, au Mompiche, plus précisément à l'hôtel Royal Decamerón. Nous voulons nous rendre à la plage, mais nous sommes ralentis par un village sans fin. Dans ce village, tout est de la couleur du coucher de soleil, les maisons sont de sable et moulées à même les rues, comme les mystérieuses grottes de Mustang, au Népal, mais sur un terrain plat.

Plus frappants encore sont les visages des gens qui circulent dans les rues du village de sable; ces visages brûlés par le temps, comme éclairés par un soleil dont les rayons couvrent tout sur son passage d'une teinte orangée.

Nous marchons paisiblement parmi les habitants de notre village de sable orangé, voulant toujours nous rendre au bleu et blanc des plages du Pacifique. Rien à faire, nous sommes entourés de ces visages anonymes, ou *caras anominas,* qui nous regardent sans dégager d'émotion, vaquant à leur quotidien.

Zacharie repasse les éléments de son rêve. Ce sont les visages anonymes qui attirent son attention. Ces personnes qu'ils ont croisées sur les routes équatoriennes. Ces personnes qui jetaient parfois des regards curieux, mais discrets, comme pour faire semblant qu'elles n'observaient pas Angela et Zacharie. Ces regards anonymes marquent l'âme du nomade, même s'il ne les reverra probablement jamais. Une jeune femme qui boulange son pain; des enfants qui sourient à la caméra; une reine de carnaval qui accepte volontiers de se faire prendre en photo; une belle fille aux traits indigènes, à qui l'on aurait voulu pouvoir dire « voulez-vous danser, mademoiselle? »; une femme dans ses habits traditionnels attendant son mari qui paie le taxi, ou une autre qui vend des vêtements multicolores. Même les animaux participent au bal des *caras anominas* : un lama devenu bête de cirque pour rapporter un peu d'argent à ses propriétaires; de petits chiens qui rappellent que votre animal de compagnie vous attend patiemment à la maison; une vache d'un regard *mange-moi pas* ou des chevaux devenus dociles et asservis.
Au tournant de la rue, il y a toujours un vieillard dont le visage, usé par la misère, vous poigne au cœur et vous

rappelle que la vie est courte. Il y a ceux qui ont perdu un être cher. Puis il y a les jeunes, beaux, joyeux et pleins d'énergie; il y a ceux qui ont froid ou ceux qui ont faim; puis il y a les travailleurs et les voyageurs. Tous ces *caras anónimas*, nos voyageurs les emportent dans leurs valises. Ils sont là, figés dans le temps, alors qu'en réalité, ces personnes qu'Angela et Zacharie ont rencontrées continuent leur voyage aussi. Zacharie prend des notes :

> Tant de territoires à couvrir, pas autant en distance qu'en temps, sur les routes de ce beau pays contradictoire. Depuis le 4 décembre, nous avons fait quatorze petits voyages, un total de cinq mille trois cent soixante-dix-neuf kilomètres. Nous avons atteint des altitudes de sept mille huit cent soixante-quinze pieds alors que le Mont Farlagne de mon enfance en fait mille trois cents. En moyenne, à trente kilomètres à l'heure, ça représente cent soixante-dix-neuf heures de route en Colombie et dans la *Republica del Ecuador*.
>
> Durant nos déplacements, j'ai été fasciné, entre autres, par la gestuelle manuelle que les gens d'ici déploient en parlant. Pour désigner la grandeur d'un enfant, la main doit être à plat à la verticale, jamais à l'horizontale, comme nous le faisons. Pour demander si vous voulez manger, on le fait en plaçant la main proche du menton et on fait bouger les doigts vers la bouche, comme pour y faire pénétrer de la nourriture.
>
> Pour faire venir quelqu'un vers nous, on monte le bras à la hauteur des épaules, paume de la main vers le sol, et on fait aller la main de haut en bas vers soi plutôt que de placer la paume de la main vers le haut en la faisant aller du bas vers le haut. En parlant, si vous voulez signifier qu'il n'y a rien de grave, vous faites aller votre main et votre bras droit en partant du centre de la poitrine vers l'extérieur avec une bouche pointue comme pour dire « bof! » On emploie ce

geste très souvent. Tout, ou presque tout est « bof, t'as pas à t'en faire, pas de problème! »

Si vous avez fait quelque chose que votre mère n'aime pas, votre main est ouverte sur votre cou, que vous frappez du bout des doigts comme pour signifier que vous êtes mort. Si quelqu'un vous demande des directives pour s'orienter, vous ne pointez jamais du doigt mais plutôt avec la bouche en pointu vers la direction à prendre.

Ils sont charmants, ces Colombiens! Si je compare avec le peu de l'Équateur que nous avons à peine touché du bout des doigts, je constate que c'est plus facile, en tant qu'immigrant, de s'intégrer en Colombie.

En Équateur, la culture est plus homogène, plus indigène. Les différences physiologiques entre eux et nous sont marquantes. De l'autre côté, la variété des origines culturelles, principalement européenne, fait de la Colombie un endroit plus cosmopolite et donc plus facile de s'y cacher, de passer inaperçu.

Les Colombiennes et Colombiens aiment montrer les différents visages de leur Colombie, même s'ils ne se savent pas très aimés des autres. Ils disent souvent :
___ Ah, les Chiliens ne nous aiment pas! Les Argentins non plus, et encore moins les Mexicains. Ils ne nous aiment pas, mais ils aiment bien notre argent et notre cocaïne, qui est la meilleure au monde!
Zacharie aime bien les Colombiens qu'il connaît, mais en public, plusieurs Colombiens ont des comportements parfois détestables. Par exemple, un jour, Angela magasine dans une petite boutique de bijoux et l'unique vendeuse est occupée à répondre à ses questions. Une femme y entre, adressant à tous un *buenas*! bien senti. Elle s'avance sans hésitation et aborde l'unique vendeuse avec une mitraille de questions, sans égard au fait que l'employée est déjà

occupée avec d'autres clients. La vendeuse tente de servir les deux clientes à la fois. Zacharie a envie de dire quelque chose mais se retient.

Voici d'autres exemples qui l'irritent au plus haut point : un Colombien qui passe devant tout le monde en ligne pour se faire servir en premier par un agent des douanes; la conduite agressive en auto ou à moto; l'attitude « sauf qui peut » et « on se fiche des voisins »; voir une famille au complet montée sur une moto ou une jeune maman avec des bébés naissants dans ses bras, tous montés derrière le père.

De retour à Pitalito, après deux ou trois jours de repos, nos amoureux sont conviés à une belle soirée organisée par la *Cámara de Comercio de Pitalito*. Olga, la propriétaire du magasin de chaussures et la patronne d'Albenis, les invite à participer à une soirée d'humour et de musique. Cette sortie arrive juste au bon moment pour notre couple, encore sonné de son aventure équatorienne.

∞∞∞∞∞

Ce matin, à six heures, Angela et Zacharie sont en route vers le terminal. Oporapa est leur destination, à environ une heure de Pitalito. Ils doivent faire un trajet en camionnette, vu la difficulté d'accès aux lieux de recueillement où ils désirent se rendre. Après la visite du monastère bénédictin près de Medellin, il y a plus de deux mois, c'est le temps de faire une visite chez les Franciscains près de Pitalito. Même Angela, originaire de cette ville, n'a jamais entendu parler de ce lieu de contemplation.

Ils savent maintenant que le mode de transport est un bon indicateur de la condition des routes. Une camionnette quatre pattes, ça augure quoi? Pourtant, on leur assure que ce n'est rien comme la *Trampolín de la muerte* vers Mocoa.

Une petite pluie fine rend les montagnes fumantes et froides. À l'avant de la camionnette, deux sièges et demi, et trois autres passagers sur le siège arrière. Au moins cinq

274

voyageurs prennent place dans la boîte du véhicule, avec quelques poches de cinquante livres d'un contenu quelconque. Angela confirme que l'on transporte vers la montagne des poulets fraîchement dépecés.

Des poulets dépecés, c'est de quoi nos voyageurs ont l'air en descendant du taxi-montagne pour marcher vers ledit monastère. À première vue, grande déception. Angela et Zacharie se regardent en pensant qu'ils seront sur les lieux pour une bonne partie de la journée. Le prochain transport de retour est prévu pour treize heures et le dernier, dix-sept heures. Il n'est que huit heures trente. Avec eux est descendue une jeune femme qui connaît bien les lieux. Elle les accompagne dans leur torpeur.

Après une courte marche dans la pente abrupte d'une petite route de terre battue, à leur gauche se trouve un paysage sublime : des pics de montagnes de café à perte de vue. À leur droite, une porte d'arche en fer forgé rouillé, derrière laquelle ils aperçoivent la devanture d'une petite chapelle d'un blanc sale.

Dans la bruine du matin, cette première vue du monastère a plutôt l'allure d'une scène de film de vampires. Sur le perron de la chapelle, quatre ou cinq personnes, silencieuses, regardent arriver les pèlerins comme si elles attendaient pour entrer chez le dentiste. Le petit monastère franciscain est comme la croix d'un chapelet dont les mailles sont les maisons et les hameaux qui sont étalés le long du sentier descendant la montagne vers San Roque.

Une fois rendu sur le pavé de l'église, Zacharie commence à apprécier la simplicité des lieux, car de près, la chapelle est devenue une petite église. Angela cherche des façons de passer quelques heures avec une demi-douzaine de pères et de frères franciscains et une dizaine de fidèles venus pour la confession ou une rencontre de *counseling* avec ces Franciscains de la montagne d'Oporapa. On demande aux Canadiens s'ils désirent se confesser. Après un refus catégorique, on leur offre une rencontre pour discuter de la Parole. C'est toujours non, merci. Donc, on leur demande gentiment ce qu'ils sont venus faire ici.

___ Voir les lieux, répond Angela.

___ Regardez, vous êtes les bienvenus.

Ces Franciscains vivent pleinement leur pauvreté à l'image de cette région de culture, où les habitants sont pauvres comme Job.

À chaque instant, les amoureux s'avancent dans leur effort de se laisser pénétrer par les lieux. Zacharie y découvre une grande valeur en voyant un groupe d'hommes choisir la réelle pauvreté pour aider les démunis du coin de ce pays perdu dans les Cordillères. Ils sont à des années-lumière de la richesse monastique des Bénédictins de Medellin.

Les Franciscains que Zacharie rencontre n'acceptent pas de dons en argent. Seulement en nature, par exemple des aliments qu'ils redonnent aux pauvres. Ce sanctuaire peut être très décevant pour quiconque cherche de beaux bâtiments dans un lieu divin. Certes, c'est un lieu digne de ce nom, mais dans une simplicité et une pauvreté choisies sans souffrance.

Un des moines propose à Zacharie de prendre son offrande en argent pour acheter des aliments à l'épicerie du village, que les moines s'occuperont de redistribuer aux pèlerins dans le besoin.

Angela passe son temps accompagnée de la jeune mère de vingt-six ans qui veut bien lui expliquer pourquoi elle est là chaque semaine. Elle vient voir les Franciscains pour recevoir d'eux sa seule épicerie de la semaine, qui lui permet de nourrir ses six enfants. Son mari alcoolique lui refuse le contrôle des naissances et ne fait apparemment rien pour soutenir sa famille. La jeune mère portera son lourd sac d'épicerie sur une épaule et descendra la montagne à pied. Elle s'est prise d'affection pour Angela et craint pour sa sécurité. Elle raconte qu'ici, dans les montagnes d'Oporapa, se cachent encore des membres de la guérilla. Elle croit que le *gringo* canadien court le risque d'être séquestré. Un prêtre européen a été la proie de cette guérilla, qui l'a retenu prisonnier pendant cinq ans.

Une fois la tournée terminée, une petite famille en visite au monastère doit descendre au village. Elle laisse donc monter les trois pèlerins dans sa fourgonnette. Il n'y a pas de siège derrière les deux banquettes avant, mais Zacharie, Angela et leur nouvelle amie acceptent l'offre quand même. Ils veulent sortir de la forêt avant d'apercevoir des guerriers habillés de vêtements de camouflage et armés jusqu'aux dents sortir du bois pour leur repas du jour. Nos Canadiens ont eu peur, mais au retour en ville, ils en ont ri. Le fils d'Alejandro, un policier, ne croit pas que Zacharie courait un réel danger. Le pire danger que le couple a rencontré, c'est la nourriture offerte au restaurant du coin, car à Oporapa, la bouffe est carrément pour les chiens.

Angela connaît bien la région pour s'y être mariée à Eduardo en cachette de sa famille à l'âge de dix-sept ans. Le jeune couple a vécu sur la ferme du beau-père longeant la Rio Magdalena dans cette montagne, alors infestée de guérillas. Les deux ont travaillé sans faire un sou sur une ferme de cacao. Pendant huit mois, ils ont enduré leurs supplices, servi la belle-famille en échange d'un logement et de la nourriture. C'est donc un petit pèlerinage chargé de sens pour Angela.

De son côté, Zacharie a le cœur marqué par cette région pauvre et oubliée, sauf pour ce petit groupe de Franciscains en sandales qui accepte d'aider les gens dans le besoin pour une prière.

∞∞∞∞∞

Des montagnes d'Oporapa, en passant par Pitalito et une nuit de repos, nos voyageurs reprennent la route pour la célèbre rencontre familiale chez Libardo et Johana dans la campagne de Florencia, Caqueta. À leur arrivée chez Libardo, les petites Estefanía et Sofia attendent Angela et Zacharie de pied ferme, très heureuses de les revoir. *Te amo me tio*, lance la petite Sofia à l'oreille de Zacharie.

Estefanía n'a que neuf ans mais elle démontre déjà des aptitudes hors de l'ordinaire. Elle écrit et complémente ces histoires de dessins. Difficile d'accompagner un talent comme le sien dans une petite école de campagne ou les quatrièmes et les cinquièmes sont dans la même classe, ce qui l'éloigne du progrès qu'elle pourrait faire en ville. Son père, qui vient à peine de finir la construction de sa maison, se demande si la famille ne devrait pas s'installer en ville pour favoriser l'éducation de ses enfants. Angela lui parle de l'Antioquia et de Medellin, des avancements qu'ils ont trouvés dans cette région. Le climat, l'économie, l'attitude des gens, tout y est très différent, comparativement au reste du pays. Il y pensera sérieusement, tant pour trouver un bon travail que pour l'éducation d'Estefanía et de Sofia.

Angela et Zacharie admettent en privé à Libardo et à son épouse, Johana, qu'ils pensent bien passer plus de temps dans l'Antioquia lors de leur prochain voyage en Colombie, si *Dios quiere*. Ils n'osent pas admettre à tous les autres cousins et amis que leur projet de construction est sur la glace et qu'ils ne retourneront pas dans le Caqueta l'an prochain.

La fête se prépare. Qui vient, qui ne vient pas? Qui a payé et qui n'a pas payé sa part de la nourriture? Quels jeux prévoit-on et où tout ce monde dormira-t-il? Libardo et Angela ont tout prévu pour accueillir une cinquantaine de personnes. La fin de semaine sera mouvementée. Manger, danser, discuter, boire et dormir, oui, mais pas avant les petites heures du matin.

La fête aura lieu dehors ou à l'intérieur? Va-t-il pleuvoir? Fera-t-il très chaud? Pour le moment, de onze à seize heures, la chaleur est insupportable : trente-huit degrés. Les invités et les enfants passent une bonne partie de la journée à la rivière, dans l'eau, ce qui aide à tolérer la chaleur amazonienne de Caqueta, alors que Zacharie fait sa sieste dans un hamac au beau milieu du salon.

Los pollos, las yucas, el cilantro, los plátanos, las papas, el maíz, las arracachas, las auyamas sont commandés. Même une cuisinière sera embauchée. Elle sera payée des pinots, trente-cinq mille pesos, pour préparer un très bon *sancocho* pour cinquante personnes. Le salon est réorganisé et des matelas sont installés pour quinze personnes.

En soirée, Angela et Zacharie gardent les petites pour permettre aux parents de faire une sortie en amoureux.

Libardo et Johana n'ont pas été sans les enfants depuis plus d'un an. Une sortie au cinéma, avec maïs soufflé, Coca-Cola et souper au restaurant, est au programme. Les gardiens sont bien avec les filles et, tout autour d'eux, les moustiques, friands après un orage et une tempête électrique. Angela pense aux pauvres amoureux qui sont partis à moto.

Deux jours avant la rencontre familiale, l'électricité est en panne à la maison. Le problème semble se limiter à une section de la rue où vivent Libardo, Johana et les enfants. C'est vendredi, et les employés du fournisseur de pouvoir électrique ne travailleront pas de la fin de semaine, panne ou pas.

Libardo, l'homme à tout faire, n'attend pas l'arrivée du département hydroélectrique. Il a déjà fait des changements de fusibles dans le haut d'un poteau de haute tension. Il se procure un fusible de quinze kilovolts et de quatre ampères qu'il peut changer lui-même. Imaginez les risques! La famille ne peut absolument pas rester sans électricité alors qu'elle se prépare à nourrir et à héberger un si grand groupe dès la fin de semaine. Des gens d'Antioquia, et surtout de toutes les régions de Huila, sont attendus. Teresa et son mari Pepe sont passés prendre Angela et Marce pour faire la collecte de fonds parmi les cousins de Florencia. Tout le monde participe aux coûts de la fête, une idée de la Canadienne. Normalement, la personne qui reçoit paie pour tout, mais la situation financière de Libardo étant ce qu'elle est, les gens veulent l'aider pour l'événement. Durant ce temps, Zacharie garde les enfants alors que Superman est grimpé dans un poteau pour changer le fusible de quinze kilovolts. Dès l'arrivée de l'électricité, les enfants s'installent pour voir *Toy Story,* alors que Libardo et Johana reviennent sains et saufs de leur travail de monteur de lignes.

Après l'une des journées les plus chaudes jamais vécues par Zacharie, et ce, même en Afrique, soit quarante-quatre degrés au soleil, il peut s'installer sous des moustiquaires pour passer une bonne nuit plutôt fraîche. Déjà, quatre lits à deux personnes chacun sont occupés. Les discussions continuent dans le noir pendant que les enfants, très fatigués, s'endorment. *Que duerman*!

Il est difficile de supporter tant de degrés au soleil, mais le jour des préparatifs, la famille adore les vingt-cinq degrés sous un temps gris. Pas de soleil, le vent, la pluie et les éclairs gardent les adultes à la maison avec les trois enfants, qui sont fous comme des balais! Tous espèrent seulement que la température coopérera pour le grand rassemblement du lendemain.

La veille du *party*, on lave une vingtaine de tables et quarante-cinq petits tabourets. Les femmes font près de cinq cents dollars d'épicerie et d'articles de fête, un prix exorbitant pour certains qui mangeront une *tamale* pour déjeuner et un bol de *sancocho* pour dîner, soit dix dollars par personne pour deux repas.

Gloria et Jorge font plus de dix-sept heures de route pour participer aux festivités. Angela et Zacharie sont heureux de les revoir après avoir été tellement bien reçus chez eux, à Medellin, quelques semaines auparavant. Lors d'une petite rencontre pré-festivités, les cousines d'Angela, Gloria, Rocio et Teresa, improvisent une compétition, les femmes contre les hommes. Qui fera la meilleure musique avec des instruments improvisés?

La soirée de la veille commence chez Rocio. Libardo passe le chapeau pour acheter une grosse bouteille d'*aguardiente* pour tous. Zacharie en achète une deuxième pour servir à Jorge et à Libardo en guise de remerciement pour leur généreuse hospitalité. Une bonne quarantaine de personnes se sont rendues pour la veille du *party*, des gens très heureux de se revoir. Le patriarche Isidro est là, avec ses quatre-vingt-dix ans d'histoire et de volonté de vivre. Libardo, l'homme à tout faire, est aussi un très bon disc-jockey. À part du micro qui coupe au moment des histoires vulgaires, il réussit très bien à faire danser et bouger les gens durant toute la soirée. Les belles filles, les cousines heureuses de passer du temps ensemble, les hommes farceurs et joueurs de tours, les enfants qui ne se connaissent pas très bien, l'animation de jeux par Angela : tous ces ingrédients forment une soirée parfaite.

Le jour de la rencontre officielle, c'est complet, deux longues tablées pour le déjeuner aux *tamales,* plus de cinquante, en fait. Taquineries pour certains, histoires d'enfance pour les plus vieux, jeux de société pour les autres et à l'extérieur, il tombe des cordes, une pluie forte comme souvent au pied de la Cordillère centrale. Alberto ne laisse pas Zacharie tranquille. Il n'a pas accepté que Zacharie refuse de lui vendre sa bouteille d'*aguardiente* le soir précédent.

____ Quoi, mon Canadien, tu ne partages pas avec les autres?

____ Alberto, nous avions bu plus de quatre litres d'aguardiente, y compris la bouteille que j'avais achetée pour plaire à Jorge.

Les frères Isidro et Jesus, doyens de la famille et porteurs d'histoires, sont bien dorlotés par leurs enfants. Zacharie entretient de longues discussions avec Isidro, qui cherche à le nationaliser Colombien. Il trouve que le conjoint de sa nièce préférée ne ressemble pas à un *gringo,* mais plutôt qu'il passe facilement pour un Latino. Cependant, si seulement *tio* Isidro savait que Zacharie n'est pas croyant, il voudrait aussi le convertir au catholicisme. Pire, s'il savait que sa recrue a rarement voté conservateur, il aurait peut-être moins d'ambition pour cet étranger.

C'est bien tant mieux qu'Angela ait insisté pour embaucher des femmes pour faire le *sancocho.* Le bois du feu, trempé par la pluie qui tombe de plus belle depuis la veille, est difficile à allumer. Il y a aussi les dizaines de livres de *papas,* de *yucas* et de *platanos* à éplucher, les quinze livres de riz, et tout cela qui prend plus de cinq heures à préparer. Teresa estime qu'il n'y a pas suffisamment de poulets (cinquante hanches), Rocio trouve que le riz est trop dur, Cristina s'en fiche et dispute les chialeuses dans leur face alors que les autres se plaignent dans leur dos.

Deux tablées, quarante-huit adultes en plus des enfants, sont nourries une deuxième fois dans la même journée. Comme si ce n'était pas suffisant, les restes sont tous dévorés en soirée. Le riz fait fureur et les cuisinières sont fortement remerciées grâce à Angela, qui prend le temps de demander au groupe de signifier sa satisfaction. Ici, normalement, les employés sont rarement remerciés publiquement.

La bière coule en douceur, Zacharie circule entre les groupes et tente de prendre part aux discussions. Pas facile, avec un espagnol de troisième année. Malgré cela, il arrive à soutenir une conversation on ne peut plus élaborée avec une cousine d'Angela, Olga.

Olga et Zacharie ont plusieurs sujets en commun. Cette jeune femme célibataire est engagée dans l'accompagnement de femmes vivant des défis complexes tels l'analphabétisme, la pauvreté et la soumission à des maris abusifs. Zacharie veut comprendre le genre d'engagement social dans lequel Olga s'investit et les risques qu'elle prend pour le faire. Rappelons-nous qu'Olga, petite, a sauvé sa cousine de la mort possible par asphyxie et qu'elle est la fille de Maria-Elena, la libérale qui a enquêté sur le mystérieux Manuel. Et qui dit libéral dit défense des plus démunis. Hors, les risques sont d'autant plus grands pour Olga, qui a choisi de travailler et de vivre à Mocoa, une région très conservatrice où l'on règle encore nos comptes à coups de fusil. Zacharie honore le courage de cette femme, alors qu'Olga admire l'effort que celui-ci déploie pour parler espagnol. Elle l'encourage en ce sens, ajoutant que la meilleure façon d'apprendre la langue n'est pas seulement de se contenter de l'étudier, mais bien de la parler. Elle lui fait remarquer aussi que ça lui permet d'établir des liens avec la famille d'Angela.

∞∞∞∞∞

Les hôtes, Libardo et Johana, semblent très satisfaits du déroulement de la rencontre familiale. Surtout, l'organisatrice principale, Angela, se réjouit de la tournure des événements. Donc, au lendemain d'une rencontre familiale fort bien réussie, le petit groupe demeurant dans la région offre de faire un BBQ à la rivière pour maintenir le plaisir d'être ensemble. Zacharie est investi de courage après sa conversation avec Olga. Il continue de chercher les occasions de parler avec les cousins d'Angela. Il apprend que cousin Alberto a de sérieux problèmes de prostate. Les médicaments qu'on lui prescrit ne donnent aucun résultat. Sa prostate continue de grossir, sans cancer apparent, ce qui lui fait tout de même très peur. Alberto le taquin veut parler à Zacharie en privé et il espère bien se faire comprendre par le *gringo* peu généreux avec son *aguardiente*. Il connaît une personne qui voyage facilement aux É.-U. et qui a les mêmes conditions que lui. Après avoir soigné cette personne avec des médicaments américains, finis les problèmes de prostate!

____ Zacharie, penses-tu que tu pourrais me trouver des médicaments pour faire désenfler ma prostate?

Zacharie lui promet de vérifier, mais il faut comprendre que sans l'avis d'un médecin et une prescription, c'est plutôt difficile. Quant aux proches du cousin Alberto, ils l'ont laissé tomber depuis longtemps, car selon eux, il est têtu et ne suit pas les directives de son médecin, par exemple d'oublier les boissons alcoolisées.

En arrivant pour le BBQ, la pluie reprend de plus belle. Deux heures plus tard, la *rio* est gonflée comme les rivières canadiennes au printemps. David et sa belle fiancée Marlène, la fille d'Alberto, ont beaucoup de questions sur le Canada, sur la valeur du dollar, sur les clubs de football et sur le climat. Santiago n'a que quinze ans et mesure déjà presque six pieds. Felipe et son père Miguel Angelo parlent anglais. Olga est toujours là et, bien sûr, la cousine Lucrecia, qui cherche à faire dire à Zacharie que la Colombie devrait être son lieu de prédilection.

Enfin, le BBQ est prêt : *papas, yuca* et guacamole, sans compter une quantité débordante de viande de vache folle. Tout le monde à table! On prépare les assiettes pour les plus âgés en premier pour finir avec les enfants.

∞∞∞∞∞

Cette sortie est la dernière avant que nos amoureux amorcent le long voyage de retour au Canada. Dans ces circonstances, dire au revoir est difficile. La pauvre Estefanía pleure à chaudes larmes et embrasse à corps perdu sa tante sans vouloir la laisser partir. Finalement, ce n'est pas un secret pour personne : tous et toutes savent qu'Angela et Zacharie ne planifient pas revenir dans le Caqueta bientôt. Ils ont mis de côté leur projet de construction chez Libardo et Johana, penchant plus pour passer du temps dans la région de Medellin lors de leur prochain voyage.

La liste de dernières choses à faire ressemble à ceci : quelques jours à Pitalito pour vider l'appartement de la *Reserva de la Candelaria*; un petit tour en ville pour saluer les amis; une belle embrassade d'Albenis et de sa mère; un petit tour à l'American Land pour saluer les étudiants d'anglais et une visite chez Patricia, la dentiste et amie d'Angela. Sébastien, l'un des deux fils de Patricia, n'a que neuf ans et parle très bien l'anglais. Il s'en donne à cœur joie avec le Canadien et demande plein de choses sur son pays, comme « Connaissez-vous la marmotte? » Ses parents désirent l'envoyer en immersion linguistique aux États-Unis. Au fil d'une bonne discussion sur les programmes d'immersion du Nouveau-Brunswick, la famille rêve plutôt de venir au Canada dès cette année. Après deux bouteilles de bon vin rouge et une soirée fort plaisante, Patricia et son mari offrent de reconduire leurs invités à la maison dans leur belle Kia SUV.

Marce et Gabriel vont rejoindre le couple pour quelques jours à Neiva. Les choses semblent bien tomber en place pour cette nouvelle mère séparée et parent unique. Angela en est soulagée et contente de croire que Marce est bien à Pitalito et qu'elle ne retournera pas vivre à Neiva. Pourtant, rendue à Neiva, Marce annonce que des voleurs sont entrés dans son appartement. C'est la panique. Quoi faire? Les

284

propriétaires ne veulent pas changer les serrures, la police n'en sait rien encore. Enfin, on apprend que les bandits n'ont pris qu'une boîte de bijoux, des pacotilles. Zacharie a souvent des doutes sur les histoires de Marce, qui sait tenir sa mère en alerte. Il est sceptique à l'égard de cette débrouillarde qui lui semble chercher beaucoup d'attention, à la manière de son oncle Alejandro. Notre Canadien commence peut-être à « avoir son voyage » de vivre en famille. Il a peut-être déjà la tête dans ses valises et le cœur en direction des siens.

Zacharie constate le déchirement qu'Angela ressent entre sa vie canadienne et sa vie colombienne. Quant à lui, après quatre mois seulement, il semble avoir oublié ce que l'on tient pour acquis dans son pays d'origine, comme le confort de la famille et la sécurité en société. Zacharie s'est habitué au climat, mais surtout à moins voir ce qui l'avait choqué lors de ses premiers voyages en Colombie : le désordre, la poussière, les insectes, les maisons sans finitions, les conversations qu'il ne comprend pas, les magasins bondés de gens, les rapports humains et les rues fumantes d'oxyde de carbone et de bruits, surtout dans les grandes villes comme Neiva.

Notre Canadien souhaite retourner chez lui, mais il ne veut pas quitter la présence quotidienne de plusieurs personnes, le climat agréable de Pitalito, le coût peu élevé de la vie, la possibilité de voir d'autres régions, d'autres pays. Zacharie appréhende le conflit de sentiments entre la joie de revoir les siens, ses petits, ses filles et ses amis, et cette nostalgie grandissante envers son nouveau pays d'accueil. Comment Angela arrive-t-elle à concilier ces deux mondes, alors qu'elle a des enfants et de la famille dans chacun d'eux?

C'est une chose de voyager, de voir avec nomadisme l'autre dans son sédentarisme; c'en est une autre de prendre le temps d'intégrer les lieux, d'y vivre à titre d'étranger et de se laisser changer par l'autre.

De sincères remerciements à :

- Mon amour d'épouse, Luz Angela Toro, pour sa patience et pour son esprit critique devant mon absence d'esprit et durant mes longs moments d'écriture.
- Ma famille colombienne, qui a nourri mon imaginaire.
- Ma petite sœur Constance, pour ses conseils de lectrice assidue.

www.ingramcontent.com/pod-product-compliance
Lightning Source LLC
LaVergne TN
LVHW042354190726
843493LV00005B/1014